中国专业作家小说典藏文库

中国专业作家小说典藏文库
王鸿达卷

站前民警

王鸿达 ◎ 著

ZHANQIAN
MINJING

中国文史出版社

目 录

父　亲

1

哥要说事。事在肚里憋了好几天了，憋成个闷屁，脸上憋闷出难受的颜色。不吐不行。这晚，就吐了出来，是借母亲的口吐出来的。"听黄老师讲，你的档案太简单了……"母亲显得小心犹豫，盯了父亲好久，才吞吞吐吐地说。父亲的咬肌棱角分明地搏动了一下，将鼓在嘴里的饭食慢慢送下肚去。"简单咋的啦，嗯?"一句话噎得母亲哑了口。

我看见哥默默地放下筷子，低着头，背着脸走进小屋去了。

黄老师是哥的班主任，省城早年俄语学院毕业的，在区中学里教了一阵子俄语。没人听老毛子的话了，学校就停了俄语课。黄老师改教了政治课。黄老师是党员。是党员可是很叫人羡慕的。

晚饭吃的是包子。是包子叫母亲鼓起了勇气。结果，母亲只吃了一个包子就住了嘴。剩下的全叫父亲和我、三弟、大妹、小妹吃了。我们多吃的部分是哥和母亲省下来的。因此，我和三弟、大妹、

1

小妹吃得像小偷儿，头不抬，眼不睁，快速地往肚子里运动包子。桌前一片狼狈的吧唧吧唧的咀嚼声……父亲起身放了个响屁走了。炕桌上的包子没了，剩下了几个空空的、白白的二大碗。我们几个像尖嘴耗子似的，嗫嗫嘴，把掉在白茬木桌面上的菜粒、肉粒一个一个吮吃了，又使用溜尖的小舌头，把落在碗底里的油花舔得干干净净。这才抹着油光光的嘴巴，依次溜下炕去，下地走了。一个个肚皮挺得高高的，好不得意。

吃完，我吧嗒吧嗒嘴，心里有些为哥惋惜。包子是用狗肉和大头菜做的馅儿。二姨把他们家的大黄狗杀了，打发表妹送来了一只狗大腿。算来，我们家已有大半年没有闻到肉味儿了。

回到东屋，哥已早早躺下了，头上蒙着被子。我们兄弟三人住东屋，哥睡在炕头上。哥的体质一直很弱，小时候得过一场胸膜炎，住了半年医院。出院后，身子一直发育不起来，长得又瘦又小，个头比我还要矮一个脑袋。而实际上哥比我要大六岁。这中间还应该有一位哥哥的，也的确有一位这样的哥哥。

这位哥哥还没来得及等我和他见面，就早早地离开了人世间。那是公元一九六〇年秋天，土豆要七块钱一斤。家里的钱都让父亲拿去给哥住院看病了。母亲没有钱买土豆，和小镇上的人一道上山去挖野菜、草根。吃野菜草根把奶水吃没了，就断了奶。哥吃奶吃到两岁多，而他还不到一岁生日。他病了的时候，父亲正领着哥在伊春城里住院。母亲一个人在家急得团团转儿，邻人见了，喊来生产队的马车，连夜拉上他和母亲往伊春城里送，半路上他就咽了气。母亲空空地抱回一件红花小棉被。邻人见了母亲，说："是讨债的，不用挂记，早晚得走的。"母亲的眼神恍惚，直叮叮："都怨我，都怨我，我怎么不给他捂着点儿呢……"过了好多日子才慢慢缓过精神气儿来。

他扔掉了后，哥的病就好了。人们都说哥能活转过来简直是个奇迹。哥瘦得皮包骨，只剩下两只骨碌碌的大眼睛有点儿活气。而他临死的时候，身子还白胖白胖的，胳膊、腿儿上的肉暄嘟嘟的。母亲紧紧搂抱在怀里舍不得扔掉，把干瘪瘪的奶头塞进他的嘴里，哄着他喃喃说道："吃吧，吃吧，我的孩儿，娘没有奶给你吃，娘有肉给你吃。吃吧，吃吧。"他紧闭着嘴，不肯去咬娘的肉。他已经不会吃了。以后，母亲逢人便痴痴地说："他可真是饿死鬼托生的呀，真能吃，整日整夜哭着要奶吃。"听的人便跟着唔叹唏嘘一阵。

父亲回到家里，听说他的这个儿子扔掉了后，脸阴沉沉的，一整天也没有说出一句话来。母亲怕他憋出什么病来，恓惶惶的，自顾往下没头没脸地淌泪。父亲仍是干沉着黑脸，坐在凳子上，一口不罢一口地吸着辛辣的旱叶子烟。屋里的烟雾沉沉地憋闷了一天。半夜里，一声门响，父亲一声不吭地走了出去。母亲一激灵，也跟了出去。父亲顺着小镇往北的公路一直走了很远，来到一片小白桦树林荒野地里。母亲并没有告诉那个孩子埋在这里，是父亲自己找到这里来的。冥冥中仿佛有一种神灵在牵引着父亲。母亲赶到时，远远望见父亲弓立的脊背在清冷的月光下，一抽一搐地抖动。

那夜，父亲在那片荒林野地里守了一夜。

那个哥哥死后，母亲便把哥的命看成是两个人的命，从此便更加疼起哥来。有什么好吃的先给哥吃，有了新布，也先可哥的衣服做。哥穿剩下的，再给我或者三弟或者妹妹们穿。

哥在父亲的眼里也变了样子。是哥的病耽误了他的另一个儿子的医治，使他轻易（他是这么认为的）失去了一个儿子，一个在日后极有可能成为像他一样强壮的山东汉子。这一点的根据是，他出生在大跃进放开肚皮吃公共食堂的一九五八年。而我和三弟分别是一九六〇年和下一年生出来的。这个勒紧裤腰带的年代，注定了我

3

们天生只能是盗仓的鼠，而不能成为父亲所期待的那样的汉子。

父亲十九岁出来闯关东。过了哈尔滨，往人烟稀少的小兴安岭林区来，大部分山区还没有铺上铁路。父亲扛着行李卷，硬是靠着一双四十三码的脚板，走了九百多里的山路。又以他的高小文化，在这个林区小镇上找到了一份会计工作，一干就是三十年……哥的病，使他拉了一屁股饥荒。为这不足两千元的外债，他这个小会计大半辈子里都在精打细算着全家七口人的日常生活开销。为的是有朝一日消除这一天大的赤字。在以后女娲补天似的日子里，父亲对哥流露出来的目光常常是阴郁的。哥也总是有意无意地回避着这种目光，避免与其交流。哥从小害怕父亲，这一点，是肯定的。

哥上学后一直很走运，在小学加入了红小兵组织，刚一上中学又加入了红卫兵组织。红卫兵组织取消时，哥又积极申请加入共青团组织。那个时候作为一个模范青年学生都是这个样子的。入团需要查家长档案，学校就派了是党员的黄老师去查父亲的档案。回来，黄老师跟哥说了父亲档案不清楚的话。黄老师说，档案里只写了家庭出身是上中农，而父亲参加革命工作后的现实表现都没有了。黄老师说时，瞅哥的眼神怪怪的。哥回避了。以前哥每回填写成分只写了中农，岂不知中农还有上下之分呢。

这一年，哥也结束了他的班干部生涯。

2

我想，一向严厉而寡言的父亲能时常在饭桌上谈论起一些老家的事来，是缘于一种饥饿情结。只有在这个时候，家里才有一些活气。

通常是在晚饭时，一家人"哧溜、哧溜"喝了一通玉米面糊糊

4

之后，父亲卷巴卷巴一根旱烟叶，咂吧一口，顺着袅袅缥缈的蓝烟黄雾，便有滋有味地讲起"老掌柜"来……称祖父为老掌柜既不是因为祖父有多少田地，也不是因为祖父开当铺做买卖，而是因为祖父是一家九口之主，是极说了算的。

祖父我见过，是个挺倔的干巴老头儿。九岁那年，二姨领我回去过一趟关里。我想父亲之所以让二姨领我回老家看看祖父祖母，是因为这样家里可以省下笔路费花销。二姨没孩子，后来才从别人家要了表妹。在这之前，二姨一直觊觎着我。这恐怕也是二姨肯出路费带我回去的一个原因。结婚十几年没生出孩子，叫二姨有些没面皮。一路上，有人不断问二姨："这是你的孩子?"

"嗯……"二姨应了一声，也不解释下文。

问的人露出羡慕的目光，叫二姨有些忘乎所以的得意。九岁的我论个头也起大人票了。

我委屈得想哭。

更叫我觉得委屈的是到了祖父家，祖父竟当着二姨的面叫我吃玉米面大饼子。而在外祖父家连续几天都吃的是白面馒头。我有些赌气地失手把咬了一口的半拉玉米面饼子掉到地上，不去捡。祖父看见了，不顾和二姨说话，躬身弯腰趴在地上捡起来，而后又仔细把大饼子渣也一粒一粒拾起来，放在手心里吹吹，一边往自个嘴里送，一边连声数叨："阔（可）惜了，阔（可）惜了。"

我一连几天没叫这老头儿一声"爷爷"。白天出外疯玩，爬果树时树枝划破了我手指，一个小口。祖母看见了，要带我去乡卫生所包扎一下。老头儿喝住了祖母："耍个什么劲儿，去破费那个钱。"祖母过后背着他带我去乡卫生所抹了药，统共才花了五分钱。回来后我故意当着他的面擎举着包着白纱布的手指头。祖父一连几天没给祖母好脸色。吃饭时，眼睛一斜一斜的，青紫的腮帮一鼓一鼓的像大肚子蛤蟆……我嘴里的大饼子也渐渐地吃顺了。

这么个穷酸吝啬的老头儿，叫我常常怀疑父亲所讲的故事的真实性。"真的，的确是这个样子的。"父亲急了，忘记了尊严，把他当年挨过祖父揍的事也抖落了出来……

那天下午，该父亲往地里送粪。父亲就比四叔、五叔他们多吃了一个地瓜。父亲先是和大家一样，一碗一碗喝地瓜叶子兑的稀玉米面粥。粥喝干了，祖母从锅里拿出一个留着的地瓜，递给了父亲。捧着空空粥碗的四叔、五叔眼巴巴地盯着父亲手里的地瓜。父亲并不急着吃，而是拿在手里左瞧右瞧玩赏着，直到瞧得四叔、五叔肚里"咕咕"叫开了，才慢慢吞吞下嘴吃。以前大伯、二伯也是这么干的。

祖父定下的规矩，轮到谁干活儿，谁多吃一个地瓜。忙时吃干，闲时吃稀。那时祖父还不知道世上有个伟人这样讲过，不知怎的也采取了这么个治理农家的措施，看来祖父也够英明伟大的了。不过父亲的炫耀是建立在别人的痛苦之上的。喝了两碗瓜叶稀粥的四叔、五叔终于不堪忍受地露出了饥苦的馋相。父亲笑了，残忍地细细品尝着地瓜肉……

正在这时，院门像被风吹了一下，忽地开了。门开处闪进一个人来，一个精瘦矮小的老头儿。"谁呀？"祖父抬头问了一句。老头儿答："给碗稀粥喝吧。""粥喝没了。"老头儿站下了，瞅碗，碗是光光的。"你走吧。"祖父说。老头儿不动，瞅祖父，眼睛直勾勾，像要把祖父肚里的粥都勾出来，喝进自己肚里。祖父慌了神，目光转向了父亲。

这工夫父亲才意识到事情不妙，开始快速往嘴里吞地瓜。但，迟了，祖父劈手从父亲嘴里掰下一截地瓜，足足有一大半，递给了他。他谁也没看，三口两口抿进了肚。老头儿吃完并没有走的意思，仍站在那里。"这回没啦。"祖父吮着手指头说，手指头上沾了一块薄薄的酱色地瓜皮。

"给点儿营生做吧。"老头儿磨磨蹭蹭地说道。

"没有营生给你做呀。"祖父虎起脸。多一个人干活儿，就多一个人吃饭。祖父家劳动力过剩。这一点精明的祖父比谁都清楚。

讨饭的老头儿这才磨过身，一歪一晃背着毒辣辣的日头走了。

少吃了地瓜的父亲还得干完下午的活儿。父亲往地里挑粪，头两挑，仗着身大力不亏嘘嘘喘着送去了。第三挑走到半路上再也挑不动了，父亲一撂挑子，倒在田埂上休息。正是春困秋乏的时令，太阳懒懒地晒着。一歇两歇，父亲便没了阳气，躺在田埂上蔫蔫地睡着了。

祖父在自家茅厕粪坑边，左等右等不见父亲的身影，就骂了一句："这个兔崽子！"拄着棍子往地里寻来了。田埂上的父亲睡得正酣，祖父一见便怒了："你这个兔崽子倒会享福，我叫你享福，我叫你享……"棍子落了下来。

父亲被敲打醒了。睁眼，见祖父正和一个人在田里撕巴。父亲一个鲤鱼打挺从地上跃起来，照准那人后腔就踹了一脚。不想，祖父挣脱了手，反过来又来打父亲。那人从后面抱住祖父："老掌柜的，你这是做什么，他还是个孩子。"父亲瞅清，那人正是中午进家要饭的老头儿。老头儿挨了父亲的踹，非但没有怪罪父亲，还挑起田埂上的粪担往地里送去。老头儿有点儿干巴劲儿，一连挑了四担粪，粪就送完了，天也黑了下来。

"你留下来吧。"祖父叹了一口气无可奈何地说。

老头儿就留了下来。

父亲收拾出西厢房，让老头儿住了进去。他称祖父为"老掌柜的"，祖父称他为"老伙计"。往年地里收下来的花生，都放进西厢房里。门上挂一把铁锁，钥匙拴在祖父的裤腰上，睡觉也不离开身。这年秋天花生打下来，放进西厢房后祖父不再上锁了，因为里面住着老伙计。

转过年来又到了开春，祖父对老伙计说："你走吧。"老伙计眨巴眨巴眼说："你撵俺了，老掌柜的。"祖父无可奈何地叹息了一声："你走吧，给你的盘缠你拿上。"祖父咬咬牙把卖粮的钱拿出一半给他。老伙计不接。祖父跺了跺脚："你好让俺挨斗呀！"老伙计这才接了，泪水涟涟地给祖父磕了一个响头，走了……

村里开始土改。祖父家的地按人口计算，只能算作贫雇农（大伯、二伯自从老伙计来家，就出外给人打工）。工作队人说祖父家雇了个短工，因而定为中农，而且是上中农。祖父不服，要找来老伙计理论。找到老伙计村时，老伙计已饿死了。这下没法说清了，祖父就认了。

这是祖父留给我们家族的唯一一份"遗产"，并被我们家族成员历史性地继承了下来。

3

我上中学时，哥已高中毕业了。那个下午，哥把一枚一分硬币大小的团徽戴回家，母亲正盘坐在炕上戴着老花镜做针线活儿。她一抬头，蓦地打窗外看见了哥胸前戴着的小像章（母亲把团徽也称作像章），惊喜地放下手里的针线活。

"你哥真行呀。"母亲对我们说。母亲说这话时，瘦瘦的脸上阡陌纵横的皱纹仿佛舒展开来。

最后一学期的日子里，哥不常到学校去了。哥在家偷着做木头手枪。手枪做好后，哥掖在腰里，率领我和三弟，还有邻居家几个半大的男孩儿一起上山去打冲锋仗。哥做司令。他这个司令常常被缴械，缴械的是父亲。父亲当着他的面，把刚刚刷上黑油漆的手枪，扔进燃着柴火的灶坑里。火腾地一下把小巧玲珑的手枪烧成一把木炭。我心疼得要掉泪，哥却无动于衷。两天后，哥又会做出一把新式手枪来。哥制造枪的技术越来越精湛，这与父亲的不断毁坏有很大关系。

哥的一个同学张卫常来我家。张卫的个子比哥还矮，看上去像个没发育开的小孩。我说："你们班咋净小人啊。"哥听了没说话。

后来哥对我说起："你可别小瞧他，他是我们班团支部书记，十四岁就入团了。"

哥说得一脸虔诚。许多年后，我探亲回家，在哥的家里又碰见了张卫。张卫正在请哥去他家陪酒。听说，他来了一位外地亲戚。这位亲戚是个小干部。他想来想去在他们这一班同学中，只有哥是当了官的，去合适。张卫赔着笑脸虔诚地恳求着。"没时间呀。"哥摊着手说。哥那时已是区里的组织部长了。

临毕业前的一阶段，张卫来我家更勤了。他来了，母亲总是拌蜂蜜水端给他喝。

哥在房后木桦子垛里削着手枪，张卫站旁边和哥搭着话。哥不时地把枪举起来，闭上一只眼眯着一只眼，瞄瞄枪筒，看看枪筒削得直不直，张卫就等他放下枪来再说话。

"这可是最后一批了。"张卫说。哥心不在焉低着头。"校团总支能在我们毕业生中多发展几名。"张卫再次提醒哥，并靠近些。哥手里的木刀削得飞快，眼花缭乱。透着松香味的木屑零零碎碎飞溅到张卫的身上。

"我恐怕不行。"哥瞄了瞄，移下枪筒灰心地说。他想起黄老师审查过的父亲档案。

"嘻，那有啥，这回强调重在表现。"

哥不再言语，一下一下闷头认真削着手枪。哥要赶在父亲下班前，把手枪削完。阳光一点一点地躲进潮湿的木头垛里。张卫走的时候，手枪就差不多削完了。哥带着枪去送张卫。

来到大门外，张卫握着哥被木刀勒得通红的手掌叮嘱："记住，关键是表现。"

哥被张卫殷殷的目光感动了，重重地点了点头，表示知道了。

张卫矮小的身影走进夕阳里。哥慢慢地抬起新做成的手枪，独眼向远处瞄着。直到准星视线里走进来一个渐渐大起来的人影，哥方才慌慌地收起了手枪，溜进了前屋里。

父亲走进家门，母亲正蹲在灶坑前烧火。

饭还没做好，父亲坐在炕沿上鼓吸起旱烟卷。母亲抬了抬头，睁开呛得流泪的红眼，咳嗽了一声道："老大他们这回可是最后一批了……"

"能当饭吃呀，还是能当衣穿？呸——"一口黑痰吐到地上，气泡上冒着袅袅烟气。

父亲的话音传到东屋，哥正伏在柜盖上铺开稿纸写着什么。刚刚写了个开头，我瞧见有"申请"两个字。我以为哥听了，会写不下去。但哥没有。哥像没听见似的，仍埋头支着一条腿在那里写着。

……

张卫到我家来给哥送毕业照片。八寸大的黑白照片上，哥他们男生站在最后一排。哥的身影被站在中排的女生挡了，只露出一个挺小的脑瓜。前排凳子上坐着黄老师和其他任课老师。老师们的边上，坐着一个学生，是张卫。张卫只半个身子落座在凳子边上，身子呈倾斜状。哥看了一眼照片后，笑笑对张卫说："你以后也能当老师。"

张卫听了，稍稍一愣，脸不自然地红了一下。他说还要给别的同学送照片去，就先走了。走到门口，突然对哥说："你这事批下来了。"

"嗯。"哥含糊地应了一声。

张卫就站下了，瞅哥。

哥说："你忙你的去吧。"

张卫说："到时……我送你。"

哥说："你先走吧。"

张卫就走了。

哥是在吃晚饭时，把他的分配去向告诉家里的。原来哥早就打算去山上第九林场了，所以一直没有跟家里说。九场是山上新开伐的一个最偏远林场。一场、二场骑自行车就可以去青年点干活，不用住青年点。往年应届毕业生分配时，家长们都领着自己的孩子找学校，找知青办，要求分近一点儿的林场。哥显然没找，是自己提出要去最偏远的林场的，这样可以常年在外吃住了。哥很愿意去。我猜想这与他长年与父亲形成的隔阂有关。父亲也很乐意他去。这从他无言地挪动一下脸上阴郁的表情可以看得出来。

这个晚上，母亲一边抹着眼泪，一边为哥准备行李。而后，又下厨房用肉末炒了满满三罐头瓶胡萝卜咸菜丁，装进哥的黄书兜里。

我瞅着在炕头上睡去的哥，心里酸溜溜的不是滋味。明天他就要离开这个炕头了，山上当然没有热炕头，山上只有潮湿的帐篷和爬满臭虫、蚂蚁的地板铺……

张卫没来送哥，他不知道。哥走没有告诉他和别的同学。张卫留校了，留在区中学里当团总支组织委员。学校认为他很会做学生组织思想工作。七五届高中六班百分之九十的毕业生都去了偏远的林场，其中包括最远的哥。

父亲破天荒地来送哥。车是父亲找的，九场刚建点，还没有运材车上去。父亲找的是他们供销社往山上拉货的解放汽车。

天从早上起来就阴着脸蒙蒙下雨。到了父亲单位，雨也下大了。货车箱上用帆布苫着货物。父亲掏出一盒过年用烟票买的没舍得抽的前门烟，走到驾驶室前，递给里面的司机一支。司机旁边还坐着一个人，父亲不认识，犹豫了一下，又递给了那人一支，那人接了。

"李师傅，麻烦你啦。"

"上去吧。"

李师傅手往上一指，里面还能坐下一个人，他却掀开车厢板外面的帆布，让哥钻到里面去。看来父亲跟司机并不太熟。哥上去了，先把行李、脸盆、牙缸毛巾放进帆布里边，盖上。然后，淋着身子立在车厢货物堆上，冲我们摆手："二弟，你和爸回去吧。"

父亲不走，还站在驾驶室前，一根一根地给司机供着烟。他自己不抽。不一会儿，父亲的身子就淋湿了。上面的哥衣服也淋湿了。黄上衣兜盖上的团徽，像一截火炭，在黑暗的雨中一闪一闪地亮。

"哥，盖上吧。"

"没事，一会儿脱下衣服，躺在里面当卧铺睡。"哥笑笑说。我一下觉得站在上面的哥高大健壮起来，打消了哥会感冒的担心。

半天，从父亲他们单位平砖房里走出来一个人，父亲迎上前去，递给他一支烟。那人是父亲单位一个副主任的亲戚。李师傅走下来打开车门，那人就钻进了驾驶室里。汽车"嘟嘟嘟嘟"放了一串闷屁，吃力地起动了。

"你们回吧。"淋湿了杂乱头发的哥，依然站在车厢上帆布外面，朝我们招着手。

车向雨幕中撞去，哥的身影模糊了起来。

父亲久久站在原地没动。脚下是一片跳荡的水洼，密集的雨点

12

噼噼啪啪响亮地打在父亲岩石般黝黑的脸上。他手里捏着少半盒湿漉漉的前门烟。雨水一遍一遍地冲刷着父亲脸上的阴郁之色，露出的是一张僵硬的青黑色的脸，在雨中倔强地张扬着……

不知是雨水，还是别的什么东西，从我脸上哗哗流了下来。

4

八月十五吃月饼，父亲豪迈地问我们："你们都能吃几块？"我望望三弟，望望大妹、小妹，三弟、大妹、小妹又望望我，我们都惶惶然的，不知该怎么回答他才好。往年就一斤月饼，一斤月饼五块，象征性吃点儿，一人还不够分一块。母亲不吃，大妹和小妹分吃一块。"不说，就还买一斤吧。"父亲这样说。

"一个人就能吃一斤。"小妹噘着嘴说。

"一斤能吃上？"父亲又问我们。

"能吃上。"这回，三弟也壮了胆子说。

"那好，一人吃一斤。"父亲有些赌气地说。

七斤月饼买到家，母亲做了一锅菠菜汤。我们放开肚皮吃喝了起来。尤其是小妹，像要把头几年的亏损都找回来，肚子吃成了个滚圆的沉西瓜，还用嘴一小口、一小口啃着手里的月饼，渐渐啃不动了。结果，每人也没吃上一斤，还剩了有二斤多。

"吃呀，咋不吃咧……"

我们都无声地摇摇头，不敢去看父亲的脸。

"剩下的留给老大吧。"母亲挪下炕说。

父亲不吱声了。我们这才想起哥来。哥上山有两年多了，平时很少回家，隔三岔五却少不了托人把他每月开的工资三十元（留下八元饭伙钱）捎下家来。今天吃的月饼，也有哥挣的份儿。

母亲把给哥留的月饼，用报纸包成三坨，放进柜子里，锁好。

过了十一哥也没下来。母亲怕月饼放坏了，时常拿出来通通风。小妹见了，又勾起了馋虫，直吧嗒嘴。母亲也不给她一块半块吃。

一直到了冬天，天都很冷了，哥才披着一身雪尘回来。一进家门，哥从小黄棉袄里兜里掏出一沓钱来，啪地甩给母亲。那是哥的一年分红，有一百八十多块钱。母亲先不接钱，慌慌地磨转身子从柜子里拿出来月饼给哥吃。哥就喘着粗气，一块一块地吃起来，一气吃了四五块。哥塞饱了，把剩下的又用报纸团巴团巴包了起来，锁进柜子里，留着慢慢吃。哥在家这两日，每天都从柜子里拿出一块来吃。哥吃的时候，当着我们的面，很香地嚼着。我们大眼瞪小眼眼巴巴地傻看。三弟咽了一口涎水，小声嘟囔："要是在一起吃，他是吃不了这么多的。"母亲听了，叹息了一声说："你哥在山上也不易，整天抬大木头。人家都下小馆儿。他不去，把钱都省家来了。"我们闻言，无话可说了。想想，哥是给家挣钱的人了。

春节哥下来，就再也没上去。哥在家翻箱倒柜倒腾出他从前用过的课本，课本散发出一股捂出的霉味。找不全的，就叫我到学校找老师同学借。哥要考学，已听说这一年开始实行高考。母亲听说了这事挺欢喜，说考上了就有职号了，就不用当青年了。哥这次回来前被撤掉了青年队长，原因是没给林场工人队长上供。

张卫又来我家了，他也在家复习准备考学。他留校后，在校团总支干了一段时间，有心想干到转正，谁想又分来了一名工农兵大学生，把他挤到校办工厂去当青年。这样看来，转正是没啥指望了。

"工农兵大学生有啥了不起？喊。"张卫向着哥发牢骚。

张卫来我家找哥复习，母亲不再冲蜂蜜水给他喝了。他走后，母亲单独冲蜂蜜水给哥喝。母亲一直对那次毕业分配的事耿耿于怀。张卫在校时，没有哥学习好。他俩在小屋复习，母亲常听见张卫问

14

哥。背后，母亲叮嘱哥，长点儿心眼，别叫他耽误了自己的复习。

拿到准考证后，哥与张卫分到同一考场前后桌。张卫当时瞅哥的眼神亮了一下，哥没做什么表示。考试的这天早上，母亲送哥出门，神情忧虑地嘱咐了哥一句："好好答你的。"哥说："知道了。"闷头闷脑地走去了。

红榜纸贴在区商店门前，最上边的名字是哥，最下边的名字是张卫。不少人都来向哥祝贺，哥并没有显出特别的兴奋来，情形有些落落寡欢。

一日，哥的一个同学来，言谈中忽然说起张卫喝药了。哥听了后大吃一惊，赶紧问后来怎么样啦。那同学说幸亏送医院及时，捡回来一条命。

"何苦呢？没那个弯弯肚子，何必去吞那个镰刀头子。"仍在山上青年点干活的那位同学说。哥沉默着脸一声没吭。等那同学走了，哥对母亲说："那天他捅我，我没挪身。"母亲听了，轻轻叹了一口气……

接下来的是填报志愿。哥的志愿是上省城一所重点大学政治系或外省的一所大学的政治系。哥拿不定主意，就请教黄老师。黄老师好心好意告诉哥："你报这样的院系，恐怕政审上过不了关。"当时正是恢复高考头一年，挺注重政审条件的。黄老师虽然没提父亲的档案，哥就听明白了，一言不发回到家，扯巴扯巴把登载有各大专院校志愿专业栏目的报纸撕了个粉碎。

家里阴了几天。本来哥的事是件挺让人高兴的事，全林业局哥是头一名进入录取分数线的，这一下弄得全家上下都为哥的事担心起来。母亲当着我们的面向父亲哭天抹泪："……拼死拼活考上了，这回又要耽误在你的手里了。"父亲听了，不再吭气了。因为这事不仅能当饭吃当衣穿，录取了就是堂堂正正的国家干部，而他这个小会计至今还是以工代干。

一连几日，父亲回到家里，都成了母亲发泄的对象。他则一言不发，低头坐在凳子上吸烟。浓烈辛辣的旱烟雾，把屋间染成了厚厚的阴云层。这天，父亲回来得很晚。进门，从兜里抖出一张硬白纸甩给母亲。母亲哑了言。我们的眼睛随之一亮：那是一张入学通知书……

原来这些日子来，父亲自己去找了招生办。招生办一个人私下告诉父亲，以哥的分数可以报一所不太注重政审条件的普通院校。这样他就替哥报了一所省内农垦大学的财会系。

哥被录取了，哥走得并不如愿。这从他上大学两年没有往家写过一封信和毕业后并没有从事财会专业可以看出他对父亲的怨气。

以后的日子里，母亲每每再提及父亲的档案，父亲再也不是以攻为守凶狠地戗母亲了，而是极虚弱负隅抵挡地说一句："谁会想到呢。"听到这话，我的心里生出隐痛来，为父亲，也为那个年代……

5

父亲的档案毁于一场山林大火。二十多年前，父亲还在伊春南边的一个小镇供销社当会计。那场山火烧进伊春林城的时候，父亲和小镇上的人都不知道。供销社的老毕去伊春城里拉货，回来后，青着脸跟父亲说："坏了，咱俩的档案都叫火烧了。"

父亲听了没有太在意，眨巴眨巴眼睛说："烧了就烧了呗，几张破纸有屁用。"

"那可不是，有大用哩。"老毕担心地说。

当时供销社有七八个人。只有父亲和老毕是正式职工。正式职工才有档案，而其他人都是临时工，临时工没有档案。

过了几天，伊春组织部门来人了。来的人姓陈，是一个二十多岁的小伙子，脸挺苍白，像是有病。小陈是坐上午的小火车到的，还要坐下午的小火车赶回去。一周内只有一趟小火车当天往返路过这个林区小镇。小镇四周被山严严实实地围着，似乎与外界隔绝了。因此小伙子一下火车就开始看表，并用一种挺复杂的目光向绿油油的山背后望去，试图望穿点儿什么。

老毕把小陈接进商店里他的办公室，老毕是商店里临时负责人。老毕安置好小陈，把父亲叫了过去。小陈坐在椅子上，放下手里的黑皮革公文包，开门见山地说："组织上派我来查补你们俩的档案，希望你们能如实向组织讲明家庭出身、参加革命工作后的经历、现实表现等等。""那是，那是。"老毕和父亲连连点头。"你们谁先讲？"小陈拔出黑管英雄钢笔。父亲下意识地往门口退了退。老毕说："还是我先说吧。"而后要父亲到外面等着。等到晌午，老毕没说完，出来跟父亲说："到中午了，就安排到我家去吃饭吧，要不你也过去吧。"父亲摆摆手说："我就不去了，家里等着呢。"

下午，老毕又说了一阵子才说完。父亲走进去。小陈苍白的脸上抹了红晕，说："你先在这里签个字吧。"父亲拿过来签，是证明人一栏。老毕说了有好几页纸，父亲也来不及细看（小陈也没有给他细看的意思）。父亲恍惚记得老毕是富农，而表上成分一栏写着贫农。一下子跨越两个阶级，父亲停留一下也是自然的。这工夫小陈看了两次手表。父亲不再想下去，相信组织上的人不会搞错。父亲签完了字。小陈先问了父亲的年龄、成分（这时候父亲完全有机会效仿老毕，可父亲却根深蒂固地记住了自己出身于上中农）。小陈问完了，就说老王你自己谈一下吧。父亲一下子脸红起来，嗫嚅得像个小孩子，半天吐不开口。"老王，你抓紧时间谈谈吧。"小陈又看了一眼腕上的表。"嘿，嘿嘿，这一下还真不知该怎么说。""不好说吧，可你本人总得说说呀。"小陈尽量耐住性子等父亲说下去，可眼睛却不听使唤地向窗外小火车站上望去。"可不，嘿嘿……陈同志，你有事吧。"父亲竟问起小陈来。"啊，啊……家里的要生孩子。"父亲听明白了，脸不红了，焦急起来，"那，那……俺没啥说的了。""就这样？"小陈眼里释放出一丝惊喜。"就这样。"父亲这回回答得干脆。做了三个儿子的父亲深深理解眼前这个小伙子的心情。不等小陈再讲什么，就起身拉开门，冲在走廊里站着的老毕说："陈同志家属生孩子，我就不再说什么了，送人家回去吧。"

父亲和老毕一道把小陈送上小火车。小火车开去了，父亲还站在那里想小陈该得的是个儿子吧。在那个阳光透着温和的下午，父亲显然想不到他的一时善心和几十年前祖父用半块地瓜换来的上中农成分竟如出一辙。

此后不久，老毕正式下文当了供销社的主任，父亲仍当他的会计。"文革"中，老毕理所当然地成了当权派。有人提到老毕隐瞒了成分，找到父亲证实。父亲这回没有犹豫，很坚决地否定掉了。查案的人就相信了。父亲回来跟家里人说："上回也是俺打的证言，这回如果和上回不一样，俺成了啥人？"

老毕很感激父亲。后来老毕调走时，想提父亲当小镇的供销社主任。上边的人一查档案说不行，档案不清楚。过后老毕跟父亲说："都怪你当时没说清楚。"父亲一听急了，立马要找那个姓陈的档案员。老毕说陈档案员早调走了，父亲就蔫巴了，叹息了一声："不让当就不让当吧，谁稀罕这么个破官。"老毕犯愁地说："官不让当，会计也不让你当了。一个档案不清楚的人是不能当会计的。"这下父亲傻眼了，父亲从十九岁当会计，还真舍不得扔下这个饭碗。悔恨交加地骂自己当时犯了糊涂。等父亲骂够了，老毕说，跟我走吧。

父亲只好听从了老毕的，打谱调离了小镇。

老毕是被提升到别的区当商业科长，上任后，就把父亲调了过去。调过去后，老毕问父亲想干点儿什么。父亲说还干老本行吧。老毕就安排父亲在下边的供销社里，仍当会计。

6

父亲以后再没为工作的事找过老毕。父亲再见到老毕时，老毕已做了副区长。而父亲还是几十年一贯制的以工代干的会计。父亲是为哥的工作分配之事来找老毕的。"先让他在团委干干吧。"老毕说。这话要是从别人嘴里说出来，父亲决不会同意的，两年的大学财会专业就念瞎了？但这话是从老毕嘴里说出来，父亲就没说的了。父亲信老毕，哥就去了区团委上班。哥是区林业局唯一考上去分回来的大学生，有许多单位抢着要。但既然是老毕说了，就该领老毕的情。

家里开始张罗找人杀猪。猪本来打算年底杀，才一百来斤的猪。但为了谢老毕，就该杀猪。猪杀了两天，父亲去老毕家找了两天，也没找来老毕。母亲问，父亲一酸脸说："人家是大官，哪能天天有空。"第三天又找，把老毕找来了。"毕区长来了。"哥说。我们一齐跟哥说："毕区长来了。"忘了父亲的叮嘱，管老毕叫毕大爷，老毕冲我们点点头，手摸摸我头："都这么大了，哎。"倒是父亲抹不开口称他老毕了，也跟我们学说："毕、毕区长。"老毕的酒量也不像父亲说的那样小。在外屋厨房，母亲又打发我临时去买了一瓶白酒，结果把父亲和哥都陪醉了。父亲眯缝着笑眼说："老、老毕，你真行呀……几年不见，官运亨通，酒量也大了。"老毕说："我行什么，当初还不是真亏了你……"老毕想起了过去，红上了眼睛。老毕这个人挺重感情。他们喝到挺晚，母亲在厨房把小猪的后鞧肉砍下来，用报纸包好。老毕走时，母亲给他拿上。老毕推辞不拿，说家里不缺肉吃。父亲趔趔趄趄走过来，说："老毕，你、你看不起我不是？"老毕就拿了。哥跟在父亲后面挺抻着歪脖送老毕，到了大门口，老毕回过身拍拍哥的肩说："小伙子好好干，先把组织问题解决了。"哥涨红着脸说不出话来，点晃着头，冲老毕的背影吐了一地猪下水。

从这天开始，哥学会了喝酒，且再也没有醉过。

7

二姨到我家来了，二姨是父亲找来给哥相亲的。哥的年龄不小了，个人问题也成了我们家的一个主要话题。

那晚，父亲打发我、三弟、大妹、小妹去电影院看电影。电影散场回来的路上，碰见了二姨。二姨边往回走边撇嘴叨咕："啧啧，还是党员呢，都够不着碗架子。"

走近家，看见父亲、母亲、哥正站在大门口送那女子。那女子很矮，很瘦……给我的第一印象就不怎么样。哥的个头就够矮的，再找一个比他更矮的对象，将来我们家岂不成了小人国啦。为了我们家族的利益，我在心里投了反对票。

那女子走出好远了，哥还站在门口抻着挺长的脖子傻傻地望。后来才得知她叫李华，是区里李副区长的千金。老毕介绍的。老毕退居二线了，她爸爸就顶替了原来老毕的位置。

"就谈谈吧。"父亲说。父亲信老毕。

"就是腚小，怕生孩子费劲儿……"母亲犹豫地说。李华已经二十九岁了，比哥还大三岁。女大三抱金砖，母亲担心将来抱不成金砖。

李华再来时,我躲了出去。哥每次去见李华,都着意打扮一番。回来,很激动的样子。我不明白哥相中了李华什么。

这天晚上,哥把李华从家里领来。我没来得及走出来,躲在小屋里看书。隔了一会儿,父亲走进来,说:"去,见见人家。"父亲有些发叽歪,我只好放下书。来到西屋,她从炕沿上跳下来,立在地上。她腿短,坐在炕沿上脚离地挺高。"来了。"我说。"哎。"她应,眼睛无遮无拦瞧我,我也凶凶瞧她,终将她瞧得低了头。我发现她低下的头上少了一绺头发。过后我问哥,哥说他看见了。

有段时日里,哥的对象没有再来,哥也没有到她家去。哥的单位里挺忙,整日整夜忙着写材料,回家也不停笔。

母亲催哥:"你去人家看看吧。你不去领她,她是不会来的。"

哥就停了笔,去了。挺晚,哥回来。母亲问:"她没来?"

"没。"哥答。刚从外面走进来的缘故,哥的脸冻得红扑扑的。

"她在家干啥呢?"

"打扑克呢。"

"啧啧,这么大老闺女了,她不知道着急,还有心思打扑克。"母亲咂咂嘴,叹息了一声。

母亲那日不知怎么跟二姨讲的,没过几天二姨又给哥介绍了个对象,并领到家来相看。父亲和哥都挺尴尬,当着二姨的面不好发作,父亲待在院子里喂猪。我走到西屋来,顿觉得眼前一亮。这于丽影是我们一届高中同学,在我们那届女同学当中于丽影是数得着漂亮的一个了。我脸红着不知该怎么称呼她,倒是她落落大方地同我打了一声招呼,又接着同哥唠着话。于丽影问到哥在大学里的一些情况,哥有一搭无一搭地应着。于丽影瞅哥的目光中透着羡慕。我心里莫名其妙地隐隐生出些嫉妒……

等二姨和她走后，父亲走进屋来，对母亲说："你这是让人家抓话把儿呢。"母亲说："不是还没定下来吗，他二姨说了，就是买骡子买马还要挑两匹看看哩。""那你就挑吧，呸!"父亲赌气地往地上射了一口黑痰，就无话了。

在李华没来找哥的日子里，于丽影又来找哥两次。哥都显得不冷不热的。后来二姨来家问："你们到底咋想的呀，想不想跟人家处?"哥说："算啦。"母亲听了一怔，接上去说："要不让咱家老二和她处吧。"二姨脸一冷，道："你以为人家找不出去对象呢。"又丢下一句："也不瞅瞅自己武大郎的个儿。"就走了。我在小屋听到了这一切，从这天起我发誓，一定要考上大学。于丽影没考上大学，只上了中师，毕业后在一所小学里做团支书。

后来哥又与李华断断续续处了有一年多。第二年冬天李华来到我家，哥没在家。李华留下一张字条，上写："经过这么长时间的了解，我觉得我们做一对志同道合的伴侣有些不合适……"我看着李华矮小的身影从我家院子门前走出去，正落着雪，雪地上，留下一行洁白无声的脚印，闪着冷意。

哥回来后又沿着这行脚印重复往返地走了三遍。最后一次从李华家回来，哥阴冷着脸，西北风刺激得哥瘦瘦的脸如喝了烈性酒般紫红。

"谁稀罕呢，她以为我真的跟她谈呢，也不照镜子瞧瞧。"哥冷着眼角说。

这夜，哥梦中喊出了一个我恍惚听到过的名字。

"也好，不是咱甩了人家，老毕、她爸那里也好说话了。"父亲后来讲。

后来的事情发展结果证明了父亲说的，这件事情并没有影响哥的前途。哥在个人问题不顺利的情况下，一门心思扑在了工作上，组织问题很快得到了解决。哥入了党，后又提了干。当时正提倡选拔有文凭的青年干部。哥有文凭，提拔后下到贮木场当场党总支书记。据说这只是下基层锻炼三年，还会提升回区里来。哥的前程一片灿烂。

当了官的哥，个人问题出人意料地得到了解决。哥把对象带回家来，一家人好不欢喜。哥问我："咋样？"我说："挺好的。"哥的这个对象比李华强多了，要个头有个头，要长相有长相。"比于丽影如何？"我不敢比了，恍然明白过来，哥那天夜里喊出的正是于丽影的名字。

8

哥成家后，单位先是分给哥两间砖房。开春，单位又来人给哥两间房扩建出一大间来。扩出的大间做了客厅，里面摆上了沙发、彩电，单位还给哥家装了电话。哥的家阔气了起来。

哥的家父亲很少去，有事就打发家里人叫哥来家。夏日里一天中午，父亲下班路过哥家门前，看见哥场子里的人在房前屋后给他家夹障子。父亲走过去伸手帮忙。嫂子从屋里倒水出来看见了，说："爸，您歇着吧。"父亲说："不累，不累。"那伙人干完了，嫂子招待人家吃饭，叫上父亲一齐吃。父亲摆摆手，"我回去吃，我回去吃。"回到家里，母亲听了埋怨："人家有人干，非得你伸手。"父亲说："我看他们夹得不直，我给找找直……"

这天晚饭后，父亲吸了根旱烟，招呼小妹："你去把你大哥找来。"小妹有些不大情愿，问："啥事？""你就去找吧。"父亲不耐烦，小妹就去叫了。

不大会儿工夫，哥和嫂一齐来了。小妹没说啥事，嫂子以为母亲病了。前些日子他们来家，见母亲不住咳嗽，母亲有气管炎，以为老毛病又犯了。一进屋，见母亲好好地盘腿坐在炕上做棉裤，父亲一个人低头坐在凳子上吸烟，满屋烟雾腾腾的。哥和嫂子就在炕沿上落座了。过了一会儿，也没见父亲开口说啥。嫂子就问："爸，您叫我们来有事吗？"

"啊，嗯，也没啥事……"父亲抬起脸，看了嫂子一眼，又低下头去吸烟。

"没什么事，我们就回去了。"嫂子惦记着家里睡觉的孩子。

"……哦，回去吧。"父亲慢悠悠地说。

嫂子起身往外走，嫂子看了哥一眼，哥却没动身子。父亲望了一眼嫂子走出院外的身影，耳语似的说了一句："你写一份入党申请书吧。"

"嗯？"哥瞅父亲。

父亲移开目光。

"谁要？"哥说。

"潘主任让我写一份……"潘主任是父亲他们供销社主任。哥听明白了，却不懂，站起身望着父亲。暗影里的父亲，看不清脸色。

最后，哥点点头，回去了。

第二天，哥把写好的申请书送来了。父亲极认真、极工整地又抄写了一遍。当了大半辈子会计的父亲写得一手流利的好字。

过年，哥一家人来家。父亲跟哥商量："请潘主任一顿吧。"哥说："请吧。""哪天？""初五吧。"初五这天，父亲把潘主任还有他们单位一位副主任找到家。哥也拉来他们场一名场长作陪。潘主任一见到哥，就拱拱手说："王书记过年好呀。"随后从兜里扯出一张五十元钱，递给哥的女儿莹莹，说是压岁钱。

席间，哥把他们几个都陪醉了。四个人里面哥最年轻，酒量这

24

几年也不知不觉练了出来。三个人到了晚上才醒酒，哥说："都别走了，支麻将玩吧。"叫嫂子拿出从家带来的麻将。四个人搓了起来。父亲坐在一边看，父亲不会玩儿。过了一会儿，父亲进厨房拎出一壶开水，沏上茶，依次给潘主任、副主任、场长倒了一杯。到了哥跟前，父亲手里的茶壶犹豫了一下。哥正兴奋地盯着手里的牌，嘴里喊着："岔！岔！"没有注意立在身边的父亲……父亲默默地给他倒了一杯茶水，放在桌上。四杯茶水同时冒出滚滚的热气。倒完水，父亲又靠在桌边坐了下来，看四个人玩得正欢。麻将牌欢快地在桌上蹦跳着，父亲的脸上也跟着露出孩子般的笑容。看看每个人的茶杯里水喝得差不多了，父亲又起身提壶给每个人续上，哥的杯也没有例外。哥他们玩到下半夜两点，父亲续了足足有三壶茶水。四人散去，留下一桌子零乱的麻将牌和一地烟蒂。家里人都睡去了，父亲把桌子、地面收拾干净，这才脱衣上炕睡觉。哥一觉睡到次日下午四点，又被人找去喝酒了。从初一到十五再到整个正月里，他几乎没在家吃过几顿饭，听大嫂说。

父亲要入党有点儿出乎我们的意料。父亲不想当官，也不可能当官。父亲连一般干部都不是，干了大半辈子会计还是以工代干。这两年倒是有两次大批转干的机会，但都要经过考试。父亲年岁大了，记忆力跟不上，就自动放弃了。"他是想让你们填表时好写呀。"听母亲这样说我们才醒悟过来，其实现在干什么也不太注重家庭出身了，一般连档案都不查了，父亲这又是何必呢？

不管怎么说，父亲还是入党了。父亲显得很激动。父亲激动的样子，让我想起我小学时加入红小兵的情景。父亲把工资拿回家，特意把一张扣款条子亮给母亲看："喏，这是扣的这月党费。"而在这之前，父亲被扣的工资条子，从来是羞于示人的，因为那多半是偿还公款饥荒的条子。

有一回背着家里人，哥对我说："咱爸的党票是我给的。"我不解地一愣，哥说："那姓潘的主任有个小舅子在我们场里，要入党，他找过我，我给解决了。"哥说得轻松、自信。"爸知道吗？"我问。哥说："不知道，这事别跟爸说。"哥看出我的疑问，临了叮嘱又叮嘱我。我茫然地点点头。

9

哥很少来家。问哥，哥说："忙呀。"时间长了，母亲免不了唠叨。唠叨归唠叨，哥依然很少来家。父亲见母亲唠叨，就烦母亲一句："老大那不是工作忙得慌嘛。"母亲听了，就哑言了。

单位上要父亲去伊春城里出趟差，在家走时说好四天后返回来。父亲走后的第二天，清晨，天刚蒙蒙亮，母亲还睡在炕上没起来，忽然被一阵敲窗声惊醒。母亲惊慌地披衣起来，拉开门一看，竟是披着一身晨露的父亲。母亲不觉诧异了。

"出了什么事？"

父亲没有回答母亲的问话，径直走到屋里头去，这才急喘着粗气，劈头问跟进来的母亲：

"家里没出什么事吧？"

母亲被问慌了，不知所措地翻着白眼球：

"没，没有呀……"

"哦。"父亲这才缓了口气，一腚坐在炕被上，用手抹了一把脑门上蒸着热气的汗珠。见母亲还在发愣，就慢慢讲起：昨晚区里有一台汽车去伊春城里拉货，听跟车的人讲，贮木场职工食堂着火了。父亲听了心里一惊，连夜急着跟拉货车回来了。父亲蹲坐在货车厢外面，整整颠簸了大半宿，衣服、裤子都叫露水打湿了。

"我寻思，他是书记，场里失火还不得找他担着呀？"听到母亲的埋怨，父亲很不服气地说。母亲把他的湿衣、湿裤拿外面院子里搭晾去了。

白天吃午饭时，父亲打发小妹去叫哥，小妹去了。过了一会儿，小妹一个人回来了。

"你哥呢？"父亲没好气地问道。

"我嫂子说，他叫别人找去吃饭了。"

"吃，吃，就知道吃！吃出事就不用他吃了！"父亲一摔筷子，急躁地在屋地上踱起步来。父亲现在好像对哥吃喝场过多特别反感。

傍黑，哥来了。哥的身体明显地发胖了。哥在凳子上坐下来，老式木凳"吱嘎——吱"不堪重负地叫了一声。父亲听见了没有抬头，仍坐在炕沿上闷头抽烟。哥坐稳了后，也从兜里掏出一盒红塔山烟来，抽出一支放在嘴上点燃，随手把烟盒放进炕沿上父亲的旱烟笸箩里。父亲没动红塔山，父亲从不吸白杆烟。父亲抖动着手一根一根熟练地卷着旱烟卷，吸着……父子二人各吸各的烟。屋里积聚起来的烟雾，很快将两人的脸渐渐遮盖住了。父亲慢慢从烟雾中抬起花白的头来："你们场子里失火，你知道吗？"

哥说："知道。"

"知道，你是怎么办的。"

哥说："冯场长主抓后勤这一路，现在是谁主管谁负责。"

"那你就没一点儿关系啦？"

父亲啪地扔掉手里的半截旱烟，喇叭筒状的旱烟头挺不情愿地躺在粘着痰液的地上，委屈得颇有些愤怒地瞪着猩红的眼睛。

哥不说话了，闷头吸烟。二人又重新陷入浓重氤氲的烟雾中。

父亲在家只待了一天，第二天又坐火车返回了伊春市里。因为父亲的公事还没有办完。

"唉，老了老了，还得为小的操心。"母亲长长叹了一口气说。

"其实，爸要是不放心，他应该打个电话来家问一下。"嫂子说。

这一年秋天，哥被提拔做了区组织部长，并且进了区常委班子。哥是区领导班子成员中最年轻的一个，这也是我们家族里出的最大的官。

10

我在外上大学四年，最末一学期回家度寒假，方得知父亲要被单位长期派到外地工作。父亲所在的供销社已扩大为供销联社，要和山东某地搞木材联营经销，需要联社派人去山东驻扎。照理单位上应该派个年轻一点儿的人去，而父亲一大把年纪了，再过两年就退休了。

"这是卸磨杀驴。"三弟说，县官不如现管，哥不在潘主任内弟单位当书记了，自然也就管不着他了。"也不能怪人家啊，也怪你爸不明事理。"母亲当我说起潘主任有几次报销被父亲挡了回去的事。"我总不能把他在饭店吃饭打的白条子入账报销吧！"父亲听到了，生气地顶了母亲一句。

我显然是不能同意三弟和母亲的说法的。哥来家，我单独问哥："这是咋回事？"哥听了脸沉了一下道："这是姓潘的给我脸色瞧呢。"哥说潘主任跟区上的某位区长关系挺好，这位区长曾私下里跟哥提过，要给潘主任挪挪位，职务由副科级提做正科级。哥本来也想给他变了，不想在班子讨论时书记发话了，说老潘的年龄到线了，不要再提了。书记和这位区长一向不和，哥不能不听书记的。会后，

28

书记又找到哥，责成哥代表组织找老潘谈话，动员他明年申请退居二线。哥就去找潘主任谈了话。

我听明白了，问哥不能不让父亲去吗。

"这个姓潘的，本来是班子会上组织研究决定的事，他竟然……"哥说完，淡淡一笑。做了组织部长的哥显得很成熟。而后，轻轻地无可奈何地摇了摇头。

后来哥说："爸不让我管他的事。"哥说这话时，脸上明明灭灭陷入一种沉思中去……

父亲好像很愿意去山东。父亲说："我也想回老家看看去了。"父亲说这话时，眼睛流露出一种深深眷恋往昔的混浊目光。父亲近来时常流露出这种老年人惯有的眷恋故土的念头。父亲说这次走也顺便把母亲带回老家看看。父亲要去工作的地方离父亲母亲的老家黄县差四百里路。父亲打算提前一个月动身走，先把母亲送回老家，到祖父祖母的坟上看看，然后再如期赶到工作地高密县。一晃父亲出来大半辈子了，只回去过一次，那还是祖父去世的时候回去的。想来，老家对于父亲来说，已是一个很陌生的概念了。

父亲母亲动身前的一段日子里，哥、嫂和侄女莹莹天天来家。哥来后，坐在屋里不多说什么，一根接一根闷头陪父亲吸烟。吸了一会儿，常听见窗外有人喊："王部长，王部长请出来一下。"来人是组织部的干事，有事来请示哥。哥就走出去，在院子里与来人交谈了几句，来人便应着走了。当时正值区里明年中层科级干部调整，组织部的人一天到晚找人谈话。父亲叫哥别来了。哥说不碍事，照旧天天来，哥也不再到别人家喝酒去了。

一天，哥两眼红红地来家，母亲见了问："又喝酒啦。"哥红着眼皮没吭声，坐在凳子上低头吸烟。烟屁股沉默地躺了一地。过了一会儿，嫂子悄悄把母亲拉进东屋里，说哥昨晚独自一人在家喝闷酒哭了。母亲惊问："为啥?"嫂子说，哥说他净给别人的事帮忙，自己爸的事却帮不上忙。这么大岁数了，还要离家到外地工作。母亲听着听着眼圈就红了，用袄袖抹了抹眼睛，叹息了一下轻声说："多余呀，你爸他这是自己愿意去的。"

随着离别日期的临近，家里的气氛也变得凝重起来。谁也不愿多说话，都想静静地守着这份一下子变得难得团聚的光阴。家里准备的鸡、鱼、肉年货，都提前拿出来做着吃了。嫂子每天换着样做，但大家吃得都不多。看嫂子将剩菜倒掉时，父亲总要不满地说上一句："再做饭时掂量点儿做。"每天晚饭后，哥和嫂子待到很晚才离去，莹莹也不和她爸妈回去，留下来和奶奶在一个被窝里睡。

在张罗买车票的事上，父亲和哥发生了一点儿争执。父亲主张坐硬座，以前出差父亲也都是坐硬座的，一来是父亲他们单位经费不太宽裕（父亲当会计他知道），二来坐硬座报销时可以有补助。这回要带上母亲，母亲的路费是不能报销的，坐卧铺又要花不少的钱，父亲有点儿心疼。"不用他报销。"哥一挥胳膊说，卧铺票自然要由哥来买。母亲身体不好，要坐两天三宿的车船，会吃不消的。一家人都主张坐卧铺，父亲勉强同意了。

时近年关，卧铺票是很紧张的，就是平常这个林区四等小站上，也只有三张卧铺票可售。哥找了原来单位贮木场的人去办这件事。贮木场有外地来采购木材的老客，他们天天和铁路上打交道，和车站上、列车上的站长、列车长都很熟，买张卧铺票也不是很难的事。偏不巧的是父亲定下来走的日期，恰碰上林业部在伊春林管局所属各线开的现场考察会刚结束。卧铺票都给开完会赶回去过年的干部包了。走的前一天晚上，哥在家里吃饭，贮木场场长急急忙忙把司机小丁打发来向哥传话："王部长，卧铺票都叫开会的人包了，场长让我来请示你，买后天的卧铺票行不行？"哥停下筷子，转头向父亲商量："要不，晚一天走吧？"父亲说："别晚一天走啦，就买硬座票走吧。"哥听了，沉吟了一会儿，撂下筷子转身站起来对小丁说："你回去跟你们场长说，就买明天的，买两张卧铺票一张也不能少。"父亲在一旁听了，急了："不是告诉你买硬座票吗，怎么又去买卧铺票！"哥看着小丁走出去的背影，两手一摆，"我就不信这点儿事办不成。"不知是说他自己，还是说场长。

当晚，哥一家人在家里住下了。我和哥睡在东屋里。半夜很晚的时候，听门响了一下，父亲摸索着进来把哥叫出去了。我以为又是为买车票的事。哥走回来，我蒙眬着眼问哥："爸找你干什么，这么晚啦？"哥停了一下，说："他叫我跟我们组织员说说，早点儿把他的组织关系转过去。"我听，愣了。

哥在炕上翻了几回身，后来听哥在黑暗中说了一句："这是咱爸头一回开口找我办事……"

我心里悸动一下，很久才重新睡着。

第二天，卧铺票果然买上了。小丁开车把我们一家送到车站。列车进站了，场长在一个老客的陪同下，宽心地笑着把两张卧铺票交到了哥的手里。哥又把票交给了父亲。父亲拿着卧铺票瞧了又瞧，小心地攥在手心里了。这是父亲第一次睡卧铺。

凛冽的寒风，吹拂着站台上每一张离别匆匆的脸孔。父亲和母亲向卧铺车厢走过去。从背影上看，父亲老了，沾着花白霜花的棉帽下，露出的是同样花白的胡楂。父亲再也不是三十多年前靠着一双脚板闯关东的汉子了。父亲在上车门梯磴时，吃力得险些跌倒。站在门口上的那位年轻的女列车员搀扶了父亲一把。父亲不好意思地冲年轻女列车员谦卑地嘿嘿憨笑了一下。此后父亲的腰，再也没有挺起来过，一直弓曲着脊背站在那里，缓缓地冲我们摆摆手……直到从我们泪水模糊的视野里消失了。

"走吧，二弟。"不知什么时候，空荡荡冷清清的站台上，只剩下了哥和我两个人。

我挪一挪冻得麻木的腿。

走了。

站前民警

1

下午傍下班时，指导员刘士杰领着新分配来的民警吴滨生从分局回到站前派出所，第一场冬雪就下来了。飘飘扬扬、热热闹闹的雪花直往脸上撞。院子里影影绰绰立着两个人在说话。走到对面才看清是副所长王恒和内勤孙显雨站在那里。两个人的肩上都扛了一肩的雪，站在那里也不知道有多久了。

刘士杰便把吴滨生给两个人介绍："这是新分到咱们所来的警校生小吴。"

两人听了向他伸过手来。

吴滨生则规规矩矩给两个人敬了礼。

刘指导员叫内勤孙显雨去库房拿一套新行李放在宿舍里，孙显雨照着去做了。

天色模模糊糊地黑了。王恒站在那里跟刘士杰说了一句："我有点儿事，先走了。""你去吧。"刘士杰头也没抬地说。

王恒转身走了两步，想起来什么似的又回过头来瞅着小吴说："警校校长还是杨子善吗？"

吴滨生依然规规矩矩回答他："是。"

王恒就眨了眨眼，说："这个杨拐子，干得还挺长久的。"掉头走去了。

小吴怔怔地站在雪幕里有点儿发愣，没明白走去的这人说的什么意思。后来吴滨生才从刘士杰嘴里知道，王恒和孙显雨两个人也是从他毕业的警校出来的，只不过比他早毕业六年。想想还是校友哩。站在那里的小个子刘指导员是部队转业出身，老婆还在乡下，他一个人在所里住单身宿舍。

已过了下班时间，派出所里的人已都走了。刘士杰和吴滨生在院子里站了一会儿，听见派出所那间暗室兼库房的铁皮板房屋里传出来异样的动静。刘士杰就问从里面走出来要离去的孙显雨说："是谁在里面？"孙显雨说："是刑警队的冯队长和小梁子，他俩刚才在车站抓了一个洗皮子（指偷钱包）的。"刘士杰听了想到离开的王恒，王恒是不愿见冯队长才说有事先走的。王恒以前在分局刑警队当副队长，听说与冯队长闹不和才被挤到站前派出所来的。

刘指导员和吴滨生朝那边走过去，还没等走到板房门前时，就听到紧闭的门里传来很粗野的喝骂声和沉闷的拳击声。叫吴滨生想起了警校拳击练习用的沙袋。他突然有点儿恐慌地瞅瞅刘指导员。刘指导员像没听到什么似的摸出了钥匙，打开了暗锁反锁着的门。

门打开了，里面黑漆漆的。门边有人气咻咻地问了一声："谁？""是我。"那人听出是刘指导员，口气缓和了下来，"是刘指导员呀。"刘指导员打开了一盏十瓦的小红灯泡。里面的人、物才慢慢显影出来。坐在门边上的冯队长是个矮墩墩的汉子，挨着他身边的是个精精瘦瘦很精明的年轻人，剃着平头，脸上透着一股文静之气。

他不太自然地与冯队长对望了一下眼神，又把目光朝刘指导员身后的小吴望过来。刘指导员给他俩介绍："这是我们所新分配来的小吴。"小梁子移去了目光。

屋里一时沉默下来。

"有什么事叫我一声。"刘士杰瞅瞅冯队长又瞅瞅小梁子，说了一句，和小吴退了出来。

刘士杰和小吴去铁路公寓食堂吃完饭回来，冯队长和小梁子还没有将那个人审完。从板房里传出来断断续续的审问声。他俩回到宿舍，刘指导员又过去了两趟。快半夜时，刘指导员有些困倦地回来说："睡吧。"两人刚要脱衣躺下，小梁子进来了，说："冯队长要刘指导员过去一起出去吃点儿夜宵。"刘指导员心下明白老冯知道他们在站前饭店有点儿账，不好不去，故意岔开话题："那人呢……"小梁子瞅了瞅小吴，很客气地说："吴滨生麻烦你给看着点儿。"

吴滨生赶紧穿好了衣服，走进了板房里。

先前进屋时，那人背着脸面向板墙，现在则转过脸来。看出来这是一个二十一二岁的青年人。不知是过度疲惫还是困倦了，他的头一动不动垂耷在胸前，瘫坐在地上。手腕被一副铜铐锁在了暖气片供水管上。

屋子里泛着冷寂的凉意。过了一会儿，他抬了抬头说要上厕所拉屎，吴滨生就将他的手铐子打开了一个环，牵着他往外走。他一拐一拐地跟着，看来是被打得不轻。板房后面有一个简易的厕所，四周用篱笆竹席子围着。进到里面又听他说道："政府，你不嫌臭吗?"

吴滨生也觉着和他蹲在茅坑边沿上有些不舒服，就将手铐的另一只环扣铐在了木柱上。他走出来，站在外面等着。

雪还在无声地下着。看来今冬这场雪会下得很大，小吴想。从车站里传来老式蒸汽机车头的启动声，咣嚓——咣嚓……车轮碾轧铁轨声清晰地传过来。有零零星星的下夜车的旅客从那座暗旧的黄色票房子里走出来。灯光处，除了夜归的旅客身影外，还能看到一两个身穿铁路制服去站上上夜班的铁路工人。他们大都哈欠连天，显然是刚刚从温暖的被窝里爬起来的。迷迷乱乱的雪花，渐渐遮住了匆匆闪过的人影……

刘指导员陪冯队长和小梁子吃饭回来了。"小吴，人呢？"指导员问他。他一指竹席厕所："在里面拉屎呢。"

小梁子警觉地看了他一眼，灵巧地闪身进了里面。出来时说："他跑了。"几个人走进去看，只见那只铜铐子还锁在木柱上，另一只环扣打开了，像个问号吊在那里。小吴一下子傻了眼，刚才还积存的一点儿对嫌疑人的同情荡然无存，心里充满了焦虑、羞愧、惶恐不安，如果这个时候抓住他，他真恨不得狠揍他一顿。

"怎么办？我们马上到车站里找找看。"刘指导员难为情又不安地说。

"早跑没影了他孙子。"冯队长说。

"要是他跑没影了倒好了，就怕……"小梁子说了半句看了小吴一眼住了口。

吴滨生像被人打了几个耳光站在那里，脸上火辣辣的。这毕竟是自己的失职，而且是刚来当警察的第一天。因此在冯队长和小梁子他们回分局走后，他又主动要到票房子里找找看。刘指导员就同他一道去了。可是票房子里除了几个常在那里过夜的盲流外，半个面熟的人影都没有。

两个人回到宿舍，天就快亮了。刘指导员躺下就睡了，并且还打起了呼噜。而吴滨生则躺在床上翻来覆去转身子，怎么也睡不着。

2

　　第二天一早开会时，刘指导员给大家介绍了小吴，说这是新分来的警校生。吴滨生规规矩矩站起来给大家敬了礼。刘指导员说时瞅了小吴一眼，小吴明白那一眼是什么意思，脸微微地有些发红。可能是碍于他刚来，刘指导员没提昨晚跑人的事，只是讲以后上级来所里办案子，大家要主动配合一下。刘指导员这是说给王恒听的。小吴有点儿感动，散了会抢着拿扫帚出去扫雪。

　　扫除了半个院子的雪后，才见外勤组的大李和内勤组的孙显雨手里拿着笤帚出来，大李瞅了瞅院子，走过来对小吴说："不用扫了。"小吴一愣，指着剩下的半个院子的雪说："为什么?"大李说："那一半是铁路派出所的卫生分担区，铁路警察各管一段嘛。"大李扯着嗓子唱了一句又拎着笤帚回去了。小吴愣了愣又接着扫下去。扫着扫着遇见了铁路警察从房里出来，就有人问孙显雨："这是谁?"孙显雨说："我们所新来的民警小吴。"问的老警察呃呃了两声说："嗯，小伙子不错。"

　　铁路派出所和站前派出所住在一个院子里，铁路派出所是朝南开门的一幢黄砖房，站前派出所是朝东开门的一幢黄砖房。站前派出所刚一成立时，两家曾为房子的事扯过皮。那会儿面朝东的那幢黄砖房原来也是铁路上的。站前派出所成立后经过地方和铁路部门的协商为工作方便，决定住进这个黄房子，等以后建了新车站后再盖派出所房子。可当时占着这个黄房子的铁路派出所说什么也不给倒。后来经过地方公安分局找他们的铁路公安分处，这才给倒了。为房子的事两家像结了疙瘩，刚开始办案时互不来往。按规定车站五十米以内，铁路沿线五米之内发生的案子归铁路派出所管，车站

37

五十米以外，铁路线五米之外归站前派出所管。可双方工作总有个配合问题啊。今年春天铁路上集中整顿站、车秩序，王恒带人抓了几个绺窃犯，一问都是铁路沿线"蹬大轮"（指在火车上绺窃作案）过来的，王恒就把人交给铁路派出所了。春季严打结束时，铁路派出所捧回了公安分处奖励的一台座钟和一面锦旗。两家这才有了走动，有了一团和气。至少表面上看是这个样子的。五一节时，铁路派出所在站前饭店里会餐，李所长还特意把王恒和刘士杰他们找了去。

这天上午，铁路派出所的外勤民警老白过来，告诉说："货场南边的铁路道轨旁发现一具无名尸体，你们不跟人去看看?"王副所长听了后，就打发外勤民警大李和小吴带上近期的通缉令和寻人启事去看了。

老白有五十岁左右的年纪，头发都有些花白了，胖胖的身躯，腹部显得很大。路上，老白说他是铁路上的老人了，这个车站刚一建站时他就在这里做铁路警察了。这里的每一个道钉他都十分熟悉。老白说这话时闪着一双缺少睡眠的眼睛打量着小吴，显然有点儿倚老卖老的意味。他们三人沿着铁路线走，道轨中央有穿红黄相间工作服的道班工人在清扫积雪。积雪在他们的脚下发出吱吱咕咕的响声。有个青年工人同老白打招呼："老白，昨晚又灌了几两猫尿?"老白笑骂道："小心我揍你的屁股。"叮叮当当的铁锹声里就响起了一片嘻嘻哈哈的笑声，冷清的空气里，荡起来一片白雾。

走了约三十分钟，他们三人走到了货场外的铁路线上。铁轨旁横卧着一具尸体。是一具女尸，身上穿着的裘皮大衣被拦腰轧断了，粉红的皮肉、血水凝固在雪地上很是刺目。小吴在警校第一次上解剖课时呕吐过一次，这回又忍不住背过身去，往地上干呕了两口酸水。

"瞧她，还是一个蛮漂亮的娘儿们。"大李说。

老白已拿去了盖在她脸上的一张旧报纸，蹲下身去，像一个老父亲，嘴里喃喃道："多好的一个姑娘呀，可惜啦，可惜啦。"

小吴回过头来，吃惊地发现她的确是一个很漂亮的女人，有三十一二岁，正是一个女人最丰满的年龄，像朵花夭折了。

接下来大李和小吴去翻手里的通缉令和寻人启事。大李几下就翻完了，嘴里像含着什么东西咕哝着："这么漂亮的娘儿们是不会遭到通缉或走失没人管的。"

说话间，一列客车呼啸着从身边通过，裹挟起的雪雾撒了他们一身一脸。绿色的车身也挂满了寒霜，透过化开冰花的车窗，看见里面有几个旅客在向他们三个警察指指点点，且目光里透着一种好奇的询问。

"想知道吗，就下来吧！"大李隔着车窗玻璃喊了一句，随后立起了大衣领子，将耳朵缩在了里边。

"有吗？"

"没有。"小吴也翻完了手里的厚厚一沓寻人启事。

"我们回去吧。"大李说了一句。

两人刚刚转过身去，又听老白站在身后说道："有样东西你们不想看看吗？"两人回过头来，老白手里举着一本沾着血迹的书，冰冻的血迹将封面弄得很模糊，书名看不太清楚。

"是什么书？"大李问了一句。

老白站在那里辨认着，结结巴巴读出来："是……安娜……卡列尼娜。"

"这是本什么书呢？"大李有点儿摸不着头脑地问。嘴上呼出的哈气已使他大衣领子挂上了白霜。

"是一本小说。"小吴说。

"噢，这个娘儿们，还有心思看闲书。不定她家里人有多着急呢。她也总该为她家里人想想啊。"大李瞅了一眼阴冷惨白的天空，有些生气地说道。随后他俩就走回去了。卧轨自杀之类的事情，都由铁路警察来收尸。

小吴脑子里一天都在想着那个卧轨自杀身亡的年轻妇女。在警校上解剖课那次，他整整两天没吃东西。到了晚上他和刘指导员到铁路公寓食堂去吃饭，在那里碰见了老白。老白家在铁路工区住，一周回去一次。老白要了一盘酸菜炖血肠，一个人坐在那里喝酒。看见他进来，晃了下手里温酒的白瓷壶："喂，小伙子，过来喝两口。"他赶紧摇摇头。老白说："当警察就得学会喝酒，是吧，刘指导员？"刘指导员冲他笑了笑。随后老白又关心地问起刘士杰什么时候把乡下的老婆安排到城里来住。刘指导员苦笑着摇了摇头，说："难呀，今年的户口指标又冻结了……"他走过去时，老白叹息说了一句："老光棍的滋味儿不好受啊。"

刘士杰听到了他的话，怔了怔神。刘士杰走到餐厅小卖部窗口，要了半斤散白酒，坐到桌前给小吴倒了些。小吴忙说："我不会喝。""喝。"刘士杰命令道，像跟谁赌气。小吴只好陪他喝起来，酒一下肚辣得他吐了下舌头，麻辣辣的感觉刺激得他什么也不再去想了。

回到宿舍，小吴躺下便睡着了。半夜时，刘士杰出去起夜，怕风吹着靠门边床上的小吴，把门轻轻带严了，谁想这一带竟把暗锁给锁上了，撒完尿回来，怎么叫门也叫不开。冻得浑身哆嗦的刘士杰只好用铁锹头敲开了门板，伸手进去打开了锁。进屋后发现小吴还在蒙头睡着。早上，门洞上的风吹醒了小吴。小吴吃了一惊，拿眼去瞅指导员，"指导员，这是……"刘指导员正坐在床上生闷气呢，见问反诘道："你问我，我还想问问你呢？当警察这么睡得像死猪，迟早得让脑袋搬家。"

小吴就想，这都是昨晚喝了点儿酒的缘故。不过反过来想想，和指导员吃住在一起，什么缺点都会暴露在他面前的。小吴就想什么时候刘指导员把老婆调进城里就好了。

3

刘指导员的乡下女人来了。这是一个瘦瘦弱弱三十岁左右的女人。好像有什么病，面色有些发黄。午后内勤孙显雨把她领到宿舍时，刘指导员还在睡觉，他昨晚上夜班了。刘指导员睁着一双布满血丝的红眼睛劈头就问："你来干什么吗?"这个女人眼圈就发红了，怯怯地说："你爹你娘叫俺来的，说冬闲了，叫俺来城里看看你。"孙显雨一听这话，就去把王恒找来了。王恒说："先住下吧。"就叫小吴搬到隔壁内勤办公室去住。又叫人把两张单人床拼到了一起。刘指导员想想也就不再说什么了。

刘指导员是个孝子。在部队时家里给他张罗托人提亲，他没见面就同意了。当时许多人劝他，转业到地方再找女人成家也不迟。言外之意他一个部队转业干部怎么能找个乡下女人，躲还来不及呢。可是他没听人的劝告，还是在转业的头一年与这个本村的女人结了婚。结果他转业分到这个城市里来，他女人还在乡下。他本以为他在公安部门工作，户口会好调些。可是他去了几趟市局户政科才知道越是内部人越难调。后来通过一个知情人才得知，他无意中把那个户政科长给得罪了。那个户政科长有个远亲在他管区申报过户口，由于条件不够，他给卡住过。可是他当时也不知道谁是谁的亲戚呀。那时户政科长还不是户政科长。户口调不到城里来，他女人只能待在乡下。他每月回乡下一次，住个三五天再赶回来。令他恼火的不是这些，令他恼火的是他与这个女人结婚有八年了，可是这个女人

41

流产了六次，至今还没有孩子。他领着自己的女人去医院检查过，医生说是习惯性流产，叫她再怀孕时注意保胎，否则……医生看了一眼满脸焦虑的他没有再说下去，沮丧的他似乎明白了医生没有说出来的话。

小吴晚上躺在床上，又听到隔壁传来女人嘤嘤的抽泣声（不知刘指导员又说了什么），过了一会儿又听到刘指导员压抑的像哄小孩的说话声。抽泣声小下去了，到半夜时，又听到床板有节奏的响声。小吴便在心里有些同情起刘指导员来。

白天，小吴去书店买书回到所里，看见那女人蹲在走廊里洗衣服。小吴打了一声招呼："洗衣服呢。""嗯哪。"刘指导员的女人应了一声。小吴走回自己屋里，发现自己脱在床上要洗的那套警服不见了，放下书返身出来，看见自己的那套大号警服正泡在女人的盆子里呢。小吴慌忙上前挽起了袖子："这怎么行呢，这怎么行呢？"就要捞出来。女人摁住了他："反正我是顺便洗的。"小吴争不过，就去帮她拎热水。热水要去车站候车室里拎。拎热水回来，女人同他搭话："小兄弟，今年多大了？"小吴答："十九岁啦。"女人又说："我以前来怎么没见过你？"小吴说："我刚分来的。""哦，怪不得，家在外地？""嗯。""想家不，瞅你还是个孩子。"女人这样一说，小吴脸就红了。

回屋，小吴想该给家里写封信了。自从警校毕业，还没有写信告诉过家里。小吴家在省城，内勤办公室桌上那部电话机就可以打长途，小吴只要拨一下就能要通家里。小吴想起刘指导员在会上讲过的，不准私事用所里的电话打长途，就坐下来写信。

"噢，写情书呢。"孙显雨进来，瞅见他呆坐的样子，开他的玩笑。

"不是，写封家信。"小吴脸又红了一下。

"瞧你，写家信还神神秘秘脸红干吗？"孙显雨没太在意他收起了信纸和信封。孙显雨看见了床上放着的那本书，就走过去拿了起来："你看的小说？"

小吴点点头。那天他和大李去察看那个自杀的女人回来，就想再找到这本《安娜·卡列尼娜》看看。上中学时他读过一遍，现在差不多忘光了。今天去书店，看见有这书就买了一本。

"警校让看小说吗？"

小吴说："课余时间是允许的。"

过了一会儿，孙显雨突然问道："警校现在让谈恋爱吗？"孙显雨问时眼睛不太自然地移向了别处。

小吴摇摇头。

吴滨生走出屋来，去车站将那封刚写好的家信投进候车室门外一个挂在墙壁上的信箱里。抬起头来时，发现天上不知什么时候又落起雪来，这叫他觉得冬天很有意思。他站在那里看着上车下车的人从他身边走过，漫不经心的雪花就落到这些人的身上。检票出口处不时吹过来一阵凛冽的寒风，叫一些人竖起了外衣的领子。雪花聚聚散散、离离合合，无人去理睬它们的行踪……地上一会儿就变白了。匆匆而过的人们踩在上面，发出一片柔和的响声。

那天，在站台上执勤时，他遇到了老校长，老校长杨子善刚出差回来，离挺远他就听到杨子善左腿假肢发出一种吱咯、吱咯熟悉的声响。杨子善这条腿，据说是抗美援朝时留下的纪念。他走上前去给老校长敬了个礼。杨子善能够叫出他的名字他并不觉得奇怪，毕竟才刚刚离校两个月。令他奇怪的是杨子善说出了王恒的名字，并叫他去把王恒找来。他把王恒找来了。王恒阴沉着脸走到他跟前说："你还记得我？""记得，记得，你现在是副所长了，是咱警校的骄傲啊。"杨子善打量着他的学生说。王恒并不领情，依旧冷冷地说道："可我曾经是一个受过处分的学生。"杨子善脸红一阵白一阵。小吴有点儿看不过去，赶紧帮着老校长拎着行包走出了站台。

自从来到派出所里后，小吴已听说了王恒和孙显雨在警校时谈过恋爱这件事。因为这个两人都受到了处分，两人就分手了。两人的学业和分配倒没受到影响。毕业时，王恒分配到分局刑警队当刑警，孙显雨分配到派出所当内勤。毕业后，两人各自找了妻子和丈夫结了婚。只不过王恒在两年前与自己的妻子离了婚，又在一年前被调到了站前派出所，又与孙显雨工作在了一起，别人不觉有些尴尬。

傍晚，吴滨生踩着清雪走回所里时，看见走廊里那个女人用铁耳锅炖了一只鸡在炉子上，一股香喷喷的鸡肉味儿弥漫得满走廊都是，让人流口水。刘指导员叫小吴晚上不用去食堂了，一齐过来吃鸡。说完他又去找王恒。

王恒这几天正在调查铁路家属区一起杀人的案子。每天下班走得都挺晚。刘指导员过去叫时，王恒刚好从铁路家属区回来，看看表已过下班时间了，就放下手里的调查记录本从屋里站起身来说，他有事得回去。刘指导员拉着他的手不让他走，说难得吃一回鸡，吃完鸡再回去吧。王恒就说今天是二十号。刘指导员一听说是二十号，就松开了手。知道今天是他和军军待在一起的日子，就放他回去了。

刘指导员对着他走去的背影默叹了一口气，摇摇头。

1

王恒紧赶慢赶到了幼儿园，军军还是被人接走了。一问看门的老头儿说是个年轻妇女接走的，他才稍稍放下心来，只是多了一份失望。自从和妻子离婚后，双方商定每个月二十号由他领回军军和他待在一起。今天由妻子接回了军军，他就失去了和军军待在一起的一次机会。他无精打采地走回家来，也懒得过市场买菜了。回到家里，他先一个人在冰凉的炕上躺了一会儿。等到肚子饿得咕噜咕噜叫了，他才想起来去厨房下面条。

炉子烧热了时，门被人敲开了。他一阵惊喜，门外站着军军和孙显雨。

"是你接的军军？"

"我下班走时，看见你不在屋里，他们说你下管区调查那个案子去了，我想你不知什么时候才能回来，就替你把军军接回来了。"

"快进屋坐。"他闪开身让道。

孙显雨进屋来又告诉他军军已在她家里吃过饭了。他听了不安地想到什么说："给你添麻烦了。"

"麻烦什么，艳艳她爸出差了，艳艳也想和军军在一起吃。小孩总愿和小孩在一起的。"

他听了心里稍稍减轻了不安。

孙显雨见他还没吃饭，就动手给他下起挂面来，并打了两个鸡蛋在里面，鸡蛋也是孙显雨从家里带过来的。

王恒吃过面条，军军也有些困了。哄了军军睡觉，孙显雨说她也该回去了，艳艳一个人在家睡觉呢。王恒就起身关好门走出去送她。走到孙显雨家门口，孙显雨让王恒进屋坐一会儿。王恒正犹豫进不进去坐一会儿时，又听孙显雨说道："也不知艳艳会不会睡醒。"王恒就止住了脚步。王恒对孙显雨说了一句："谢谢你。"就掉头走开了。暗暗的雪地里，脚步声吱咕、吱咕响了好久……

回到家里，躺在床上，王恒脑子里还在想着孙显雨。孙显雨找的这个丈夫也并不太理想，有两回他看见孙显雨脸上有些青肿来上班，没人时他问孙显雨怎么了，她说和丈夫打架了。王恒心里就想一个堂堂的区文教科长怎么会大打出手呢？想归想，心里还是告诫自己以后孙显雨家还是少去的好，免得她丈夫疑心他们还恋旧情。看看军军把一条腿蹬出来，他就给他掖好被子。一个晚上军军要蹬出三五次来，每次军军回家，夜里他都睡不踏实⋯⋯

次日上班，刘指导员从局里开会回来，对王恒说："冬季严打的第二战役又开始了，局里叫我们把那个案子限期在春节前破了。"王恒知道他指的是铁路家属区发生的那起杀人案。王恒听了反问道："刑警队为什么不破？"刘指导员嗫嚅地犹豫了一下说："局里说压在他们身上的案子够多的了。"王恒听了，哼了一声，心里想这是冯队长在给他出难题。本来发生这类杀人案派出所是可以移交给刑警队的。案发后他曾打过电话给冯队长，可冯队长说他们刑警队抽不出人来，就不上了。王恒知道这是冯队长要拿他好瞧，心里就一直憋着一股气。"要不，我再同局长说说看，把这个案子交了。"刘指导员察看着他的脸色说。王恒一挥手说："算了，我就不信缺了他这个臭鸡蛋就不做槽子糕了。"

下午他们又去了一趟铁路家属区。死者是一名退休工程师，生前曾在齐铁分局机务车辆厂工作。老伴儿过世多年了，退休后他一直一个人住在铁路家属区一幢三居室平房里。这是一座独门独院的白房子，四周围着木栅栏，房后是一块菜园子，房前是一块花园。花园里种着一些扫帚梅花，此刻枯萎的花枝已被雪压倒在地上了。老工程师是被人杀死在房子里两天后，被一个来借什么工具的邻居发现的。

王恒又细心地察看了一遍完好无损的门窗、暗锁，心想这家伙一定和老者认识，不然不会半夜三更叫开门的。可是他实在想不出他的作案动机。图财害命？老工程师积攒的几千块钱退休金存折还有八百元现金，案发后都完好无缺地放在抽屉里。报复杀人？据街坊邻居们讲，死者平素很少和人来往，可邻居们谁家有事找到门上，他都有求必应的，比如谁家电视机、录音机坏了……他都愿意给人家修理的。这样一个深居简出的老人会得罪什么人呢？

他又向两个年纪大的邻居问了老人有没有儿女或别的什么亲戚。两位邻居都摇头说：老人的老伴儿一生都没有生育。两个邻居老太太说时还念了一句阿弥陀佛，老天爷为什么要让这么善良的人没有儿女呢？刑警出身的王恒也在心里默念了一句阿弥陀佛，犯难地想，这真是一桩无头"死"案了。

他就蔫蔫地回来了。

"找到什么线索了吗？"刘指导员见到他问。

王恒摇摇头。

王恒见走廊炉子上熬着中药，一愣问："谁生病了？"

刘指导员说："你嫂子喝的。"

王恒不知怎么想起了那个无儿无女的老两口，心里一动说："我认识个老中医，专治不孕流产症的。带你家我嫂子去看看？"

"算了吧，她偏方没少吃。"刘士杰显得缺乏信心，愁眉苦脸说。

"他这人可挺神的，不少流产的妇女都让他给治好了。"王恒执意地说。

刘士杰听了将信将疑地望望他。

第二天，王恒就带刘指导员和他的老婆去看了。老中医住在城郊的一处平房里，一进门就见他家里围了一屋子的人，多数都是中青年妇女，同病相怜的脸上流露着焦虑、凄凉的神色，间或还夹杂着点儿隐隐希望的期待。老中医坐在靠炉子前的一把椅子上，正在闭目给一位妇女号脉，王恒悄声靠过去与老中医耳语了几句。老中医就睁开眼皮叫刘指导员的女人坐到前面的方凳上来。

"多长时间没有来例假了？"老中医把手搭到了刘士杰女人手腕上问。

"四十八天了。"女人怯生生地答。

老中医松开了刘士杰女人的手，给她开了个方子。又对刘士杰说："你女人这段时间不要干重活儿，不要受到惊吓。"

刘上杰像鸡啄米似的点点头。

回来的路上，王恒说："叫嫂子搬出派出所吧，好人住在这里容易被惊吓着的。"

"可是她回到乡下去又会在家里干重活儿的，乡下女人都是这个样子。"刘士杰想起了以前流产的情形，犯难地说。

"要不，你们搬到我的房子里去住，我搬到所里来，反正我一个人住在哪儿都行。"

"这怎么行呢，这怎么行呢？"刘指导员一听，慌忙站下了，不知说什么好地望着他。

"就这么定了吧。"王恒说完在头里大步走了去。

过了一会儿，刘指导员从后面赶上来说："下回局里再研究咱们所正所长人选时我把你给报上去。"王恒听了心里就笑了，心说刘指导员真是个农民。上回局里审查研究站前派出所正所长人选时，征求刘指导员意见，刘指导员知道他是刑警出身，怕他扶正后处处压着自己，就说了反话。想必这会儿心里有愧了。

回来后王恒就去把家里的东西简单收拾了一下，扛了个行李卷就回所里了。这边所里的人已帮着指导员把锅碗瓢盆搬了过去。

倒出宿舍来，小吴也搬回宿舍里来住了。晚上王恒回到宿舍，见他躺在床上看书，就问了一句："你在看什么书？"

"《安娜·卡列尼娜》。"小吴回答。

"一个可怜的女人。"

"你看过?"小吴放下书来。

"我看过苏联拍的电影,女主角演得棒极了。后来再看英国拍的电影,女主角则糟糕透了。"

小吴略有点儿吃惊地看着他,觉得王副所长比刘指导员有了几分层次。看来警校出来的和不是警校出来的就是不一样。

5

那个叫白婷的二十一二岁的女子就坐在内勤孙显雨的屋里,她刚刚哭过,面色苍白、呆滞,清澈的眸子显得六神无主。她手里捏着一张铁路局办的列车小报。在这份报纸的四版右下角有一则"寻尸启事",并配发有一张模模糊糊的尸照。不是亲近的人是很难辨认出照片上的死者的。"寻尸启事"是庆城铁路派出所发的。她显然是找错门了。不过,小吴从她那双出奇漂亮的眼睛里看到了一个月前在货场处卧轨自杀的女人影子来。她断断续续诉说着,突然而至的巨大悲痛使她声音听起来很不真切,她不时地停下来问自己:"这是真的吗?……"她是从齐市来庆城找姐姐的,没想到在火车上看到了这个不幸的寻尸启事。可怜的人!小吴这样在心里说了一句。

王恒叫小吴带她去铁路派出所。小吴等她擦了下脸上的泪水,就带她过去了。

吃过晚饭回到所里,王恒和小吴刚进屋,老白又带着白婷过来了。老白一进门就问道:"她舅舅的那个案子你们搞得怎么样啦?"

"谁的舅舅?"王恒一下子蒙住了。

"就是那个死去的老工程师……"老白很同情地讲道,下午她过去辨认了她姐姐的尸体后,就去找了她在这个城市里唯一的亲人——她舅舅家，可谁想听邻居们说她舅舅在两个月前就被人杀死在家里了。

王恒的眼睛倏地亮了，久久地盯着这个浑身上下透着丧气的女子。

"是你的亲舅舅？"

女子点点头。

……

老白像卸下去一个包袱，不顾那个女子嘤嘤抽泣着说："我可怎么办？天呀，我可怎么办呢？"问王恒："王所长，我可以走了吗？我可是还没吃晚饭呢。"

王恒连连点头："你可以走了，她留在这里交给我们吧。"

老白叹息了一声背剪着手走出了走廊，他那双老式的牛皮鞋底发出一阵吱沓、吱沓的响声……小吴想，他今晚又可以放松地喝上四两老白干了。可是他们怎么和这个哀丧的女子度过这个不愉快的夜晚呢？

接下来王恒叫小吴马上去内勤孙显雨家把孙显雨找来。小吴提醒他道："文教科长家里应该有电话。"王恒虎起脸来，说："有没有电话我比你更清楚，你最好还是快点儿把她找来。"小吴第一次看见王所长虎起脸来，赶紧去找了。

在小吴去找孙显雨的工夫，王恒弄清楚了这样一个基本情况，这个叫白婷的女孩儿一直住在齐市她姐姐家里（从她嘴里知道她姐姐的名字叫白苏）。她姐姐白苏是齐市铁路中学的一名语文教师，一个月前白苏向学校里请了假，说是到庆城来看望生病的舅舅。可是假期一个月满了，还不见她姐姐白苏回来，学校已打发人到家里来，难道她要在舅舅家待到放寒假吗？那对学校来讲可是从来没有过的先例。为此她和她姐夫都十分着急。她姐夫带着孩子走不开，只好打发小姨子白婷到庆城舅舅家来看看。白婷是一家医院的护士，请了假就一个人来庆城了。在这之前她只来过舅舅家一次，那还是小时候来舅舅家看姐姐。姐姐是过继给舅舅家的养女，在舅舅家读完中学后，考上了大学，不过姐姐出嫁后就很少回舅舅家了。今年冬天姐姐突然提出来庆城看舅舅，叫她和姐夫都有点儿吃惊。在这之前舅舅几次来信要白苏回家住住，白苏都没有做过回舅舅家待一段时间的打算。老天爷这究竟是怎么回事？当她在车上看到姐姐的"寻尸启事"后，简直觉得如晴天霹雳。

白婷述说得颠三倒四，断断续续，但白婷说出了白苏曾是老工程师的养女这一情况，还是引起了王恒的足够注意。

孙显雨和小吴来了后，王恒把孙显雨叫到一边，说："今晚你最好别合眼看着她。这个不幸的女子受到的打击太大了，她还是一个孩子呢。"

孙显雨让她躺在自己办公室的床上休息，自己则在椅子上坐了下来。

王恒连夜去了分局开了介绍信，他们打算明天一早就乘坐早班的火车到齐市去。走时他又叮嘱孙显雨打电话告诉家里一声。又派小吴去指导员家里通报了一下情况。他从分局回来时，看见刘指导员也跟来所里了。刘指导员一见他就问起来："那个案子找到调查的线索啦？"

他眨眨眼说："找到了，我打算带孙显雨和小吴到齐市去一趟。"

刘指导员说："那好吧，用不用再多派两个人跟你去？"

王恒想想说："不用了，人多了反倒惹人眼目。"

其实刘指导员是自己想去，但又放心不下自己的婆娘。她毕竟有了身孕，城里不比乡下，得处处照顾她。这个烂婆娘，真是麻烦。刘士杰只好眼睁睁看着头功与自己无关了。

天蒙蒙亮时，他们四个人冷冷呵呵上了庆城开往齐市的早班车。在站台上，王恒遇见了老白哈欠连天地从候车室旁边的一间执勤室里出来。"嗬，所长亲自送她回去呀。"老白想到了什么又说："白苏的尸体怎么处理呀，是不是交给你们？"王恒说："刘指导员会安排的。"王恒不想和他再多说什么，就上了已经打铃的列车。这是一趟慢行车，车厢里旅客并不多，显得有些冷冷清清的。有几个带着大包小裹的小贩歪在椅背上打瞌睡。过道对面的椅子上，白婷两眼呆滞地坐在孙显雨和小吴中间。孙显雨的头随着车厢的颠簸不时摇晃一下。她夜里一直没合眼，他想走过去叫孙显雨伏在台几上睡一会儿，但看见吴滨生伏在那里看书，便没动。车厢里光线暗淡，暖气没有烧热。半天也看不见列车员走过来验票。

　　三个小时后，他们抵达了齐市。铁路局机务车辆家属区离车站很近。出了站口走了约莫十分钟的光景，白婷就带他们来到了她姐夫家。这是一幢四层红砖楼，她姐夫家住在四楼左门。楼道的灯泡打碎了，楼道里有些暗，还堆了不少杂物。到了门口，孙显雨替白婷按响了门铃，还不到上班时间，估计家里会有人。过了一会儿门打开了，王恒悄悄扯了一下孙显雨的衣襟，把她拽到白婷身后来，并用警觉的目光审视着门内。门里出现了一个三十六七岁戴眼镜的男人和一个五六岁男孩儿的面孔，他们都大睁着眼睛注视着她和站在她身边的几个陌生的人。

　　"姐夫，姐姐她——"白婷声音颤抖着叫了一声，身体控制不住摇晃着歪在门框里的墙壁上抽泣起来，男人伸出的手顿时僵住了。

　　"你姐姐她怎么啦？"男人像被电击了一样摇晃着白婷的肩头，又把大睁的瞳孔转向了他们，"我妻子她怎么啦？"

　　趁这工夫王恒已用眼睛余光扫视完了屋内，他向孙显雨使了个眼色，孙显雨明白了，就把那个小男孩儿领到卧室里去。

"你妻子她自杀了。"王恒低沉着嗓音对他说。

"啊！自杀？这是怎么回事——不可能，老天爷我不是听错了吧？"男人一下子顿住了，两腿软软地站立不住蹲下身去，"这，这是怎么回事？白婷你快告诉我——"

白婷已泣不成声了。

有泪慢慢地从男人眼里流出来，大概他已相信了眼前这个警察的话。只是嘴上还在喃喃自语地说："这不可能，这不可能是真的，天哪，你丢下我们可怎么办呢？"男人极度痛苦哀伤地捶着自己的头。

小男孩儿似乎从大人的哭声中明白发生了什么事情，从卧室里挣脱着跑了出来扑进男人的怀抱里："爸爸，我要妈妈，妈妈呢——"

小男孩儿的哭声叫王恒不知怎么办才好。显然这个早晨他们带给这个家庭的不幸的消息对他们父子打击太大了。他任他们父子俩相互抱着哭泣着……他转视了一下这个三居室的房子。除了中间一间客厅外，两边东西各是一间卧室。东边的卧室里摆放着一张俄式双人铁床，铁床头正中的白墙上挂着的正是那个已死去的女主人和眼下正哭泣的男人的结婚照，白苏穿着婚纱，脸上带着淡淡的略显忧郁的微笑。这个男人穿着笔挺的藏青色西服，尽管也戴着这副眼镜，可王恒觉得这副眼镜并不太适合他。从他那理得整齐得露着青皮的发型和憨厚的表情上看，他还是一个地地道道的青年农民。当然他现在已经是一个工程师了，这一点他已从白婷嘴里了解到。西边的房间里摆放着一张单人木床和一张儿童床，房间的墙上挂着一张少女的单人照，白婷穿着一件白色连衣裙，看上去和她姐姐一模一样，只不过脸上的微笑还带有几分孩子般的快活气。

男人还蹲在那里不知所措地哭泣着，王恒走过去拍了拍他的肩，说:"你要节哀。"男人抬起头来略有点儿羞愧地望着他,似乎觉得应该擦去脸上的泪水,就用手背抹了一下眼睛。王恒说:"你先安顿一下,过些时候我们再来。"王恒没有说出白苏舅舅被人杀害的事。他想白婷会跟他说的。他们就先离开了于根宝的家。

6

走到街上,他们找了一家小旅店住了下来。吃过午饭,王恒叫孙显雨去白苏工作的铁路中学了解情况。他本想和小吴一同去铁路局车辆厂了解情况,那个死去的老工程师和于根宝都是在那里工作。但他想发生了这样的事,那个男人不会去工厂里上班的。就叫小吴一个人去了,自己则又去了于根宝的家里。

可是他想错了,那个男人去工厂里上班了,家里只有白婷和他的儿子。白婷看上去悲伤沮丧的神情好了许多,不知那男人都向她说了什么话。他儿子在自己的床上睡着,腮上还留着两道干泪迹。睡梦中又发出两声尖叫:"妈妈!我要妈妈——"王恒听了心动了一下,他不想再惊醒这个可怜的孩子,就没有和白婷多说什么。待了一会儿,就离开了工程师的家。

回到旅店房间里,他躺了一会儿,没睡着觉,就随手拿起对面床上小吴放在被子上的那本《安娜·卡列尼娜》翻了起来,翻到小旅店的窗子暗下来的时候,就走出了小旅店。门口有卖烤羊肉串的,蓝蓝的烟火将烤得流油的羊肉香味儿送进鼻里,他不由得吸了吸。又听人喊道:"羊肉串喽,五毛钱一串,买不买?"他买了四串,就蹲在他的烤摊前边吃边烤起火来。吃着吃着,孙显雨和吴滨生脚前脚后走了回来。他跟小贩说:"再来十串。"孙显雨和吴滨生也蹲下来吃。

吃完烤羊肉串，三个人回到房间里。他问怎么样，孙显雨说："白苏的确在一个月前和学校请了假，说是去庆城看望她的舅舅。据白苏的同事讲，白苏平常在学校里很少和别的老师来往。除了穿戴别人对她有点儿议论外，别的还没听到什么议论。""于根宝呢？"他转头问小吴。小吴说："于工程师在工厂里人缘很好，工人们都说于工程师没有知识分子架子。厂领导也说他在工作上和群众关系上都表现得很好，还……"

"还年年被评为劳动模范是不是？"王恒打断他说。

小吴惊异地看着他，奇怪他怎么知道。

王恒心想一个在得知了妻子自杀消息还能去工厂里上班的人，不会不是劳动模范的。除非他不爱他的妻子，可王恒凭直觉感觉到这个男人很爱他的妻子。

王恒又问："那个老工程师呢？有没有人知道他的情况？"

小吴摇摇头，说："我问过的几个工人，没有人知道他的情况。"

王恒想想也是，一个离开工厂这么多年又退休在外地的人，那时和他在一起的同事也应该都退休了，除了工会发放福利的人恐怕没人会记得他了。

看来今天一无所获。

吃过晚饭，王恒对小吴说他再去一趟于根宝家。小吴问他说用不用他也跟着去。王恒说不用了。

从于根宝家里出来差不多半夜十二点了。走在黑黑的巷子里，王恒疲倦地伸了一下懒腰。令他昏昏沉沉困倦的大脑有点儿兴奋的是，在于根宝那里他获知了一个情况，那就是死去的老工程师不仅仅是他的舅丈人，还是当初他和白苏的媒人，他嘴里不停地向王恒喃喃地问道："一个多么好的老人啊，怎么会遭不测呢……天哪，这究竟是怎么回事？"一连串的打击叫他一日之间白了许多头发，凌乱

55

的头发遮盖在他突出的额头上，憔悴的面容不时地痛苦地抽搐一下，闪在镜片后面的那双红肿的眼睛，流露出呆滞、沮丧、怯懦的目光。农民的天性叫他在这种时候记着人家给过他的好处。他告诉王恒，他和佟工以前在一个厂里工作过，他刚到工厂里时只是一名工人。他从工人干到技术员都是老工程师帮助提携的，后来佟工又向厂里推荐他上了大学，回来后又给老人当助手，提做了助理工程师，没过多久老人又把他的养女白苏介绍嫁给了他。成家的头两年每年春节于根宝都带着礼物到老工程师家去看看，后来老人调到庆城后逢年过节他也去看过，多则住个十来天，少则三五天。只是近些年少了这样的走动了，一方面是由于工厂对像他这样工农兵大学生的技术人员要求越来越苛刻了，什么学历补考呀，什么职称考试呀，外语补习班呀……他的节假日时间完全被占去了，好在于根宝肯学肯吃苦，在工厂里人缘又好，才没有解聘回到工人岗位上去，只是不敢再轻易向厂里请假了。另一方面也是因为白苏，白苏自从结婚后，似乎不愿再回到养父家去住了……特别是老人搬到庆城后，过春节都是他一个人回去看望老人的。现在想起来他有三年没有去老工程师那里过春节了，这真让他懊悔不已！"我对不起他老人家，他是我的恩人，我对不起他们呀，老天爷，为什么不叫我去替他们死呢……"他检讨着自己的过错，喃喃地说。

回到旅店时，小吴已躺下睡了。听到门响，小吴迷迷糊糊地说："孙姐来找过你两次。""有事？"王恒警觉地问。"关心你呗……"小吴说得有点儿像呓语。王恒关灯躺下，听见门上有轻微的敲门声，披衣出去，见门外站着孙显雨。"你一直还没睡？"他有点儿吃惊。"我有点儿担心，这么晚了还没见你回来。"孙显雨站在走廊里脸色有些恍惚地说。"别忘了，我是刑警出身。"他诡秘地一笑。走廊里很静，亮着一盏刚能瞅清人影的灯泡。孙显雨变戏法似的从兜里掏出三个茶叶蛋来。看到茶叶蛋他真的觉得饿了，跑了大半宿来回有三十多里路。他三口两口吃进肚里，看孙显雨仍站在门口不动，就说回去休息吧，时候不早了，你昨夜又一宿没睡。孙显雨看了看他，就回自己房间去了。

回到床上，他半天没睡着。心里想着孙显雨真有意思，就不怕小吴回去说闲话。

第二天，小吴和孙显雨又去了工厂和学校。王恒打算一早就过于根宝的家去一趟，昨天他已同他打过招呼了，说有几个问题还要找他了解一下。本来他说他可以到他们厂里去谈，可是工程师很坚决地拒绝了。叫他一早上过来，他等他。

敲开于根宝的家门，给他开门的是白婷，家里只有她一个人，他不觉得一愣。

"我姐夫一大清早被厂里来人找走了，说是一台机器出了故障，他要赶过去抢修。他说中午他去找你们，叫你们留下地址。他说他很抱歉。"白婷说。

王恒想他是不是故意躲避他们呢？他为什么不能向厂里请一会儿假呢……这样想着就很随意地问了一句："你外甥呢？"

"我姐夫带他去厂幼儿园了。我姐夫说这样对他会有好处……"白婷平静地说道。

王恒环顾了一下仍处处保留着女主人痕迹的屋子，突然想道：于根宝这么急于上班是不是也在回避着什么，还是散散心呢？

"你姐和你姐夫吵过架吗？"他话一出口，觉得自己问了个十分愚蠢的问题。

白婷毫不觉得难为情，回答他："他们从来不吵架。"

后来他又问到他们两人平时的生活习惯和爱好。白婷告诉他姐姐平时在家除了批改作业外再就是喜欢把自己一个人关在房间里读小说。而这位丈夫在家里最喜欢做的事情就是干家务活，连洗女人的内衣、内裤都包揽了下来。用白婷的话讲，她还从来没有见过这么能干体贴妻子的男人。王恒就挺尴尬地想到了自己，从前为洗衣服或干别的什么家务活总要和那个离了婚的前妻吵架，似乎已养成了习惯。在他看来干家务活是女人天经地义应该做的事情，可是女人也要工作呀。白婷似乎看出了他在想些什么。过了一会儿，她说她上午还要去市医院上班，她请的假到期了。王恒就告辞出来了。

王恒有些发闷地走回旅店来。中午，孙显雨和吴滨生都没回来。他吃完饭走回房间，看见于根宝正站在旅店门外东张西望地等着他，看见他走回来似乎松下来一口气。可王恒还没有消除内心的疑问，他为什么不叫到工厂里去找他？

7

这个老实的工程师坐在王恒的对面，脱下的一顶黑棉帽放到床上，额头上隐隐渗着一圈热汗。他镜片后面的目光盯着王恒身下的床腿，半晌才这样说道："你们怀疑我害死了我的妻子？"

"你妻子是自杀……"王恒纠正他道，似乎想让他放松些。

"可是谁会相信呢？谁会平白无故地去死呢？"于根宝喃喃地自问，脸上现出无法摆脱的痛苦表情。

王恒只好听凭他这样说下去：

"……你们知道吗？她提出过离婚！可是我没有答应……""离婚？她什么时候提出离婚的？"王恒心里也有些惊讶。接着听他说下去："一次是我们结婚的第一年，一次是在有了楠楠我们的儿子之后，还有、还有一次是在不久前……我都没有同意，可是她也不该走绝路呀，要知道这样，我就答应下来啦，都怪我，是我逼死了她

58

呀……"于根宝重重地捶着自己的胸脯,痛哭流涕地说道。

王恒默默地注视着他,注视着这个陷入另一种痛苦中的男人。

"我没有答应她,是因为我害怕失去她,我很爱她,我不管那些多嘴的人说她是一朵鲜花插在牛粪上也好,说我是癞蛤蟆吃天鹅肉也好,可谁叫我是乡下人出身呢?老天爷就是这么的不公平,给了我一个这么好的妻子,却要变着法子来折磨我。当初在厂里可是人人都羡慕俺乡下人出身的成分的,可现在人人都看不起乡下人的身份,好像他们天天吃的粮食是从天上掉下来的一样……唉。"于根宝没有来头地絮絮叨叨道,缓解了他脸上的痛苦,又突然停顿下来摇摇头。

王恒乘机插上别的话头:"你妻子的死会不会有别的原因呢?"

于根宝警觉地盯住了他。

"比如她心里有没有别的什么人呢……"王恒尽量选择着合适的字眼,但还是被于根宝不客气地打断了——"不,没有,您不该这样去说我的妻子。"

"呃,对不起,我并不是有意想伤害你的妻子。"王恒识趣地收住了话头。

"她离开家的时候,说是去看望她舅舅,她舅舅老哮喘病犯了,托人捎信来……本来我想和她一起回去的,可是厂里脱不开身,再加上她说她想一个人回去待两天。我就没有跟她回去,可谁想会发生这些事情呢,早知道这样我就同她一起回去好了……"于根宝后悔不迭地喃喃地说。

"她舅舅会是什么人害死的呢?"王恒岔开了话题。

于工程师茫然地抬起了眼睛,怔怔地望着他。

"比如她舅舅生前结没结交下什么仇人呢?"

"不会的。"他把头摇得像拨浪鼓,回忆着说,"他这人除了

'文革'时在厂里被人批斗过一回，而且只是象征性地批斗过一回，并没有伤着他一根毫毛。他还从来没与人吵过架，是的，那么和善的一个老人，谁会和他有仇呢……"

"可是他的确是被人杀死在家里的。"王恒说。

"这究竟是怎么一回事呢？谁会干出这种伤天害理的事情呢？"他的神情，看上去比昨天刚一听到这个消息时还要感到困惑。

王恒想，难道这一切都是由于他妻子自杀的缘故，而使他的神智变得迷乱不清了吗？

谈话一直进行到下午两点多钟。于工程师看了两次表，说他该到厂里去了，他只请了两个小时的假，就起身告辞了。走到门口，他又犹犹豫豫回过头来看了王恒一眼，似乎有话要说。王恒就说："你还有什么要说的吗？"于工程师说："可不可以先不要将我妻子自杀的事告诉厂里？"王恒一愣，随后说："我们只是来调查佟工程师被害的案件，至于你妻子的死，我们会尊重死者家属的要求的。""谢谢你们。"于工程师似乎松了口气，随后脸又阴沉了一下，重重叹了一口气，喃喃说道："我对不起她，我对不起我的妻子。"走下楼去了。

下午，小吴从车辆厂回来了，他走访了两个退休的老工人，他们知道的情况也不多，原因是老工程师在厂里和人很少交往，况且他在十年前就调走了。

"他简直就是卡列宁。"

"你说谁？"王恒转头问小吴。

"我是说于根宝，在厂人事部门那里我顺便了解到，于根宝还年年被评为模范家庭、模范丈夫呢。"

王恒心里想怪不得于根宝先不让把他妻子自杀的消息向厂里去说呢，他对于根宝听到妻子自杀的消息后反常的表现释然了。可纸终包不住火呀，他不知道于根宝该怎样向厂里说明这件事。

傍晚时，孙显雨回来。王恒说："走，咱们出去吃饭吧。"王恒胃不好，他中午在旅店餐厅吃的高粱米饭没消化好，到现在胃里还隐隐难受。

三个人走到街上一家小饭店里，刚坐下孙显雨就说："我真饿了，一天没吃东西，这顿饭我请客。"王恒说："算了吧你，你还要养家糊口呢，我是一人吃饱全家不饿。"就招呼服务员过来点菜。他先点了两个孙显雨爱吃的熘肝尖和挂浆土豆，又问小吴爱吃什么。小吴没瞅菜谱，要了个红烧鲫鱼，一盘红烧鲫鱼在这种饭店要三十块钱，王恒和孙显雨对看了一眼。小吴装作没看见，又要了一个烧茄子后说："三人行，小弟受苦，这顿饭该我请客。"王恒眼一白说："先别说谁请，上酒。"就要了一瓶白酒。小吴忙捂住了自己的杯子，说："局里禁止饮酒。再说，我也不会喝酒。""今晚放假。苦了几天馋了几天，不会喝少来点儿。"就给他倒了一个杯底。他和孙显雨倒了一般多。喝了一口酒，孙显雨问小吴家在省城，父母是干什么的。见小吴回答得支支吾吾，孙显雨就说："来，我给你看看手相就不用你说了。"吴滨生先是不肯让她看，王恒说"她这是蒙你呢"。他才把手伸在桌下让她看了。孙显雨看完并没有说什么，喝了两口酒后，问小吴以前有过什么病史吗。小吴摇摇头。孙显雨说："那你以后得当心点儿自己的身体，二十岁有一关口。"小吴被她说得脸色有点儿不太自然。王恒就说："看看，又来了不是，忘了在警校时大家都喊你孙半仙啦。"孙显雨就嗔了他一眼："去你的。"低头喝了一大口酒。小吴果然不能喝酒，脸红了起来。红烧鲫鱼上来没吃几口，就放下筷子，有些摇晃地站起来对王恒说："我头有点儿晕，先回旅店了。"王恒看他的样子，就嗯了一声点点头，说："那你回去躺一会儿吧。"

小吴就走了。

王恒和孙显雨一直将那瓶白酒喝干了底。孙显雨说："我头也晕了。"

王恒挥手叫服务员过来结账，服务员走过来说结过了。王恒拿过账单看了看，这顿饭共花了九十八块钱，就说了句："这个小吴，不知真醉还是假醉。"

两人出了门，孙显雨脚步有点儿发飘地说了一句："我看小吴手掌中的生命线断了。"王恒就笑她一句："你在警校时还说过我俩的爱情线最牢靠呢，可结果怎么样啦，不还是断了。"孙显雨就含混不清地剜了他一眼捶了一下他的肩，顺势就把胳膊搭在了他的胳膊里。王恒没动。他想孙显雨真的是醉了，就挎着她的胳膊向前走去。天色黑尽了，街上来来往往尽是急着往家赶的人们。别人一定以为他们是一对恩爱的夫妻，王恒脑子里晕晕乎乎这样想着。他也有点儿醉了。不过一种美妙的感觉使他有点儿感动。

走进旅店，他试图把孙显雨的胳膊拿开，可孙显雨脚步趔趄了一下没站稳，他只好又搀扶住了她。一直扶着她走进她住的房间里，叫服务员打开房门，她住的这个房里昨天住的那个客人中午已退房走了。王恒就把她扶到床上，又给她头上垫上枕头，刚要走出屋，孙显雨又一把拉住了他的胳膊："你别走……再待会儿。"他身子不由自主地被孙显雨拉到床边。王恒怕服务员这时候进来看见，就回身把门上的暗锁反扣上了。回过头来时，看见孙显雨红红的脸上已挂着晶莹的泪水。

"你?"他惊愕住了。

孙显雨什么也没说低头扑进了他的怀里。这一刻他的心脏狂跳起来，真有拥抱她的冲动，脑子像被什么东西塞得满满的。他不知道该怎么做好。孙显雨红红的脸蛋儿烤得他发慌……

"认命吧，我们。"王恒深深叹口气，终于克制住了自己。

等孙显雨情绪平静下来，王恒回到他的房间里。小吴在床上睡得正香。

8

王恒和小吴一起去了车辆厂。在老干部活动室里，他们见到了几个要找的退休人员。他们正在下象棋。小吴要上前去把一个叫张总的人叫出来。王恒扯了一下他的衣角制止了他。而是凑在人堆里，饶有兴趣地看了起来。不时还和围观的棋迷支上几着儿，一盘棋足足下了两袋烟的工夫，等棋下完了，围着观棋的其他老头儿散去，那个赢了棋的张总兴犹未尽地仍坐在那里敲打着手里的棋子，脸上露出孩子一样的笑容。王恒这才向他说明了来意。

"……他会看什么图纸，他不过是个小爬虫。"张总愤愤然地说，他在说老工程师的女婿于根宝。

"他不是大学生吗？"王恒说。

"难道保送上去的工农兵大学生也能算大学生？"他不满地看了王恒一眼道。从他嘴里，听说于根宝曾在厂里跟造反派那伙人在一起跑过着实让他们吃了一惊。

"这有什么好奇怪的，他十五岁顶替病逝的叔叔进厂来还是一个拖着鼻涕的乡下小子。为了出人头地他总得那么干呀。"张总眼里闪着厌恶的目光说。

"可是他是那么老实……"王恒欲言又止地说。

"老实？咬人的狗往往是不叫的。"

他的话叫王恒心里暗暗吃了一惊。

后来他们就把话题转到老工程师被害这件事上。张总为佟工遇害既感到吃惊又感到惋惜，连连叹息了好几声。说老工程师是个好人，他一个人把外甥女作为养女拉扯大实在不容易，而且还把她培养上了大学。可是在她出嫁后却疏远了老人，唉，唉，人心真是无法看透。张总连连摇头，说这一切都是那个乡下小子搞的鬼。

"……佟工当初一定是昏了头，把自己的养女嫁给这个乡下小子，一定是昏了头。"走时，张总又这样说道。他站起来他们才发现他一条腿装着假肢……

那个瘦老头儿告诉他们张总的腿就是厂里的造反派给打折的。

在他们回去的路上，一直没有说话的王恒突然说："我现在能理解白苏为什么自杀了。"

小吴从沉思中抬起头来，望了望他说："你是说于根宝救过老工程师的命，老工程师才把自己的养女嫁给他了，他们之间根本没有爱情？"

"是的。"王恒想起了于根宝说过的象征性地批斗过老工程师的话。而这个张总被厂里的造反派们打折过一条腿。望着他一瘸一拐装着假肢走路的背影，心里想怪不得他对参加过造反派的人这么恨之入骨。人啊……

晚上，王恒又过于根宝家去。白婷仍住在那里，她哄孩子在自己房间里睡下了。于根宝正坐在自己房间里对着妻子的遗像发呆……王恒试探地问了一句他什么时候去庆城安葬他的妻子。于根宝怔了一下说，他这两天正准备跟厂里请假去庆城安葬他的妻子。王恒从他那呆滞的眼神中发觉他在说谎，他为什么要说谎呢？难道仅仅害怕说出这件对于这个模范家庭来讲不太光彩的事使他觉得难堪吗？……接下来又听他喃喃说道："我真该死，我早该去看看她，这么多天让她一个人停尸在外头，我真该死，我害怕见到她的……"这个男人说着又从眼角流出泪来。

离开于根宝家，回到旅店，小吴躺在床上看书，见到他就说："孙姐来找过你，好像有事。"他就去了孙显雨的房间。开门见孙显雨的房间还没住进别人，她一个人坐在房间床上，脸色有点儿发怔。王恒就开她的玩笑："你是不是想家了？"孙显雨听了狠狠地瞪了他一眼。他也觉得这个玩笑开得有些不合适，再想起昨晚那会儿对她的冷淡，更有些不自然。他有些拘谨地在床边坐下了。

"白苏在三个月前接到过一个男人打来的电话。"孙显雨说。

王恒一听顿时打起精神来，这两天他一直叫孙显雨在学校里调查和白苏有过接触的男人。可是孙显雨暗中调查的老师都说这个漂亮的女人出奇的检点，好像除了她丈夫之外还从来没跟别的男人有过来往，包括学校的男老师。今天下午她才从学校门卫一个更夫那儿了解到，三个月前有一个男人打电话找过白苏老师。打电话的男人没说出自己的姓名，具体是哪天门卫老大爷一时也记不准了。

"明天再去问问门卫老大爷。"王恒说，他隐隐有种预感，好像缠绕在心头几天来的迷惑，就要豁然解开了。

他看了孙显雨一眼，她也正坐在那里想着什么。他本想再多坐一会儿，可见孙显雨再没有留他坐的意思，就站起身来。

他正要起身离开时，又听孙显雨喃喃说了一句："……难道一个人肯为自己所爱的人去犯罪吗？"

王恒听了一怔，这也正是他想到的。他走出了门去。

第二天上午他和孙显雨一起去了学校。在门卫室里，他们终于让门卫老大爷回想起来那个电话打来的确切日期，是十月二十八号（星期五）下午。随后他们又去了邮局，查出了这是一个从庆城打来的长途电话。

从邮局出来，王恒说："我想有一个人也许会知道这个打电话的男人是谁的。"

孙显雨问："是谁？"

王恒没有说话，在前边走去了。正是下班时间，街上的人熙熙攘攘的。

快走近旅店时，远远地看见小吴送一个穿红羽绒服的女子出来，那女子远远看上去有点儿眼熟，低着头匆匆地走了，是白婷。

回到房间，王恒问道："她来干什么？是不是有什么事情？"

小吴点点头，他神色恍惚有些沉重，接着说道："她来是叫我们别再逼问她姐夫啦……"

王恒略一怔，盯着小吴，听他说下去。

"……她说她姐夫一直在为她姐姐的死谴责自己，这几天下班回到家里，他整夜整夜地跪在她姐姐的遗像前谴责自己，痛哭流涕。她很为他担心，她说照这样下去他会疯的……他母亲就有精神病史，她请求我们别再逼问他什么了……"

"她爱他……是吗？"

"谁？"

"她姐夫。"

小吴点点头承认道："是的。"

"他们发生过性关系，是她主动的？"王恒不动声色地问。

"是。"小吴冷冷地回了一句，有些讨厌地别过头去。

"……她说她姐姐和她姐夫有两年多不过夫妻生活了，她说她姐姐这次去舅舅家，也是想找她舅舅来说服这个男人解除这桩不幸的婚姻的。她很同情她的姐夫，更可怜这个男人。"小吴像在为她辩解什么。

王恒望了这个单纯冲动的小伙子一眼，没有再问什么。

傍晚的时候，王恒和孙显雨又向于工程师家里走去了。他想去安慰安慰工程师，至少他现在心里已解除了对他的怀疑。更主要的是他们要找白婷谈谈，她一定知道她姐姐更多的一些情况。他想她还会住在于根宝家里。

在快要到于根宝家住的那幢红砖楼前时，远远地看见那边楼区里围着一群人，几个着装的警察拦住了他俩和几个走近前来的人。

"发生了什么事？"

"有人被杀了。"

王恒似乎看见了一顶他所熟悉的平顶黑棉帽。他掏出了自己的证件，小声跟一个警察说他们是庆城来的，也在调查一个与这人有关的案子。这个小年轻民警犹豫了一下，让他俩站到前边来。当地的技术警察正在尸体周围拍照。血在雪地上凝固了，果然是他，那个工程师。他双手捂着腹部，眼睛在镜片后面向上翻着，仿佛在问：这是怎么回事？

他想上楼去问问那个姑娘，可是他知道这会儿上去只能是自讨没趣。当地接手这个案子的刑警是不会让他们插上嘴的。他俩就抽身离开了那堆人群，先回去了。

他解脱了，他为这个老实的工程师怅然地叹了一口气。

9

次日，他们又去了于根宝家里。屋子里除了白婷外，还有两个乡下女人，这两个皮肤黑糙看不出多大年龄的乡下女人麻木的脸上，露着一副战战兢兢的哀愁。

白婷说她俩是于根宝的两个姐姐，是来接楠楠回乡下住的。说话工夫，王恒向孙显雨使了个眼色，孙显雨就把白婷叫到东边的卧室里去了。随后王恒也跟了进去。

"你应该告诉我们，你姐姐以前是不是有过一个恋人？他叫什么名字?"

"我只听姐姐以前提到过一次,他叫苏文,好像是姐姐大学里的同学,他们很相爱……别的情况我就不知道了。"白婷淡淡地说,她的目光很空洞地望着别的地方。

从卧室里出来,王恒随意地问了一句:"孩子今后就在乡下生活吗?"

"不……"白婷说她只是想让她们暂时带孩子到乡下去住一段时间,等她料理完姐夫、姐姐的后事,把这里的一切都安排妥当了,再把他接回来由她来抚养。她打算一个人在城里生活下去,把这个孩子当亲儿子一样来抚养。

王恒听了有些感动。临告别时,王恒问她什么时候去庆城料理她姐姐的后事。她说得过两天。王恒知道她是想参加完姐夫的葬礼后再去庆城,就有些替这个老实的年轻工程师感到慰藉了。

下午,他们登上了开往庆城的火车返回去了。在回去的车厢里,王恒脑子里还在想着这件事情,可怜的白婷姑娘经历了这么多的事情好像一下子成熟了许多。这趟慢行车乘车的人依然很少。小吴大概看完了那本《安娜·卡列尼娜》,这会儿正手压在封面书皮上,两眼一动不动地望着窗外暗淡的雪景,不知他心里在想着什么……孙显雨坐在座位上头扭向窗外,面无表情的脸上浮着窗外投进来的雪云阴影。

三个小时后,列车到达了庆城。

王恒他们一走进派出所,刘指导员就走上来问:"怎么样?"王恒没有直接回答他,只是问白苏的尸体放到哪里去了。刘指导员告诉他铁路派出所移交过来,他就派人送到就近的医院太平间去了。见到孙显雨又说:"你丈夫打过好几次电话来,催问你什么时候回来呢。再不回来,就冲我要人了。"

王恒满身倦意，走进宿舍就关上门睡觉去了。

三天后的早晨，白婷来到了庆城料理姐姐的后事，同来的还有白苏所在学校的一位男副校长和两位女同事。王恒和刘指导员把他们领到医院太平间，又从太平间里把白苏的尸体拉到火葬场去火化。王恒、刘指导员、孙显雨、小吴也都着便装跟着一起去了。

天上飘着小清雪，到了火葬场时便变成了大雪片子。坐落在城东郊的火葬场，院子里白茫茫的一片。等到先到的两个死者火化完，便有哭声和黑压压的人群散去。火葬场院子里空落了许多。按照祭奠死者的仪式，死者的亲友们要在火化前在告别厅里同死者告别。走进告别厅时，王恒用眼梢注意到了一个瘦长的陌生男子悄无声息地站在人群后面的门边上，垂下了头。刘指导员已悄悄地贴近了那人的身后……

火化完，白婷捧着白苏的骨灰向后院里走去。这个男子也跟在了他们几个人的身后向那边走去。王恒悄悄走到他身边，压低了声音说："你叫苏文?"说时，手铐已铐在他一只手上了。陌生的男子并不惊讶，只是哑着嗓子说了一句："……你们让我送送她，好吗?"他苍白的面孔很镇定。

王恒想了想，就收起了手铐。

上车时，王恒拉他坐在了一起。这个男子一直跟到了火车站，看着白婷捧着骨灰盒走进车厢。

他默默地站在了那里，把头用力地垂着，垂着……雪，渐渐落了他一肩一头。

火车鸣叫了一声，慢慢地开动了，吐出的白烟淹没了站台上的人影。

王恒把手铐子给他铐上时，感觉有两滴冰凉的泪掉到了铐子上。

10

　　站前派出所在距离春节还有二十天破获了铁路家属区杀人案，并帮助齐市公安部门破获了一起杀人案，因此受到了庆城市公安局的嘉奖。市公安局指名要王恒去开嘉奖会。王恒对刘指导员说："你去吧，我身体有点儿不舒服。"刘指导员走了后，他就一个人回到了宿舍。

　　孙显雨过来看他时，他正躺在床上看书。孙显雨说："我感觉你好像抓错了人。"

　　他头也没抬说："是的。"

　　"他为什么要杀死白苏的舅舅，难道仅仅因为他舅舅阻止了他们的结合……"孙显雨疑疑惑惑地说。

　　"那个老工程师曾经奸污过自己的养女，就是白苏。"

　　孙显雨惊异地睁大了眼睛。

　　"……可是他为什么要杀了她丈夫呢，你不是也说过她丈夫是个好人吗？"

　　他放下书，沉默了一会儿说："好人并不等于是好丈夫，卡列宁是个好人，却逼死了安娜……"他自言自语地说，"他说他是在为爱情复仇。"

　　孙显雨听了，怔怔地看了看他，站了一会儿什么也没说走了出去。

　　……

　　刘指导员开完表彰会回来，带回了市局奖励他们所里这次破案有功人员的两千五百元钱。刘指导员对王恒说："局里这次奖励专案组人员的奖金是这么定的，你得一千元钱，我和小吴、孙显雨各得五百元。"

下午，王恒把自己得的一千元钱交给内勤孙显雨说："你把这些钱给白婷寄去吧，告诉她是给那个孩子的抚养费。"孙显雨听了就说："我的那份也想给那个孩子寄去呢。"过了一会儿，吴滨生也把自己的钱送来了。刘指导员走进屋来说："这是干什么，这不白得了吗？"也掏出了兜里的五百元钱。王恒就阻止了他："刘指导员你不要掏了，你家困难，再说你老婆快临产了用钱的地方多着呢。"刘指导员听了，这才讪讪地住了手。看孙显雨出去邮钱，他就叹息了一声："那个孩子也真是够可怜的。"

王恒和小吴晚上过铁路食堂去吃饭，在餐厅里碰见了老白。老白正坐在那里喝酒，见了他们说道："王所长得了奖金也不请客？"

王恒心想这消息传得真快。又听老白这样说道："白叫你们捡了个大便宜。"

第二天，刘指导员跟王恒说："你看我们是不是请铁路派出所的人吃一顿。"王恒想想说："怎么请，用罚款提留款？"刘指导员说不行还是别用提留款了，上两天分局开会还强调不许用罚款提留款做吃喝用，就用我那五百元钱吧。王恒想想光叫上他们三位正副所长，再叫上自家所里的人有二百块钱打住了，就同意了。

晚上到站前饭店里时，自己所里的人刚在那里坐下。车所长就带着铁路派出所的人上来了。呼呼啦啦的一大帮，连下夜班的都从家里叫来了。王恒就拿眼去瞧刘指导员的脸色。刘指导员脸上强挤着笑说："快坐，快坐。"来人便不客气地坐下了。

吃饭过程中，车所长、白副所长分别向他俩敬酒，什么祝贺呀，什么恭喜呀……眼睛里分明透着红红的嫉妒。光是啤酒就整整喝进去两箱。饭后一结账一共五百二十元，饭店给抹去二十元，正好五百。

王恒就心想刘指导员的奖金也等于捐了，看来不该得的钱是焐不热乎的。只怪他凡事考虑得太小心周全了。

春节说到就到，除夕的早上王恒问刘指导员过年回不回乡下去。以前每年过年刘士杰总要请假回乡下去过年的。刘士杰听了以为要他倒房子，就有点儿为难地说："分局说今年春节严打期间一律不准请假回家，我也怕老婆把孩子折腾掉，就不打算回去了。"王恒说："那就别折腾了，等开了春我跟上头说说干脆把嫂子户口落进城里来算了。"刘士杰就心存一份感激地瞅了瞅他，后来又听刘士杰说起前几天他趁市局里表彰嘉奖他们所立功时，又向分局高局长提出让王恒当正所长的事，高局长说得过了这一段时间再研究研究。

安排所里人员值班时，王恒说年三十晚上就他和吴滨生没有家的人一起值吧。王恒是开玩笑说的。可所里其他的人听了心里不觉有几分为他不是滋味。

刘士杰赶紧说："也好，也好，那我初一来值班。"

到了年三十晚上，先是孙显雨拎着饺子来了。王恒见到了一愣，问："你怎么来了？"

"我想你们半夜不一定会去食堂买饺子吃的。"

她眼睛不自然地躲闪了一下，眼皮红红的像哭过。趁小吴走出去时他小心翼翼地问："你家里还热闹吧？"他知道她会和她丈夫回她丈夫家过年的。

孙显雨冷冷地说："热闹，一大家子人都围坐在客厅里看电视，就我一个人包饺子……"孙显雨委屈地停了一下，又叹息地说道："人家是在过年，我这是在过关哪。"

王恒想安慰她几句，可又找不到合适的话。看她坐了有一会儿了，王恒瞅瞅她就说："你该回去啦，省得家里人惦记。"他是怕她

72

丈夫起疑心。

孙显雨就站起身来走了，他跟着起身到外面去送。

外边这会儿噼噼啪啪不断地响起了鞭炮声……

孙显雨停了一下脚步，似乎倾听了一下热烈的鞭炮声，回过头来说："你那天说过什么来着，幸福的家庭总是相似的，不幸的家庭则各有各的不幸……对吗？"

他一怔，不明白此时孙显雨怎么会想起这句话来。

孙显雨走后，他一个人在院子里站了许久……他想起在警校那会儿他和孙显雨分手时他说过的话，那会儿他跟孙显雨说他不可能为了自己的幸福而给别人带来不幸。上次出差在小旅店他们两人在一起时，他正是记着了这么一句话才没有做出对不起她确切地说是对不起她丈夫的事来。尽管他们的结合很不幸福。他并不是今晚才感觉到的。可是又有多少家庭不是这么凑合着过的呢……他怔怔地望着被爆竹、烟花弄得有些花里胡哨的夜空，困惑地想到，这热闹的家庭背后遮挡着多少看不见的不幸呢……这一刻，他忽然想到了儿子，心里有点儿发酸，眼角湿润起来。

到半夜时分，刘指导员又来了，也拎来了饺子。看到桌上的饺子他一愣，说："我送晚了。"王恒含含糊糊地说："孙显雨来送过了。"

"小吴呢？"刘指导员问。

"我叫他到隔壁值班室里去给家里打个长途电话。"王恒说。

"是该打，过年了嘛。"刘指导员说着端着手里热乎饺子给小吴送去。

过了一会儿出来，刘指导员悄声跟王恒说："不对呀，我刚才过去看见他偷偷抹鼻子呢。"王恒说："可能是没要通电话，想家了吧。"刘指导员想想也释然了，说："也是，他还是个孩子呢，头一年在外单独过春节能不想家？要不明天放他两天假让他回去一趟。"王恒说："你以为是回你城郊乡下呀。他家在省城，来回至少要四五天。"刘指导员便不说话了，又想起分局春节前特意强调，所有民警在严打期间一律不许请假外出。到了下半夜，看他还不走，王恒就催他回去。他磨磨蹭蹭待到差不多天快亮了时才走。其实他是怕分局领导下来查岗，他毕竟是一把手。

　　大年初一的早上，分局来电话通知，说市局的宋局长要过来给大家拜年，叫站前派出所准备迎接。王恒赶紧叫吴滨生去叫所里不值班的人都来所里。过了一会儿，刘指导员第一个来了。看他两眼红红的样子，想必昨夜一宿没合眼。王恒告诉他说分局打来电话，说市局宋局长要来给大家拜年。刘指导员听了就带着先到的几个人拿起扫帚到门口打扫院子去了。

　　光景拖拖拉拉到了上午十点钟，宋局长才在分局局长高严山的陪同下来到了站前派出所。上回开颁奖会宋局长认识了刘指导员，一下车就叫出了他的名字。刘指导员有点儿受宠若惊，赶紧上前握住了他的手。而王恒他似乎早就认识了，过去宋局长一直主抓刑侦，对分局刑警队的人都认识并不奇怪。他一见到王恒就说："怎么，案子破了还牛气起来，谁都不想见是吧？"王恒就赶紧做个鬼脸笑了："哪里，哪里……对您哪敢呢？"宋局长随后又问到刘士杰家里年过得好吧，家里几口人。刘指导员犹豫了一下还没等说，一旁的王恒就替他说出了刘指导员的爱人还没有城市户口。宋局长听了"哦"了一声，对跟着的市局政治处的刘处长说："我们的同志工作得这样辛苦，还有什么理由不把人家老婆的户口落到城里来。"刘处长连连点头，说回去他责成户政科长把这件事办了。刘指导员听了，更是感动得有些眼圈发红不知说什么好。

　　宋局长临上车时，问刘指导员说："你们派出所是不是有个叫吴滨生的新民警呀？"刘指导员说："有，上次破案立功的也有他。"

刘指导员就赶紧把吴滨生推到前边来。小吴规规矩矩给宋局长敬了个礼。宋局长瞅了他一眼点点头道："嗯，小伙子不错。"

一行人就上车走了。

宋局长等人走了后，刘指导员私下里悄悄地跟王恒说："小吴是不是有点儿背景？"

王恒说："有背景谁会下到派出所来当民警？"

刘指导员想想也是，警校毕业生出来都争着去市局或分局机关当刑警，没人愿意到下面派出所来当民警，也就没再把这事儿往心里去。

11

春节过后，刘指导员的老婆户口落到城里来了。刘指导员这回很大方地请大家到站前饭店吃了一顿。刘指导员逢人便讲他这是把两个人的户口都落到了城里。别人没听懂，刘士杰就用手比画了一下肚子。别人就明白了，一想可不是，想起了他快要临产的女人，要是他老婆把孩子生在乡下，孩子就得随娘的户口是农村户口。因此他很感激王恒。所里人在为他高兴的同时，也私下嘀咕，但愿他老婆这回可别流产了，省得白让刘指导员高兴了一回。

刘指导员高兴了没几日，脸上又像霜打的茄子蔫了。原来这段日子来，铁路家属区里连续发生了几起抢劫盗窃案。分局的高局长就把他找了去，敲着桌子把他臭骂了一顿，说："你刘士杰是不是高兴得昏了头？以为老婆户口调进城里来就万事大吉了啊，如果再发生一起抢劫盗窃案我就撤了你的职！"刘士杰从高局长屋退出来心里挺恼火地想，这真是自作自受，如果早让王恒来当正所长，自己也

75

就不会受这份替罪羊的罪了。

想归想,回来他还是组织召开了个会,说一定要把这个犯罪团伙拿掉,再也不能"开锅"了。当然他没有提再发生案子自己会被撤职的事。散了会,他问王恒有什么好办法。王恒说只能蹲坑守候。于是,就将所里人分成两人一组,派到家属区里蹲坑守候。又根据被害人描述的罪犯体貌特征画了几份草图,发到管区各旅店去辨认,并召集各旅店负责人专门开了个会。他们想这儿起抢劫盗窃案一定是外地流窜犯所为,这么冷的天他们一定会在旅店里落脚的。连续蹲坑守候了几昼夜,一无所获。下去的人就有了怨言,说这么冷的天蹲在外面可真让人受不了。刘指导员听了装作没听见。

这天晚上,火车站前旁边一家叫火车头旅店的经理突然来报告,说他们旅店傍晚来了几个与派出所提供的体貌特征相似的人。王恒问:"几个。"旅店经理说:"四个。"王恒叫这个旅店经理先回去,先不要惊动这四个人,最好安排他们在靠里头的房间住下来,他们马上就过去。等那人离开,刘士杰紧张地问:"用不用通知分局上人,他们身上可能带枪。"王恒说来不及了,他们是一些惊弓之鸟,稍有怠慢就会溜掉的。当下把散布在家属区蹲坑守候的民警都叫了回来,除留下孙显雨看家并抓紧与分局联系外,他们都去了。

火车头旅店在车站货场南头,他们紧走了二十分钟就到了。旅店院里那盏吊在电线杆上的灯泡已让旅店经理照王恒的吩咐熄灭了,此刻院子里黑乎乎的一片。在院门口暗处,王恒停下了,他安排三个人在门口守着,然后带着刘指导员、小吴、大李四个人贴着院墙走了进去。旅店经理室那间平房里亮着灯光,看见他们的身影移近,经理神色紧张地迎了出来。"人呢?"王恒问。"在最里边的109号房间里睡下了。""带我们去。"

一行人轻手轻脚跟经理走进一幢平房,走廊里的灯也关掉了。

76

经理摸着黑悄悄地把他们带到 109 号房间门口。王恒摆摆手，几个人闪在了两侧，王恒示意经理开门。经理哆哆嗦嗦把钥匙插进锁眼，王恒就一脚把门踹开了，端枪扑了进去。

屋里空无一人……

"他们刚才还在呢。"经理吃惊地哆嗦着说。"会不会窜到别的房间里？"刘指导员压低嗓音说。王恒摇摇头，这么晚了别的房间旅客已经睡下叫门是会被发现的，而且床上被窝里还有热乎气显然是刚离开。王恒想到什么，问："你们旅店厕所在哪里？"经理说："在外边，在院子里……"几个人转身来到了院子里，王恒悄声叫大李去院外看看有没有什么情况。砖砌的厕所在院西墙边暗暗的一角。刘指导员和经理抬脚要往那边走过去。王恒扯住了刘指导员："等等，我们慢慢靠过去。我先上。"刘指导员说："还是我先上。"这时就听到厕所里有异常的响动，几个人都紧张地把枪机保险打开了，一时间大气不敢出。正要过去时从院门口那边贴过来一个人影，是孙显雨。她悄声跟刘指导员说："分局马上来人了。"厕所里的人好像听到了他们的说话声，有人喊道："兔崽子们，不怕死的都过来呀。"话音刚落，啪地打过来一枪，王恒觉得左胳膊被人用力扯了一下，趴下了。子弹带着风声从他头顶擦过，扯他的人是孙显雨。里面无声了，卧倒的刘指导员从地上爬起来要冲过去，王恒拽住了他："我先上，老刘你还没有儿子，我有儿子了。"刘指导员愣怔的工夫，他已挣脱了孙显雨扯着的手，提枪弯腰跑了过去。"啪！啪！"他朝厕所里连开两枪，喊道："你们已经被包围了，快缴枪出来！"里面回答他的又是两声枪响。身后的刘指导员和小吴从两边奋力射击起来，短射了有十来分钟，里边喊话了："别打了，我们交枪！""啪、啪"扔出来一把"五四"手枪、一把火药枪来。王恒举枪冲了进去……

可王恒带出来的只是两个人。刘指导员问:"那两个人呢?"

"跑啦。"

"那我们快去追。"

"算啦,追不上了。"王恒气恨地照着两个家伙屁股狠狠踹了两脚,两人"哎哟,哎哟"叫了两声。

出了院子,见分局新提上来的冯副局长带人来了。王恒冷冷地说了一句:"你们回去吧。"冯副局长瞅了瞅他,什么也没说带人回去了。

回到派出所后,连夜对抓到的两个家伙进行了突审,可他俩就是不肯说出跑掉的那两个家伙的去向。王恒就想这是一个有经验的犯罪团伙。看来一时半会儿很难从他俩口中得到口供了。王恒就对刘指导员说:"你先回去吧,明天再审。"可刘指导员不听,说:"我就不信从这两个兔崽子嘴里审不出东西来。"王恒就由他去了。回屋睡了一觉,天就大亮了。

王恒走到暗室门口,正碰上刘指导员两眼红红的从那屋里出来。

"怎么样?"

"还是不肯说。"刘指导员泄气了。

"你回去吧。"王恒说。

"好吧。"刘指导员说,"我回去看一眼就回来。那个婆娘说这两天肚子有点儿疼。"

王恒听了,想想说:"你今天就不用来了,这两个家伙不招,我们只能等。在家里好好陪着你老婆吧。"

"真他妈的……"刘指导员骂了一句,就走了。

王恒和吴滨生吃完早饭回来,要过暗室去替换那两个看守的民警时,见刘指导员哭丧着脸匆匆跑来了。王恒吃了一惊:"你老婆有事了?"

刘指导员一下子就蹲在房前的地上哭叫起来："我老婆被人绑架了。"

　　"啊——"王恒和小吴都大吃一惊。

　　王恒少顷明白过来什么，转身去了暗室，出来，脸上可怕地阴沉起来。

　　"完啦，我老婆这回完了，孩子也保不住啦！天哪，都怨我非把她留在城里干什么……"刘指导员捶胸顿足地蹲在那里，又捶着自己的脑袋。

　　还不到上班时间，王恒怕他蹲在那里叫人看见，就和小吴把他拉进屋里去。进了屋，王恒说："这件事先别吵吵，大不了我们放人。"

　　"什么？放人……你不想干啦？分局知道了还了得？"刘指导员吃惊地抬起头来望着他。

　　王恒说："先别告诉分局。大不了落个处分，救大人孩子要紧。"王恒阴沉沉地看了他和小吴一眼。

　　刘指导员无法平静下来，他不知道自己这会儿该怎么办。王恒就叫小吴带他到宿舍休息一下，他上午就守在了电话机旁边。

　　一上午没来电话……

　　到中午下班时，电话来了。电话铃声吓了刘士杰一跳，同时也吓了隔壁屏息静气听着这屋动静的两个家伙一跳。刘士杰发疯似的冲过来。可是他和小吴进屋时，只听王恒捂着话筒说了一句："你们要绝对保证大人孩子的安全。"就放下电话了。

　　屋里的三个人都沉默下来，气氛压抑得有点儿让人不敢抬头。

　　"不，不能放了这两个家伙，他们想怎么样就怎么样吧！"刘指导员受不了地声嘶力竭地喊叫了起来。

王恒和小吴都没有抬眼看他。

傍晚那个电话又来了，告诉了地点。王恒对电话筒说了一句："我现在就把人带过去。"

王恒把所里的那辆破摩托车发动着了，把那两个人的手铐在了一起，让他俩坐在了跨斗里。小吴走过来说："王所长，我要跟你去。"

王恒看了跨斗里两个家伙一眼，说："他们只让一个人送过去。"随后又向他使了个眼色，就跨上摩托车开动了，窗里的刘士杰望见了，心跟着一哆嗦。他想给分局打个电话，可手却怎么也无力抬起来了……

交人地点在城郊的一处沙坑里。初春白天化开的雪，到了傍晚又结上了冰。四周是一片空旷的野草甸子，黑茫茫的呈现出一片紫色雾蒙。静悄悄的四周只有一两只鸟飞过。

王恒刚把摩托车停在距离沙坑二十米远的草地上，就见沙坑沿上冒出一颗瘦瘦的男人头来。"人呢？""带来了。""你别走过来，让他俩自己走过来。"王恒说："下去。"两个家伙扯着手过去，从沙坑沟底走出一个女人来。女人身后扯着一根绳子。王恒知道得把两个家伙的铐子打开，扔过去钥匙对方才会扔掉绳子的。

女人愣愣地走近了，绳子一点一点拉长了。那两个男人走到沙坑沿回过头来，似乎看到远处飞速移近的一团黑影，惊慌地跌了一下跌进坑里。同时女人也被什么东西绊了一下跌倒了。

不好！王恒扑过去。坑下的枪声就响了。同时飞驰而来的摩托车上两支手枪也开了火。女人随着绳子的拉力渐渐往坑边滚去。摩托车上飞身跳下一个人来护住了女人的身子。王恒卧滚在坑沿边拼命向下面射击，但绳子还在向下移动……

"王所长闪开！"摩托车飞身而起，挡住了对面射来的子弹，坠下坑去。"轰"的一声巨响后，坑底沉默了下来……

等坑上的人急忙跑下去时，坑底是三具尸体和一架燃烧的摩托车。

"小吴——"刘指导员扔下女人，跳下坑去，抱起一具已模糊不清的尸体哭起来。

王恒将两个被击伤的人带到摩托车里。

12

小吴死去的第四天，一列直快列车缓缓地停在了庆城站台上。从软卧包厢里走下一位两鬓斑白的穿警服的老者。他身后还跟着几个穿警服的人。早已等候在站台上、臂戴黑纱的宋局长走上前去，敬了个礼，哽咽着说："吴厅长。"吴厅长与他握了握手，并没有说什么，径直走出了站台，走进了站前派出所的院子。

稍许，吴厅长和站前派出所全体民警一道坐上了一辆挂着白花黑纱的灵车。灵车缓缓开动着，向火葬场驶去。白发人送黑发人，有泪缓缓从他的眼角渗出……

一路上许多交警和行人向灵车垂立默哀。因为这个城市的报纸已报道了一位普通民警为救一位遭绑架的孕妇牺牲的事迹。当然神通的记者并不知道这位民警的父亲是省公安厅厅长，至少在事件发生前是不知道的。

吴滨生的骨灰安葬在他牺牲的地方城郊沙坑边。沙坑边的草坪上竖起了一块墓碑，上写吴滨生烈士之墓。在把他骨灰盒埋进土里时，王恒也把那本《安娜·卡列尼娜》放了进去。

坑上坑下站满了警察。安葬仪式结束时，吴厅长走到泣不成声的刘指导员女人身边，轻轻拍了拍她的肩，似乎说了句什么，而后缓缓地在宋局长等人的陪同下走开了。

几个月后，刘指导员的女人又和刘士杰来到了吴滨生的墓碑前。他们的怀里已有了一个刚刚满月的男孩儿，男孩儿的名字叫刘滨生。

野甸子上开满了许多不知名的小黄花，夏天的风款款地吹着刘指导员一家人的脸，很暖。

乌 拉 嘎

　　我的好朋友汤吉森几次来信邀我到他们那里去。我都一而再、再而三地推托了下来。一晃就过去了十几年，事情总是这么不如人意。以前去他们那里需要办边防证，这件事有点儿麻烦。现在去他们那里不需要办边防证了，可是我又变得有些懒惰。久居在城市，特别是在我们这样一座既无山又无水（江呀河呀），每天充满了石油天然气味道的城市里，叫你丝毫也想象不到大森林山野的气息，久而久之自然感到单调、无聊、乏味。并且我的性情也被调弄得很坏，常常为一件莫名其妙的小事发脾气，难道生活就是这个样子吗？我常常这样扪心问自己。

　　我想起我的朋友以前说过的话："人生还有什么比打猎更有趣的事情呢？"于是今年冬天我打算回到山里去待些日子了。动身之前，我写了两封信，一封是给家里人写的，告诉他们回去探亲启程的日期；另一封信是给汤吉森写的，愉快地说明我打算回去探亲时顺便到他那里去一趟。我想这封信他大概得半个月以后才能收到，因为他们那里的邮路始终不畅通。走的时候，我收到了家里的回信，除了家里人应有的客套和亲热外，还特意告诉我，父亲过去的一个姓曹的同事在C城林业局驻哈尔滨办事处里做事，如果回来中途换车购买卧铺票困难可以去找他帮忙。

果然在省城换车时恰恰遇到了这样的麻烦。我走下车来，去候车室售票厅办理中转卧铺票时，看到每个售票窗口都拥挤着发疯的人群。嘈杂声不绝于耳……春节临近，赶着回家探亲休假的旅客骤然增多。在伊春方向的售票窗口，我看见挂出一个小黑板："301次列车硬座、卧票均已售完。"这是往小兴安岭山区开去的唯一的列车，每天只有一趟。窗口前还拥挤着不肯离去的旅客，似乎想等着冰冷的窗口会意外开恩地打开……我想这样等下去是徒劳的，就挪动脚步走了出来。

C城林业局驻哈办事处平常就是给林业局来省城办事、开会的人代办车票、住宿这一类的事情。在距离车站不远的一座九层楼里，我找到了办事处，这是两间租来的办公室，父亲信中提到的姓曹的同事是这儿的办事处主任。他刚喝过酒，黑黑瘦瘦的长条脸透着一种红晕。我提到了父亲的名字，他脸上露出了像见到老朋友一样的笑容，亲热地拉我坐到沙发上。我说明了来意，他踌躇着有些为难地说："你知道现在都赶回去过春节，票是十分紧张。我这里就剩下一张卧铺票了，这还是给别人留着的。"我一听心底有点儿发凉，如果等两天或买一张无座号票站一夜可不是件轻松愉快的事情。尽管这样我还不想使老曹为难，就说："算啦，我再去想想别的办法。"他说："别，别，你既然来了就让给你吧。"我一时感动得不知说什么好。送我下楼去时，老曹说："回去代我向你父亲问好。"我说："一定转告，谢谢您的帮忙。"就走了。

当晚七点钟我坐上了开往乌伊岭的301次普快列车。巧的是，在这趟夜车上，我遇见了我从前的一个同学，他的名字叫庞依林。我们有整整十七年没见面了。当时他一个人坐在卧铺车厢靠门口的边凳上吸烟，过道上不断有人走过，车厢里灯光有点儿暗淡。蓝蓝的烟雾缭绕着他一张苍白的脸，像长期患有神经衰弱。车开动时，走过来一个年轻的女列车员与他搭讪，看样子他们很熟悉了。

"……你睡在哪个铺？"

"28号上铺。"

这恰恰是我中铺上头的上铺，因此引起了我的注意。

"你怎么是上铺呢？等会儿我给你调一下。"

"谢谢，不必了，我喜欢睡上铺。"

他彬彬有礼的沙哑嗓音叫我听出一些熟悉的感觉来，可我却半天没想起来在哪里见过他。

又听到那个女列车员殷勤地对他说："我去给你拎壶开水来。"这趟普快列车不供应开水，显然女列车员周到地想到了这点。她离开了。

他走到上铺来取什么东西，我就从他那头黑黑的微微卷曲的漂亮假发上猛然想到了什么，一拍他的肩头站了起来说：

"你是……庞依林？"

他怔怔地瞅我……我只好说："老同学，忘记了吗？"他认出我来，说出了我的名字。我本以为他会给我一拳的，可是他只是伸出纤细得像女人的手与我握了握。

等那个女列车员拎着一暖瓶开水回来时，我们已坐在边凳上了。女列车员放下一个杯子和半包茶叶说："很抱歉没有什么好茶叶。"我从包里掏出在哈尔滨秋林商场给父亲买的两盒龙井茶，打开了一盒。女列车员又去给我找来一只杯子，我俩边喝茶边聊了起来。

他出于礼貌问了些我现在的工作、家庭情况，我一一回答了他。从谈话中得知他参加工作后一直在C城林业局木材科工作。刚才那个女列车员称呼他科长，想必是木材科科长了。我深知林业局木材科可是个有油水可捞的部门，就有些嫉妒地想，这个家伙还是那么走运！

"你这次回来是探亲吗？"他问。

我说："是的。那么你呢？你到省城干什么去了？是出差？"

"是去开会。"他怏怏地说。

"这个时候出来开会可不是什么好季节。"哈尔滨是个旅游城市，我想起近些年一些公家的人借开会出来公费观光旅游。

"说得对。会本来在昨天就开完了，可召集的单位还要组织大家玩两天。冬天的太阳岛有什么玩头呢？我就临时决定提前回来了。"

"票不太好弄吧？"

"可也不太犯难。傍晚我去办事处拿票，老曹跟我讲，算我走运，他们只剩下一张卧铺票了。可鬼才相信他这骗人的鬼话呢，他们这些人永远只会这么说。"

我想起办事处的老曹也跟我说过同样的话，他毕竟是跟我父亲年纪一样大的人哪！我觉得脸上有点儿发烧，借故把脸转向了窗外。

列车不知不觉中爬上了小兴安岭山脉，坐在车厢内能感觉到蒸汽机车头吭哧、吭哧往山坡上爬的喘息声。黑黢黢的窗外，借着白雪的反光，能看见稀疏的杂树林子向车后闪过……

过了一会儿，有个胖胖的穿白工作服的餐车服务员走到我们这节车厢来，他走到我们跟前，问庞依林："你吃过晚饭了吗？"

庞依林说："我晚上上车前吃过了。"

"那么过一会儿你到餐车里来吧，我准备几样小菜我们来喝一杯好吗？"

庞依林说："那样我会睡不着觉的。"

看得出来庞依林同这趟车上的列车员都挺熟悉。刚才那个列车长走过去，也同他打了招呼。

到了半夜，那个餐车上的胖厨师又过来叫他了。那时我们已分别在自己的铺上睡下了。庞依林先是说什么也不肯跟他走，可是架不住胖子的软磨硬泡，庞依林只好起来跟他走过去了。我被吵醒了，躺在铺上半天没睡着，脑子里就断断续续想起庞依林从前的一些事情……

庞依林在上高中时学习成绩还不错，在班上能排上前几名。这除了他学习很用功外，还得助于各学科老师对他的偏爱，当然这也和他有一位当林业局副局长的父亲不无关系。临近毕业参加高考，我们都不走运，第一年我们都落榜了。要知道在我们那所林业局中学每年全校能考出去的也就是两三名，这样我们落榜也是很自然的事情。第二年我们又都在学校重读了一年，又参加了高考，这一年我考上了，而他又落榜了。第三年他仍留在学校里重读，但仍没考上。当时器重他的老师仍然不死心叫他再在学校里重读一年，不知是自尊心使然还是别的什么原因，他说什么也不念了，休学关在家里复习起来。这期间他得了一种很奇怪的病，先是头发掉光了，接着眉毛胡须也掉光了。家里人和朋友劝他不要再考学了，当然这个时候他父亲已不再做副局长了。可是这一年夏天他仍旧参加了高考，大热天头上严严实实捂着一顶帽子。弄得监考的老师挺感动，专门有一个监考老师站在他身边给他扇扇子。高考揭榜，他的分数考得仍然很低，只是作为大专漏子被本地一所电大录取了……听到这些消息后，我消除了以前对他的偏见，内心对他产生了深深的同情，一个多么不幸的人哪！……可谁知这么多年过去了，这家伙又时来运转起来……

我迷迷糊糊睡着了，又醒来了。醒来时看黑暗的车厢中，一个人独坐在门口边凳上吸烟。我摸索着鞋下地走过去，陪他坐了下来。他喝得脸红红的，嘴里喷着一股浓重的酒气……

列车像一只夜行船，在海上颠簸、呻吟、摇晃，车窗外黑得什么也看不见了。冷飕飕的寒风不时从门缝里溜进来，袭着人的脸、身子，车厢里的暖气渐渐凉了。

"……老同学，你别这样看着我，我知道你心里瞧不起我……"他像个酒鬼一样通常眯缝着一双细长眼睛低头看着我，"你一定还想着从前在学校里的事情，认为我这个人很走运，对吗？可是你想错了，这恰恰是我的不幸。人人都认为我是一个幸运儿，可只有我自己知道，我这人性格很不好，自私、爱慕虚荣，这是我所受的家庭教育把我变成这样的。在我很小的时候，就受到来自父母方面的保护，我就开始纵情享受一切可以用权力换来的欢乐。自然啰，这些欢乐随着年龄的增长也使我感到腻烦了。后来上了中学以后，我就开始发奋读书，我想证明我就是我！……电大毕业以后，我是靠着自己的真才实学一点一点干到科长位置的，可那又有什么用呢？没有人承认你的真才实学，人人只承认你有过一个当副局长的父亲。在官场久了，学问也使我感到厌倦了，我看出来，荣誉也罢，幸福也罢，都跟学问毫无关系，因为最走运的人往往肚子里没有一点儿墨水。我现在对什么都看透了，什么事情都不能使我满足，我对悲伤就像对欢乐一样容易习惯，我的生活一天比一天空虚，我只有一个办法：不断出门旅行。只要一有出门开会的机会我就动身。我的身体也越来越差，我不知道有一天会不会死在半路上，但至少比死在家里要好。你看他们对我有多热情啊……"他这样微红着脸断断续续讲了好半天，我还是第一次从他嘴里听到这些话，很令我惊讶。我希望明天早上一觉醒来，他会忘记这番醉话，然而这是醉话吗？

早上起来，车厢里已大亮了起来。庞依林还蒙头躺在他的铺上大睡着。他昨夜几乎天快亮了才爬到铺上去睡觉。我坐到边凳上，透过结着霜花的玻璃望着窗外的山景。

白雪覆盖着冰冻的汤旺河河面，河面上蒸腾着一股浓重的雾气，两岸是阔阔的白桦林林带……从山后面爬上来的太阳，似乎喘着气一点一点把萦绕在森林里的寒雾驱散了，渐渐露出小兴安岭特有的红松林带来。一排排高大入云的笔直树干像一队队壮汉无声地站立在你面前，在这个白雪皑皑的季节里似乎只有它们树冠上的绿色针叶能够叫你暂时忘掉冬天的寒冷。哦，红松的故乡。我奇怪人是一个多么脆弱的动物，我似乎在一夜之间就逃离了城市，找回了从前熟悉的一切，车厢外闪过的一草一木都叫我觉得亲切、感动……我的眼眶有些湿润了。

列车过了伊春站就变成了慢车，一站一停，工区小站也不放过。从外面零星上来几个山里人，他们的狗皮帽子上挂着厚厚白霜，我很想和他们当中的某个人随便聊聊，可是他们只是从卧铺车厢里匆匆走过，走到后边的硬座车厢里去了……

"你睡得好吗？"我冲我的旅伴点点头。他刚刚从铺上起来，去洗脸间擦把脸回来，脸色比昨天刚见到时更苍白了。他在我对面坐下来。

"林子少多了。"过了一会儿，听他这样向我说道，"不少林业局的工人都发不出来工资了。"

"没搞点儿替代产业吗？"

"那又怎么样呢？还不是些劳民伤财的玩意儿？"他似乎很反感地不愿谈论下去。

不过，我望着外面白雪覆盖着的群山和依稀可见的林带还是有些宽慰地想起一句老话：留得青山在，不怕没柴烧。停会儿，我转了话题。

"你还记得汤吉森吗？"

"……汤吉森？"他嘴里怔怔地叨咕着这个名字。

"就是初二时转到我们班上的那个男同学。"

他想起来了，脸上放松下来，仿佛在谈论与他无关的事情，嘴里流露着我熟悉的讥讽："就是那个外号叫山东棒子的同学吗？他常常把哥说成'国'，把人说成'银'……对不对？"

我敷衍道："是的。"

他敏感地注意到我的冷淡，转而挺关切地问道："他现在怎么样？当初在班上你们两人的关系一直不错，是这样的吧？"

我说："是的，他为人朴实忠厚，很令我尊重。"

我注意到他苍白的脸不自然地红了一下。这工夫有个女列车员走过来，与他交谈起来。我默默地将头转向窗外……挂在红松树身上的雪斑斑驳驳剥落下来，山谷里起风了。

汤吉森刚一转到我们班上来，就受到了包括庞依林在内的一些家庭条件优越的同学的歧视。印象中有这样一件事：他刚转来的时候是个冬天，手上和头上戴着用兔子皮做的手闷子和皮帽子。可是没过两天，他的那副手闷子和皮帽子分别被人用棍子挑着扔到学校厕所粪堆上和房顶上去了。对于这一切捉弄，他都默默忍受下来。还有一回在宿舍里早上起来，他的一只鞋不见了，被人扔到了茅坑里。他无法来上课了。我回家叫母亲找出一双我的旧棉鞋拿给他穿上。为这件事他很感激我，我们成了好朋友。可是我不能忍受朋友受到这般捉弄，有好几次我激愤地对他说："你知道是谁干的吗，为什么不反击呀！"他听了只是默默地一笑，我只有为我的朋友暗暗祈祷，叫那些坏小子们快住手吧……可是马善被人骑是人人都知道的道理，此后还不断发生诸如此类的事情。我的朋友还是默默忍受下来了。

"他当初为什么要到我们山下地区中学来念书呢？他家好像在边境小镇乌拉嘎住吧？难道怕和苏联人打仗吗？"等那个女列车员走开

后，庞依林又这样朝我揶揄地问道，"……可是现在你瞧瞧，我们的人巴不得和他们的人接近，大把大把赚老毛子的钱，可那时的尊严哪里去了呢？"他有些愤愤不平地发着牢骚。

这的确是个谜，当时对我也是一样。后来，也就是在十年前他给我的来信中他才道出了原委，原来他当时跟着父亲从山东老家到东北山里是隐瞒家庭出身逃难过来的，在这里举目无亲，是一户鄂伦春女人收留了他们父子，并且他父亲和这个鄂伦春女人成了亲，他父亲告诫过他，不要给收留他们的恩人惹麻烦，所以他才那么忍气吞声。

那个冬天刚刚爆发珍宝岛事件不久，到处都传说着要和苏联人打仗。而汤吉森恰恰是在这个时候从那个边境镇中学转到我们地区中学来的。这里比那个边境小镇远离边境线二百多里，这除了让我们做这样的猜测外别无他想。学校后来还是弄清楚他转学的真正原因是他的家庭出身。他有一个在国民党军队当过少将的爷爷。学校要弄清每个学生的身份并不是件困难的事，因为学校每学期都要填写各种表格，而几乎每个表格都有"家庭出身"和"主要直系亲属关系"一栏，随着当年政治气氛的加重，这种表格越填越严密，要求在表格上必须有住地街道办事处的鉴定和盖章。这样汤吉森就暴露了国民党少将孙子的身份。尽管这个"爷爷"在新中国成立前就逃到台湾去了，但国军少将孙子的身份却叫他历史性地继承了下来，这样汤吉森就受到了和他在原来学校一样的歧视。第二学期他本打算休学回家了，在我的劝说下才勉强留了下来。有一次在班上，我亲耳听见我们班主任那个女政治老师当着大家的面说他是"反动军官的狗崽子"，当时我坐在他身边，看见他震怒了，握紧拳头将手里的一支英雄牌黑钢笔"嘎巴"攥断了。从那会儿起我担心他会做出什么事来。果然时隔不久，他被开除了，原因是他在一天夜里将拦住欺负他的班上四个男同学全部打趴下了。我们的女班主任老师说他是"反动军官狗崽子狼性大暴露"，可他只是一个学生，学校只是把他开除了事。参与那次事件的同学也包括庞依林。

他回到家乡去以后给我来过一封信，只字没提那次打架的事，他想忘记伤口。我为他的出手既感到高兴，又感到不安，至少他不是一个窝窝囊囊可以随便受人污辱的人……

"你打算去看看他吗?"

"是的，他曾来过信邀请我到他那里玩玩。你有兴趣吗? 我们可以一道去。"我真诚邀请他。

"我……恐怕没时间。"他显然忘记了昨天夜里说过的喜欢出门旅行的话。

车要到站了，庞依林站起来到铺上收拾行包，嘴里嘟囔着说道："我老婆喜欢吃哈尔滨红肠，特意打电报叫我买了十斤。瞧瞧，恐怕要吃到春天，女人真是麻烦。"他蹙蹙眉头。

我打算帮他拎一下行包，但看见那个女列车员殷勤地走过来，就识趣地住了手。车门打开了，一股寒气猛然席卷着冲了进来，我不由得打了个寒战。站台上站着寥寥几个接站人，我一眼就认出来接我的妹夫方洪斌。他向车门这边走过来。

"庞科长，您出门啦?"

"嗯，嗯。"庞依林竖起大衣领子点点头。

"坐我的车，我送您回去吧。"

"不必了，我有车接。"

这时接庞依林的司机和另外两个人到了，他们接过他的行包。他回过头来冲我又伸出一只手来："欢迎你到我家做客。"

我握了下他发凉的手说："谢谢，再见。"

等他们簇拥着离去。方洪斌把我引到他的 212 北京吉普车上。

在路上，方洪斌问我："二哥，你认识庞科长吗？"

我答了一句："我们是中学同学。"

我看见他脸上闪过一丝微妙的表情。后来过了些日子，方洪斌果然跟我说起叫我帮忙找老同学说说，批给他一车皮小径木，赚的钱可以与我对半分。我知道他一直在干着倒卖木材的营生，可是我没有答应他。一是我不想赚这笔不属于我的钱，二是我不想为这件事去他家里见他。

我在家里待到过完春节第二天，便去长途客运站打听去乌拉嘎的班车。听那里的值班员讲去乌拉嘎的班车至少要等到正月十五以后，后来他又有些为难地摇摇头告诉我："十五以后也很难说，因为好久也没往那里发车了。"他对我流露出的失望表示同情，又好心地告诉我到新青林业局客运站去碰碰运气，或许他们那里能有车去乌拉嘎。新青林业局距 C 城林业局五十里路，而且即使有车也要等到半个月以后，"谁让那里是最远的一站呢？"我有些扫兴地回来了。

"要去乌拉嘎吗？正巧我也要去那里！"我的妹夫方洪斌听说了这件事后很意外地说。他的那部旧 212 吉普车是他花两万块钱从一个倒木材的南方老客手里买来的，是他的私车。不过，我可从没想过他肯为我跑这么远的路送我去那里，尽管他是我的妹夫，可他还是个商人。不知他又要打什么主意。那天我拒绝了他以后，他再没当着家人的面提起过那件事。

为了让他死心，我单独对他说过一次庞依林只是我十七年前的一个同学，今后我们不可能再有任何关系。他坦然地接受了这一点，并且笑眯眯地说："没有谁会喜欢做自己不情愿做的事情。"

这样过了两天，方洪斌就带着他的车来找我了。开车的不是他本人，而是一个挺腼腆的小伙子。方洪斌叫他毕克，是个高中生，今年才只有二十岁。"跑这么远的山路，一个人开车会受不了的。"

方洪斌对我说。我带上母亲为我们烙的馅饼坐到车里。吉普车开动时，天刚蒙蒙亮。

一个小时的光景，我们开进了山道。这是一个很可爱的狭长山谷地带，四周都是崇山峻岭。厚厚的陈雪覆盖的岩石上面爬满了枯干的野葡萄藤，顶上和岩石缝隙中生长着一丛丛达子香花枝；黄褐色的花岗岩悬崖布满了流水冲蚀的痕迹；抬头远眺，红红的太阳刚刚从林子里钻出来，照耀着雾气迷蒙的峡谷里一排排挺拔如同少女的白桦林，光滑的树身闪闪发亮。车在积雪的路面行驶，能听到"嗖嗖吱吱"车轮碾轧雪路的愉快响声，没过多久，这种愉快的如同乐曲般的响声便停止了下来。不想，车在路上坏了两次，这样一上午我们只勉强跑了七八十里的路程。在一个叫青峰岭的林场里，我们停了下来，除了加水，我们又坐在路边一家小饭馆里要了三碗开水，吃了我们自带的馅饼。老板娘问我们要不要喝酒，我们摇摇头，逃也似的离开了那里。青峰岭、红山岭、守虎山……我们翻过这样三座高山，道路越来越难走，路面上结冰，车轮不住打滑，更要命的是车又熄火了三次。

"该死的杂种！"方洪斌手打着方向盘嘴里骂道，不知是骂他的车还是骂这条要命的山路。我和毕克已下去三次帮他推车了，我想再下去的话我会冻得受不了的，山谷里窜出来的风简直像刀子一样割在脸上、手上。

"看来我们得找个地方过夜了。"方洪斌说。又翻过两个山头后，太阳落山了。黑夜紧接着白天降临，中间没有一个黄昏，在小兴安岭北部山区通常是这样的。寒雾很快笼罩了路面。

从暗淡的夜色里我们望见一个道班房，这是一幢平顶石头房子，两点灯火在我们面前殷勤地闪烁。我们从车里走下来，不等我们走到近前门就自动地开了。从里边走出来一个留着长胡子的老人，他看上去有近六十岁的光景，黝黑的面孔，头上戴一顶黑毛狗皮帽子。

"是赶路过夜的吧？"

"是的……留住一宿多少钱？"

"每人十块钱。"

走到他身边，方洪斌又问道："这里离乌拉嘎还有多远的路程？"

他慢声说道："六七十里吧。不过赶夜路开车可是件危险的事情，前天就有一辆去乌拉嘎金矿的汽车翻到路沟里去了。"

老人把我们领进石头房子里，里面暗淡的烟气呛得我咳嗽了起来。我打量着里面，两间宽大的石头房子被打通了，屋顶用两根熏黑的落叶松柱子撑着。屋子中央，就地垒着一个石头炉子，粗大的木桦在里面噼啪作响；风把烟从伸出去的烟囱里倒灌进来，整个屋子里烟雾腾腾，我好半天才辨清围着炉子坐着一大群人，他们全都穿得破破烂烂，女人也穿着男式的黑棉袄，小孩脸脏得好像有多日没洗了，男人们在打牌，有人被呛得咳嗽起来……我们只好在屋角的铺草上坐了下来。不多一会儿，坐在炉子上的那个长嘴水壶亲切地咝咝叫了起来，水开了。

"这些人都是从哪里来的呀？"趁老头儿过来给我们倒水，我问了一句。

"是从山外乡下来的。"

"他们来山里干什么呢？"我又问了一句。

老头儿已提着水壶走过去了，听到我的问话，有人小声嬉皮笑脸地补充了一句："是来捡金子的，怎么样？伙计，你们难道不是吗？"

就有人嘻嘻笑。那些女人和孩子夹杂在脏兮兮的笑容里面叫我有点儿吃惊。

我们把剩下的馅饼吃光了。我先和衣躺下睡了。毕克出去看了两回车。方洪斌凑在几个打牌的男人堆里同他们搭讪。过了一会儿，他走回来对我说："他们真是到乌拉嘎挖金子的。"可是我有点儿不相信，金矿归国家所有，个人挖采是违法的，难道他们这些乡下人是穷疯了吗？我从心里隐隐产生了同情，他们舍家撇业到这里来会不会是个骗局呢？但我脑子里很快去想自己的事情了，但愿明天能走运顺利到达乌拉嘎。尽管从石头墙缝里钻进来的风冻得我两腿发麻，可是我还是很快睡着了。

早上起来，有人要搭车，方洪斌拒绝了。谢天谢地这是个好天气，车没在半路上抛锚，到中午时我们赶到了乌拉嘎。看到山洼里飘出的一缕炊烟，我们才感觉到肚子已咕噜噜地叫唤了，从早上到现在我们谁都没有吃东西。车停在路边，我问一个当地人："去鄂伦春村怎么走？"这个人告诉我们顺着镇子往西走上二十里路就到了。尽管这二十里路对我们来说不算什么，可是我们谁也不愿意走了。

镇子上有许多当地人开的小饭店，可是我们并没有及时如愿地吃上饭。走进第一家小饭店时，那个嘴里叼着旱烟卷的老板娘眼神冷冰冰地盯着我们，仿佛我们会拿走她家的东西，屋子里也冷冰冰的。桌子上落着一层炉灰，这样我们仅仅喝了一杯劣质的茶水就走了出来。她没忘记收我们的茶水钱。在第二家小饭店里，那个中年汉子像刚跟谁赌完气，火气很大地对我们说："想吃饭吗？想吃就坐下来，不想吃就走人！"我们顿时没了胃口，退了出来。

"真奇怪，难道他们就是这样做买卖的吗？"方洪斌脸上透着不解，嘟哝道。

这样我们就走进了"伊莎小酒馆"里来。小酒馆的前门脸墙是用一根一根的白桦木柱装饰的，在正面墙上还钉着一张黑熊皮，仿佛一头张着爪子的熊趴在那里。走进屋里来，屋里聚满了人。吵嚷声不绝于耳，还有歌声……令我惊奇的是在这个乡村酒馆里我见到了在城里酒店才有的卡拉 OK 唱台。一个女歌手正在那里低沉地唱着歌，她周围围着一圈半醉的男人，我听出那个歌的名叫《楼兰姑娘》……她抬起头来看见我们进来，就停止了歌唱，把我们三人引到一张桌子旁边坐了下来。我这才注意到她的相貌：高高的鼻子，淡黄色的头发，白得像牛奶一样的皮肤，还有那双深陷的略显淡淡忧郁的大眼睛……这种相貌只有俄罗斯血统的人才有。她走过去，果然听邻桌一个人告诉我她是个二毛子，并说她是这儿的老板娘。

伙计很快端上来我们要的酒菜……

她又在那边低声唱了起来……一曲终了，有人叫了起来："伊莎，再唱个《喀秋莎》！"

坐在酒馆里喝酒的这些人有当地金矿上的工人，也有外地来的农民、商人……他们常常为自己点的歌互不相让。一个中午就这样既紧张又愉快地打发掉了。当地的工人先离去了。

伊莎的声音是这时候停止的，她太累了。

从门外簇拥着走进一个人来，他穿着一件质地很好的黑夹克皮衣，头上戴着一顶做工考究的白灰色平顶水獭帽子，脖子上围着一条狐狸毛围脖，几乎把他的半张脸都盖住了。男人围这样的围脖还是很少见，我对他的这种不伦不类的打扮略显惊异。

"喂，我说你这个老黑熊，这几天你钻到什么地方打牌去了？上回输了你，这几天我可是在找你准备翻本呢。"一个商人模样的家伙迎着他说。

"小心别把你的老婆又输掉了，再跟着别人跑了。"他阴沉沉恶毒地回了一句。

别人哈哈大笑起来。那商人红了脸不吱声了。

从那堆人里又站出来一个农民模样的胖子，胖子已喝得满脸酡红，嘴里抱怨着说："你、你黑熊，也配是个猎人？我可是有许多日子没吃到你打的野味了，是不是猎枪让野猪叼跑了？"

叫黑熊的汉子反唇相讥："你又要用偷来的金块①换我的野味吃吗？你最好别做梦啦。"他说着摘下了脸上的围脖，递给了身边的伙计。

我惊叫了一声："汤吉森！"

汉子慢慢转过头来，看到了我，他的那双阴郁的眼睛闪动着变幻的神色，嘴里喃喃地动了一下："哦，我的朋友，是你吗？"

随后他向后台喊了起来："伊莎！伊莎！你快出来，你看谁来了！"

伊莎从后台走了出来。他把她扯到面前来，"这就是我以前跟你提起过的我的好朋友洪达呀！"

伊莎双手按在胸前，深深弯腰向我鞠了一躬。

屋里都静了下来。不用说我们这餐酒菜钱是免了，汤吉森又吩咐伊莎给我们做了几个她拿手的好菜。我们几个人喝得酩酊大醉，当夜住在了酒馆里。

次日早醒来，不见了汤吉森的身影，不知他做什么去了。我去伙计屋里看方洪斌和毕克醒来没有。伙计告诉我他俩出去有一会儿了，这会儿怕是到金矿上去了。我问清了道路，就一个人朝那里溜达去了。

金矿在镇东头的一座山坡上，走十几分钟就到了。

杂树丛生的山坡已被开掘出一个很大的露天矿坑，足有两个篮球场那么大，从坑里传来机器的轰鸣声。我站在坑沿向下望去，看见坑下面的挖掘机、粉碎机和从俄罗斯进口的吉尔卡车在坑底像甲虫一样爬动……

———————————

① 金块：一种未经过冶炼的含金矿石。

我走到山顶上，果然看见方洪斌和毕克站在这里。在山坡的另一侧山根下传来几声"轰隆！轰隆！"的爆破声，等烟雾散去，看出远处的山坡上露出一个一个像癞痢头似的小矿坑来。那是那些外地来的农民的杰作。

"矿里让他们这样干下去吗？"我问。

"我问过他们了，他们是在为矿里干活。"方洪斌说，"可怜的家伙们，他们得挖到何年何月才能见到真正的金矿呢？"

我们走回来了。汤吉森正站在酒馆门口迎着我们。从他的眼神里我看出来他在想着什么……昨天喝酒的过程中，他问过我："你们也是来淘金的吗？"

我说："还有比朋友更贵重的金块吗？你难道忘了你写信叫我来干什么的了吗？"

"呃，呃。"他脸红了，停了一会儿他想想说："可是现在已经没有东西可打了。"

我盯着他说："你是不是有很长时间没有进山打猎去了？"

他难堪地"呃、呃"了两声道："是的，不过这不能怪我。你知道开这么一间酒馆有多操心。又要拉客人，又要上些酒鬼们喜欢的玩意儿，还要应付工商、税务的人检查。"他莫名其妙地叹了一口气。不过，我看出来店里的事情多半是他那个能干的妻子做的。他们是异父异母的兄妹，伊莎是他鄂伦春继母的女儿。他在信里告诉过我。

他答应我带我去见见他的父亲。"也许他能带你进山打猎的……当然如果允许的话，我也会陪你去的。"以前他写信多次提到过他的父亲，说他父亲是个了不起的猎人。我不知道他说的"允许"是什么意思。

吃过早饭，汤吉森领我们去见他的父亲。车开出镇子二十里路，就到了鄂伦春村子。在村外停了车，我们步行向村子里走去。这是一个依山而居的小村落。简易的木刻楞房子已不多见了，大部分盖上了红砖房。汤吉森告诉我们这是政府帮他们建的。在村中央一处柞木栅栏围成的院子里，我们来到了村长家。汤吉森和他父亲原来同住在一个院子里，只不过他近来很少回家，这从院子里蹿出来像欢迎客人一样撒欢儿的几只黄狗身上能够看出来。接着又从里面跑出来一个十岁左右的女孩儿和一个六岁左右的男孩儿。他们一齐扑进汤吉森的怀里，"爸爸！"汤吉森亲了亲男孩儿佳佳，又亲了亲女孩儿莎莎，等他放下来他们时，一个二十一二岁的姑娘已无声地站到了他的身旁。

"汤春妹妹，父亲在家吗？"

汤春摇摇头，说："父亲前天进山打猎去了。"

"那母亲呢？"

"母亲去莫医生那里看病啦。"

"她生病了吗？怎么样？"

"还是老毛病，你不必担心，她过一会儿就会回来的。"

他放下心来，这才将客人介绍给汤春。她对小伙子毕克多看了两眼，然后引我们走进后院他父亲住的屋子里。猎狗则温顺地避在了一边。

临近中午，汤吉森的继母回来了。这是一个五十七八岁的鄂伦春老妇人，矮墩墩的身躯，穿着一件狍子皮缝制的棉坎肩外套。她脸上结满的核桃纹说明这是一个饱经生活风霜的老人……看见了我们，她露出了好客的笑容。

"母亲。你的老毛病又犯了吗？"

"是的，这几天这条老寒腿又不听话了，糟糕的是，我还觉得有点儿头晕。"

"莫医生怎么说？"

"他说我的血压也升高了，劝我少吃些肉。我想他这是胡说，我有多长时间没有吃到野猪肉啦？他应该知道家猪肉我是一口也不吃的，吃了就会浑身起红疙瘩的……"

"父亲又进山打猎去了，他没有说几天回来吗？"汤吉森又问。

"他说三五天就能回来，他没准备去打野猪，他是去打犴。前几天他看见村里有人打着犴了，他也想去碰碰运气。"

"你还想着让他抓个犴崽吗？"

"是的。"老妇人眼里有什么东西闪亮了一下。

汤吉森默默无语不再说什么了。

下午，汤吉森说回他的酒馆里去看看有没有什么事情，就去镇上了。老妇人坐在火炕上同我拉家常，我们这才从她的口里知道了关于犴崽的来历。

那是伊莎小的时候，有一天她继父汤福打猎回来抱回来一只犴崽，伊莎喜欢极了，亲自照料起它来，可这个小生灵开始几天并不领伊莎的情，带到家里不吃不喝。伊莎就白天晚上耐心地守护在它的身旁，过了两天又把它带到山上去，看它吃什么草、什么树叶，伊莎一一记下来。从那以后，伊莎就有事情做了，天天放学以后到山上去给它割嫩草和摘新鲜的树叶，渐渐地她俩变得形影不离起来，伊莎上学劳动时也领着它……有一天，镇长领着两个人到家里来，镇长说他们是齐齐哈尔动物园的人，要收养犴崽。那天伊莎没在家，等她从学校回来，犴崽已被镇长等人领走了，她痛哭了一场。后来从镇长那里传出，犴崽到了动物园不久，就不吃东西死了。那个小东西气性才大呢。伊莎听说了这个消息后，更加伤心起来，好几天没吃东西。她继父看见她伤心成这个样子，很后悔同意镇长他们把犴崽带走……可是后悔有什么用呢？他答应伊莎一定再给她弄一只犴崽来。话是这么说，这么多年过去了一直再没逮着犴崽，原因是林子里的犴越来越少了，而打犴的人却越来越多了，犴差不多都逃到江那边①去了……

说到这里，老妇人叹了一口气，说："动物有时就和人一样，待得不好就要逃走的。"

老妇人的话，叫我想起了伊莎的生身父亲，那个俄罗斯渔民。这件事情汤吉森以前离开学校时只偷偷告诉过我一个人，说伊莎的父亲是一次打鱼时被暴涨的江水冲到江这边来，被打猎的伊莎姥爷救到村子里，大水退了后伊万也没有回去，他和猎人的女儿成了亲，那时中苏还友好，两岸村民通婚也是常有的事。后来的事情就不一样了，伊莎的姥爷过世没几年，上边突然查起伊万的身份和来历来……"你瞧瞧我们这是一个怎样的家庭啊！"汤吉森当时曾悲观绝望地对我说。此刻，我问老妇人伊万莫夫就是伊莎的生身父亲是什么时候离开她们娘儿俩的。

老妇人摇摇头，说："记不得具体的年月份了……只记得那是汤吉森和他父亲到村子里来的头两年。那年刚开春，有天晚上，伊莎的父亲对我说他要到江边去捕点儿开江鱼，给我下奶，结果一去就没有回来。第二天镇长和一些村里人在江边看到他留在岸上的破渔网和衣服。'他这样急着捕鱼难道不怕冻死在江里吗？'村里人议论说。刚开江的水还浮着冰块，这个时候村里是没人来下江捕鱼的。在下游还发现他的一条结着冰的水衩裤，有人说他淹死了，只有镇长一个人不相信他会冻死在江里。"

老妇人接着说："傍晚镇长红着脸来到我家对我说：'他逃走了，他逃到他们那边去了。昨天我找了他，让他说清楚那边的亲属关系，

————————

① 江那边：指黑龙江对岸俄罗斯一侧的外兴安岭。

都是做什么的，并警告他说以后再不许他到江边去捕鱼。其实我只是在奉上级的命令例行公事而已，谁想到他竟会冒着被冻死的危险逃走了呢？'镇长说这话时又瞅了一眼我怀里刚满月的小伊莎，打了个冷战，说了句：'可怜的孩！'就匆匆走了。"

"至今还没有信来吗？"

"没有。"老妇人摇摇头，"也许真的冻死在江里啦。"

"真是个不幸的人。"我同老妇人一样叹了一口气。

一下午时间过得很快。我出外解了个手回来，看见方洪斌和毕克正围坐在炕前察看老妇人从柜子里拿出来的两条干鹿鞭，嘴里啧啧赞叹着，而他俩对我们刚才的谈话似乎没有多少兴趣。

当夜我们住在汤吉森的家里了。在酒馆里忙活了一天的伊莎回来把前院的一间屋子烧热，又给我们每人沏好了一杯热茶。伊莎在做这一切时，口里不断地咳嗽着。等她走出去，我问我的朋友："她是不是生病了？"

汤吉森不太在意地说："她这是老毛病了，气管炎，每个冬天都犯。"

汤吉森陪我们坐了一会儿，就被村子里一个年轻人找走了，是去打牌。当然又是打了一个通宵。经过这两天的观察我发觉我的朋友变了，从前那个老实规矩的汤吉森哪里去了呢？……躺在热得烫屁股的炕上我在为伊莎担着心，夜里还能听到从隔壁传来的一阵阵咳嗽声……

第二天方洪斌和毕克同我告辞回去了，答应我过些日子再来接我。

傍晚，汤福大叔从山里回来了。他打到了一只三四十斤重的狍子。可是这只狍子并没有给他增色多少，他反而觉得在客人面前有些拿不出手，嘿嘿窘态地笑着说："我并不想打到它，可是在回来的路上它撞到我的枪口上了。"我注意打量着他，他看上去有五十岁光景，步伐稳健。他那张紫铜色黝黑的脸表明他跟小兴安岭山林的阳光结识已久，而他那早白的胡子挂着浓重的冰霜。在他身后跟着四条精神抖擞的猎狗，它们分别是：伊万、花子、黑崽和奔娄。一见到它们，院子里的另外四条松松垮垮嬉皮晒脸的黄狗就迎上前去了。汤福大叔又吩咐家里人把那匹略显疲惫的灰马牵到马棚里去饮水、喂料。

晚上，汤福大叔亲自动手用山花椒炸起狍子肉来。又听见他在厨房里喊道："伊莎，你的咳嗽好点儿了吗？我这次上山还给你带回来暴马子树皮①了呢，一会儿你煮点儿水喝了。"

晚饭是一大家子人围坐在后屋土炕上吃的，佳佳和莎莎一边一个搂着爷爷的脖子要他讲故事。我想深山老林的一枝一叶都会有故事的。可是汤福大叔却虎起脸来说："小兔崽子们，如果你们再当着客人的面胡闹我会打你们的屁股的。"两个孩子这才肯住了手，被伊莎叫到她的身边去了。他们不太情愿地坐在妈妈跟前。

汤吉森打开一瓶陈年老酒，给我们的杯子里满上酒，他就独自坐在那里喝起来。从始至终我还没有听到他说过一句话。

趁汤福大叔脸上喝得红润起来，我小心翼翼地问了一句："现在大牲口是不是很难打到啦？"

"可不是嘛，这些家伙好像都走光了……"他深深地叹了一口气，停了一会儿又抬起头来说："不过我相信我会遇到它们的。"老人红红的眼珠里有什么东西闪动了一下。

后来老人又说到他过两天打算再进山去一趟，多待些日子。"你

---

① 暴马子树皮：一种小兴安岭山里长的落叶小乔木，树皮煮水喝可治疗气管炎。

有兴趣吗？年轻人。"老人像揣摩透了我的心思，笑眯眯地问。"我正想进山去看看。"我赶紧说，一时兴奋起来。

汤吉森与我对视了一眼，我知道他的话得到了兑现，可他神情看上去有些忧郁。

这是一个多么奇妙的家庭啊，老人是从山东闯关东来的汉人，老妇人是当地的鄂伦春人，而他们的大女儿又是有着俄罗斯血统的后代……我为他们组合得如此和谐感到庆幸……我大概酒有点儿喝多了，头晕了起来，连汤吉森什么时候走出去的也不知道。

我过前屋去休息，在走过黑漆漆的院子时听见有两个人影在低声争执着什么……

"镇上来了些山外的金客，他们想吃狍子肉，我想把剩下的那半拉狍子肉拿到酒馆里去。"这是汤吉森请求的声音。"你想拿我的狍子肉去喂你那帮酒鬼吗？这你休想！你难道让钱迷住心窍了吗？"汤福大叔气咻咻地说，他显得很激动。汤吉森听了就低头走出了院子，不知去了哪里，大概又到什么地方打牌去了。

我独自一人回到前屋睡觉去了，从这个晚上我知道了汤吉森和他父亲之间有一道很深的裂痕。

汤福大叔答应我过两天进山去打野猪，这两天他要处理一下村子里的事情。他是一村之长。我很惊讶这个鄂伦春村庄的人竟会选一个汉人来当他们的村长，而且竟会俯首帖耳听他的。这从他处理村子里发生的两件事情能够看得出来。

一件是村子里有个叫莫永富的人，在用牛车拉烧柴的时候，将村子里的电线杆上的电线刮断了，原因是他牛车上的木头装得太高了。立柱刮到电线上，给村子里几户有电视的人家造成了短路，这其中包括村长自己家。电视机烧坏的三家村民一起来找村长告状，要莫永富赔他们的电视机，他们想村长一定会这么做的。等他们走后，村长打发人把莫永富找来了，这是一个十分粗壮矮墩墩的中年人，身上像有使不完的力气，可此刻不得不规规矩矩站在村长面前。

"你不心疼你的牛和力气，你难道还不心疼自己的钱吗？"

"我没有想到会这样的，我真的没想到，看来这下我得倒霉了。"他愁苦着脸说。

"你打算怎么办呢？"

"不知道。"他一副任人宰割的样子。

村长写了个条子，叫他拿着去镇上找一个修理工来。下午他把修理工找来了。村长叫那个小伙子把自己家保险盒打开看看。他从梯子上爬下来对村长说："只是保险丝烧断了，电视机我想会没事的。"他换了一根保险丝，打开电视机果然有了图像。莫永富的脸上驱散了愁云，眼睛流露出意外的惊喜。村长又叫修理工跟莫永富去检查另外三家电视机。结果只有一家没装保险盒的电视机烧坏了，其余两家均没事。烧坏电视机的那家村民又哭丧着脸跟着莫永富找到村长家里来了。

汤福说："我以前跟你说过多少次叫你安装一个保险盒，可你就是不听，这回好了吧？"

他脸上一阵发红，嘴里却说："可这不关我的事，不关我的事呀。"声音明显小了下去。

汤福大叔叫修理工把他的电视机搬回镇上去修。所修的费用由莫永富和那个村民均摊。莫永富恨不得跪下来磕头，而那个村民却嘟哝说："老天爷真是不开眼。"汤福大叔听到了说："你这个吝啬鬼，这已经是很照顾你了。"三个人就离去了。

到了晚上天黑时，那个叫莫永富的农民送过来一只猪头。汤福正色道："你想叫村民说我的闲话吗？"莫永福只好讪讪地把猪头拎回去了。

另一件事情是村里有个年轻的后生用猎枪把人打伤后逃跑了。事情是这样的：这个年轻的后生与村里另一户人家的姑娘谈恋爱，但遭到了姑娘家大人的反对，决定分手了。年轻的后生就在一天傍黑喝醉了酒带着猎枪潜伏在姑娘家院子里了，等那姑娘的父亲外出回来刚进院门就开了一枪，慌忙中击伤了她父亲的一只胳膊。然后携带着枪逃跑了，至今还没有下落。镇上的警察来村长家找过两次了，请他帮忙把那个后生找回来，他们担心他在外边带枪还会伤人的。警察们走后，汤福思索了一会儿就去了那后生的家。

"你们打算让他在外边像个兔子一样躲避一辈子吗？"汤福对那两个惊慌失措的老人讲。

"我劝你们还是尽快叫他回来，这样对我们大家都有好处。别担心，我会到镇上警察那里去说情，他还是个不懂事的孩子！"

汤福从后生家里出来，又去了那个姑娘家。

……

过了两天，那个打伤人的后生被他父亲从山外一个亲戚家找了回来，他父亲把这个战战兢兢的青年人交给了汤福。

汤福从镇上回来对等候在家中的那个后生父亲说："别担心，他过几天就会回来的。"后生的父亲相信了他的话，拖沓着步子走了。

"你瞧瞧，当这个村长有多少事情要做呀。"汤福大叔摇摇头对我说。可我却听出来他口气里透着些得意，我趁机问：

"他们为什么要让你来当村长？"

"不知道，我刚从山东流落到这里的时候，想都没想过会在这里站住脚，那时我还不会打猎。可是他们不但收留了我，还有女人肯嫁给我做老婆，前年又让我做了村长，想想这些事情简直像做梦一样……"汤福大叔痴迷地眯着眼睛说。

我很高兴他这么快把村里的两件事情解决了，因为明天我们就可以上山了。

早晨，在院子里，汤吉森一身猎装打扮走过来，"我能跟你们一道去吗？"他小心地问。汤福冷冷打量了他一眼，转过身去喂灰马了。

我走过去对汤福大叔说："你难道忘了打虎还得亲兄弟，多一个人不多一份力量吗？"

"只怕到时他会给我碍事。"

他这样讲就是同意了汤吉森的请求，吉森显得很高兴，去找出他那杆好久没用过的猎枪。我这才想起他那日说过的"如果允许……"的话来。看来他们父子好久没在一起打过猎了。

汤福喂完灰马，把它牵到院子中央来，套上了桦木爬犁，将棉帐篷放到马爬犁上。伊莎母亲又把昨天夜里烙的足足两面袋甜饼放到马爬犁上，还有一面袋油炒面。

"老太婆，你不想让我们回来了吗？"汤福用开玩笑的口吻说了一句。

老妇人听到了，慌忙地怔了一下，双手按在胸口上，嘴里默默祷告了一句什么。汤福大叔自知失言，做了个鬼脸。

伊莎从屋子里走出来，把半口袋她亲手腌制的狍子腊肉块也放到爬犁上。听到她口里不断咳嗽着，汤福大叔转过头来，关切地询问道：

"伊莎，你要当心自己的身体，我看你最好还是找莫医生仔细瞧一下。"

伊莎的脸上淡淡地做出一个笑容来说："没事的，父亲，您也要保重身体。"

一家人紧跟着送出门外来。佳佳和莎莎跑过来亲了亲汤吉森。伊莎也走到汤吉森的跟前，与他亲吻了一下，"你要当心点儿。"

108

"我会的。酒馆那边如果忙不过来，就关门等我回来吧。"汤吉森说。

"不要紧的。"

我和汤福大叔已甩开大步向村外走去了。早晨的阳光很好，将一种红晕晕的光均匀地泼洒在村外的白桦林里。

穿过这片白桦树林子，村子就渐渐被我们甩在了身后，望不见了。我们往山坡上爬去，山道两旁偶尔露出几簇灌木丛，但它们的枯叶纹丝不动。在这冰冷沉睡的大自然怀抱里，听到一匹精神抖擞的猎马嘶鼻声和几条忽高忽低的猎狗蹚雪声，倒是十分惬意的。

"这真是个进山的好天气。"汤福大叔在前边有些情不自禁地说。也许是为了证明他说的话，翻过一座山顶以后，我们果然遇见了正入山的同村的几家猎户。他们有的是父子，有的是兄弟，但都无例外地在马背上驮了厚重的帐篷包和干粮，有的甚至还驮着锅灶和油、盐。

"难道他们要在山上过日子吗？"

"是的，这些鄂伦春人祖祖辈辈都是这么过来的……他们至少要在山上待到春天雪化时。"汤福大叔回答了我的疑问。

于是，我便想起了以前汤吉森跟我讲过的关于这个骑马狩猎的民族的种种传说……更让我想不到的是，汤吉森父子从山东老家逃难到这里来时，他们竟会收留他们汉人父子在村子住了下来，并且汤福大叔都学会和他们一样打猎生活了。进山前，我看汤福大叔也去敬拜了萨满神，也请他为他们进山打猎驱邪赐福。

"他们都是一些善良的人，像伊莎和她的母亲一样善良……"汤福大叔说，听到提到伊莎，低头走在后边的汤吉森抬头怔了怔。

我以前听汤吉森讲过，他和父亲逃难到小兴安岭时，本来是想跑到乌拉嘎找点儿活儿干，为了躲避边防检查站的检查，他们爷儿俩翻山越岭，穿迷山了。更主要的是他们带的干粮早已吃光了，大雪封山，找不到一点儿吃的东西，又冻又饿的他俩昏倒在雪窝子里，是伊莎带着她家的狗进山来拉柴火发现了雪地里的"冻倒"，伊莎便用狗拉爬犁把他俩拖了回去。汤吉森说他醒来时，他的一双脚还焐在姑娘的棉袄襟子里，他那时就打定主意，成年后要娶这个姑娘了。如果不是她和她的狗，他和父亲就冻死在这深山老林中了。

现在我不得不来说说汤福大叔这八只猎狗了。因为翻过了几座山之后，我们人和马都有点儿疲乏下来，我们变得不愿说话了（特别是汤吉森，这家伙一直沉郁地走在后面，似乎在想着心事）。当然更主要的是我们也找不到什么话题可说。说什么呢？山是一样白晃晃的雪山，树是一样的红松树，小兴安岭山冈多是这样的红松林带，一模一样的简直让你相信又走回到原来的林子。因此我们就变得寡言少语了，失去了刚进山时的好奇。而狗呢，狗们却不这样，它们跳跃撒欢儿的身影还和刚进山时一样，一忽儿跑得无影无踪，一忽儿又从你身前或身后的树林里钻出来，调皮得像个刚刚见到什么东西的孩子。当然它们现在可以尽情地撒欢儿，尽情玩耍，因为它们知道离目的地还远着呢。走过的林带里别说是遇到狐狸，连一只雪兔的身影都难见到。雪面上偶尔跑过一只雪耗子。它们则两三只停下来围成个圈儿追着玩，并不急于把耗子咬住，可怜的耗子累得团团转。我们也走出好远了，听到一声呼哨，它们才讪讪跟上来。

第一天傍晚，我们在猫耳盖峰下宿营。我们在帐篷门口架起了半人多高的柴火堆，易燃的松木棒很快燃烧了起来，吐出的火焰像鲜红的狗舌头，吞噬着寒冷、孤独和黑暗。

吃过晚饭，汤吉森就钻进帐篷里睡觉去了。我和汤福大叔坐在火堆旁烤火，当然汤福大叔还要喂他的马和狗，这些事我都帮不上忙，只好看着他做。暗暗的林梢头偶尔露出一两颗星星，夜静谧极了。

汤福大叔做完了活，回到火堆旁坐下。他不知从哪里捡到几个松塔，放到火堆上烤熟了后，就和我一边嗑松子儿一边如数家珍地介绍起他心爱的狗来——

"那只头狗叫伊万，是条纯种俄罗斯狼狗。别看它不吭不哈，但有大将风度，平时不愿意跟别的狗撕咬嬉闹，喜欢自己找个安静的地方待着，或者踱步，像有想不完的心思。在山里它一跑就能跑出四五里地，要是听到它的叫声，那一定是遭遇上野牲口了。遇到大牲口，伊万要不冲上去别的狗就不知所措或怯阵，野猪或熊就会跑掉的。它也许天生就是块当头狗的材料，别的狗因为伊万在场才争先恐后地玩命。"汤福大叔咂咂嘴赞叹地说。

"那个贪吃的伙计是花子，别看它个儿不大胃口却不小，打着鹿或者犴，猎人往往把心、筋、鞭、茸以及好肉拿走了，剩下些肠子骨头就扔在山里了，别的狗都跟着猎人回家了，只有花子赖在山里不走。它没日没夜守着这堆'杂物'吃着，什么时候吃得溜干净，它什么时候回家。三天、五天，根本不在乎家里人惦不惦记它。它也并不是对家里没有感情。只要它在家，你休想从院子里拿走一根草棍。有一回镇长看中了我一条马鞭，趁我没在家汤吉森答应他来取时，花子愣是咬住那根马鞭不放，弄得镇长只好空着手灰溜溜地走了。

"鬼机灵是黑崽，这个伙计不用谁教，就知道对付什么样的牲口从什么部位下口能击中要害。对付狍子，它专拣喉咙咬，咬住不撒开，还能蜷起身子躲开踢蹬的狍子腿；对付野公猪，它专拣公猪后腔的卵泡下口。那一年我刚到小兴安岭上来打猎，借了一杆七点六二没膛线的老枪，遇到一头孤猪，一枪崩到胯骨上。那猪一走一拧腰，低着头龇着牙直奔着我来要命，可是枪不好使，子弹一出膛就放横，眨眼工夫猪嘴就戳到身前了。我把枪伸过去，猪就咬着枪管推着我后退了六七米，身后的小柞树咔吧咔吧倒了一大片，我也倒在了地上，猪毛都贴着脸了。幸亏那些狗红了眼，尤其是黑崽，咬住猪卵子死拽。等我定定神腾出手掏出猎刀来，照准它心窝一刀捅下去……黑崽还死命咬着那个屎不放哩。

"你看到那个像小驴一样的傻大个儿了吧？它叫奔娄，是条笨狗。别看它憨，可是对主人最忠心，猎人也有困在山里的时候，十天半个月打不到猎物，没吃的，人和狗都饿得眼珠子发绿。这节骨眼上狗中间有狼血统的，就按捺不住血液里的狼性，甚至想在夜里对主人下口。而笨狗奔娄则一夜一夜都不闭眼，忠实地守卫在主人膝前。有哪条狗想起黑心，奔娄就用胸脯子一撞就是一顿凶咬。它在几只狗中间块头最大，也最有劲儿。"

说到奔娄时，勾起了老人的心事，汤福大叔在黑暗中眨巴了一下眼睛，低下了黯淡的目光，停了半晌说："想想咱们人类又能怎么样呢？早些年在俺山东老家，当地村政府查出我父亲是一个国民党少将，其实我只见过爹的照片。平时见了面都很亲热的乡亲们，一夜之间都变了脸子往死里祸害俺，别说是同村人，就连俺的两个亲舅舅也怕受牵连，赶紧与俺家划清了界限。这两个浑蛋忘了挨饿时吃过俺家送去的两袋白面，村里开批斗会时，他俩上台揭发比谁都积极，要不那次汤吉森的生身母亲也不会受不了跳井自杀呀……唉，人哪！"汤福大叔重重叹了一口气，不再说下去了。过了一会儿，话题又重新转回到他的狗身上……

剩下的四条黄狗，分别是大黄、二黄、大笨、二笨，从汤福大叔很随意给它们起的名字看，汤福大叔平时很少带它们进山的。它们是狼狗和笨狗的"三串儿""四串儿"，虽然鼻子也好使，跑得也快，可就是松松垮垮嬉皮笑脸没个正形。这一点在今天的进山途中我已经领教过了。我想可能是平时放在家里松散惯了。

汤福大叔默默咀嚼着嘴里的松子儿，时而从贴身棉袄里掏出一个扁瓶呷上一口……津津有味向我介绍他这些可爱的狗时，在我听来很像介绍他的铁哥们儿。请读者原谅，这里面我丝毫没有对人类不敬之意。试想，一个人在活不下去的时候，走向了大山，大山让他活了下来。在一些同类陷害他的时候，几只狗与他相依与共，披星戴月，同历血雨腥风。这里面究竟有一种什么样的命运默契和机缘，什么样的感情呢？

篝火堆里的松柴渐渐变成了一截一截暗红色的火炭，遗落在火灰里的松子儿壳被烧焖了，"噗、噗"发出一阵轻微的爆响，四周便飘荡开来一股诱人的松子儿香味。

寒冷漆黑的夜空带着不可想象的空旷与神秘俯视着我们，坐在火堆光环中间是很难辨视黑暗在进行什么的；即使是近在手边的一切也仿佛给一条全黑的幕布遮住了。不过还可以隐隐约约看出远处的山峰和红松林冈梢头在天际留下的一抹长长的影子；静耳细辨还能听到黑魆魆的密林里传来的一两声松鸡的叫声。

猎人不知什么时候去察看他的马了。

我想我该睡觉了，一阵疲乏袭来，我便起身离开了火堆旁，走进帐篷里去。

一晃我们来到山里半个月了，可是我们什么也没打到。这似乎在汤福大叔的意料之中，可是我们很失望，特别是汤吉森，这从他闷闷不乐阴郁的脸色中可以看得出来。难道老天爷每天就是这样关照我们的辛苦吗？每天露营时，我们的鞋里、裤脚里都灌满了已结成冰蛋的雪块，脚跟常常冻得麻木了，手上、脸上有不知道什么时候被树枝或荆条划破的伤痕，血珠已结成冰，敷药粉时会杀得我们一阵阵钻心地痛……可是不等第二天鞋被烤干，我们又得出发了。

有时为了躲避暴风雪露营和为了保护马匹，我们不得不走许多冤枉路。那天过黑熊山时正是那个样子的。

傍晚，我们从一片老红松林子里钻出来，走在一个幽深的谷底里。汤福大叔指着一座积着半人高雪坨的小山峰说："喏，那就是黑熊山。"我们抬头望去，山顶上有一个黑黢黢的熊状石头。如果不是汤福大叔告诉我，我还真以为是一只老熊卧在那里呢。在峡谷底下露营是十分危险的，夜里雪崩从山坡上下来我们就会丧命，我们必须翻过这座山去。黑熊山旁边有一条依稀可辨的路，但只有当山两边的路被大雪封住了时，穿山的人才会走这条路。现在虽然还没有雪崩，但为了爱护马匹，我们只好绕着山走。我们沿着雪路走在半山腰上，冷得身子直打哆嗦。山口刮过来的风越发猛烈，它那粗犷的吼声显得悲怆而凄凉。这条路确实危险：右边，我们头上悬着大堆积雪，似乎只要起一阵风就会崩落到谷底里；狭窄的路上部分盖着雪，有些地方踩上去就会坍塌了，有些地方由于白天阳光的照耀和夜晚严寒的冰冻，雪都结成了冰，走起来很费劲儿，马匹常常滑倒；左边是一条深邃的山涧，山泉水曾在那里流过，而此刻却覆盖着一层冰，像条冻僵的蛇，冷森而寂寞地盘在那里。从峡谷底下渐渐涌来一股雾气，开始我们还没太注意。随着风力的加大，雾气越来越浓厚，从峡谷的西北方向滚滚而来……

"糟了！"汤福大叔说，"'山跳子'① 要来了。咱们得走出去。"奔波了一天，马也筋疲力尽了，说什么也不肯走了。任凭汤福大叔挥动着鞭子吓唬它，灰马却喷着鼻子，用脚步抵住地面，死也不肯移动一步。没办法，我们只好一个人在前面拖着它的缰绳，两个人

---

① "山跳子"：一种山林中突降的暴风雪。

在后面用肩头死死顶住它的屁股，用力推着它走。

这样我们花了两个钟头才绕过了黑熊山。五里路走了两个钟头！这当儿，墨黑的乌云低低下沉着，铜钱大的雪花劈头盖脸落下来，急不可耐的狂风灌进峡谷里，怒号着，呼啸着。再看坡顶，刚才沉默的雪盖仿佛突然间被什么东西炸开了，无数块雪球像千军万马奔腾着轰轰隆隆滚下山来，腾起的雪雾有几丈高。黑熊山淹没在雪尘当中了，顷刻间，谷底里的雪球就淹没到半山腰了——那可是我们刚刚走过的地方啊！

我惊呆了，刚刚冒出的一身热汗顿时变成了一身冷汗，好险哪。

这些日子汤吉森曾两次提出过要下山回家去，被我劝阻下来，"我们总不至于空着两手回去呀，你说呢？"我瞧着他。

汤福大叔显然很生气，他嘴里一直在嘟囔着说："你还像个猎人吗？这样缺少耐心。"

汤吉森听了并不申辩，他只是冷淡地躲开汤福大叔那讥诮他的眼神。

后来又有一次汤吉森提出来他要自己一个人先下山去，他说他要回去看看他的酒馆，他担心伊莎会照顾不过来的。汤福大叔听了更加生气起来，说："我早就说过不叫你去开什么酒馆，那是正经人家做的事情吗？那简直是在胡闹。"

汤吉森听了不再说什么了，他脸色阴郁地转向别处。我看出来他在想着心事。

不久我们打到了一些野鸡和山兔，尽管是些小东西，但毕竟给我们林中寂寞的日子带来了一份乐趣，带来一线希望。还有那些狗，它们至少可以尝到一些野味了。

打野鸡和山兔叫我领教到了汤福大叔百发百中的枪法。真不愧为一个出色的猎手。打野鸡他都是当它们在林中飞起的时候抬枪击落的，打山兔也是这样的，常常是一道雪光划着弧线闪过去，我们还没弄清怎么一回事时，他手里的枪就响了，弹落物落，一只肥肥的雪兔就一头扎在百步开外的雪窝子里不动弹了。不用看就知道击中脑门了。过了一会儿，花子把雪兔叼回来，果然兔子的脑门正中像又生出一只红红的眼睛来。

而汤吉森对这些似乎表现得无动于衷。他总是一个人背着枪远远地走在我们后头。不知道他是不屑于打这些小动物呢，还是怕在朋友面前失手。他这个样子很像一条孤独的狼。

有一回汤福大叔把手里的枪交给了我。而我竟瞎猫碰到死耗子把那只倒霉的兔子打中了。兔子在雪窝子里抖动着一双可怜的小腿……

"干得不错，年轻人！"

可我想这得感谢那四只笨狗，是它们帮了我的忙，它们先是像猫玩老鼠一样把那只慌不择路的兔子撵得上气不接下气，直到它跑不动了；它们又像绅士一样围坐在四周端量着它。可怜的兔子就只有坐以待毙的份儿了。该死的笨狗，为什么不给我面子远远地躲开呢？

可我们并不是天天这么走运。野兔和山鸡渐渐消失了踪迹，一连几天，我们连根山鸡毛都没有碰到。从那几条无精打采的猎狗眼睛里可以看出来，我们又陷入了一种无可奈何的尴尬困境。

我们来到汤福大叔说的那个野猪岭上三天了，从这个名字上可以看出来它从前对猎人该有多大的诱惑力呀。可是现在你瞧瞧，这片连只松鸡叫声都难得听到的红松林地里寂静得简直就像一片墓地。

"我们该回去了。"汤吉森泄气地说了一句。

"再等等看……"汤福大叔打量着林地里一些横七竖八的老杆儿①，脸上神神秘秘地说道，"好像有个老家伙在等着我们……"

于是我们在野猪岭上又住了下来。这儿的林子都是上百年的红松林，树粗得要两三个人才能搂抱过来。山坡的雪地里埋了一层厚厚的松塔，我和汤吉森每天除了捡松塔吃，似乎没有别的事情可干。白天，汤福大叔就和那四条得意的猎犬钻到林子里去察看雪迹，汤吉森和我还有那四条笨狗留在帐篷里。一连几天毫无动静。

"我好像嗅到那家伙的气味了，它就躲在哪棵树的树洞里盯着我们呢。"

汤吉森听了哼了一下鼻子，又走到一边砸他的松塔去了。我对汤福大叔的话也表示了怀疑。

每天夜里，汤福大叔都轻轻地一遍一遍呼唤着他的狗的名字，这在以前可是从来没有过的事情。我看出来他有点儿紧张（抑或是兴奋）。

有一天早上，他脸色沉郁地跟我说："这是个很有经验的家伙，至少它已从好几个猎人的枪口下逃脱掉，你只要数一数林子里的狗坟就知道了。"

他这样一讲，我也很紧张。白天捡松塔时，我已注意到了山坡上的几堆狗坟。当然小兴安岭的腹地，有许多这样大大小小的狗坟，那是猎人为他的生死朋友们修筑的，虽然不过是一堆土或一堆石，其间深埋的故事和情意，我想一定是摄人魂魄的。

第七天夜里是个寒冷得要命的天气，尽管我和汤福大叔照往常一样围坐在熊熊燃烧的火堆前，可是后背贴上来的风还是像刀子一样刺得我们后背、胸腔透凉。

_____

① 老杆儿：原始森林中被雷击死或被旋风刮折树冠的树干。

117

"它来了。"汤福大叔没抬头低声说了一句。

我惊慌地偷偷斜视了一眼，顿时出了一身冷汗。一团黑影在我们正前方一百多米远的林间慢慢移动过来，狗叫了起来。我们在明处虽然看不清它的面目，却能感觉到它那足有四五百斤重的身子摩擦雪面的扑哧扑哧声。这真是个有经验的家伙，选择了这么个夜晚向我们袭击。不知是冻的还是吓的，我的腿脚已麻木得抬不起来了。汤福大叔轻轻打了一声呼哨，他的几只狗呈散兵状向距离我们前方三十米远的树后隐去了……

听到狗叫声，汤吉森从帐篷里钻出来了，他的脸露着惊恐。

汤福大叔检查了一下枪，把子弹压了进去，静静等待着。他的镇定感染了我们，我们也跟着镇定下来，我们蹲在火堆后，通常它是不敢靠近火堆前来的。

但这个家伙有些肆无忌惮地推着雪向我们走近，通常有孤猪十狼的说法。夜幕笼罩的红松林里抖动着一股阴森恐怖的杀气。

汤福大叔慢慢端起枪来，向它瞄着——

"让我来吧！"不知什么时候汤吉森已把枪端在了手里，凑过来。

汤福大叔似乎犹豫了一下，但还是放下枪来，阴沉着脸点点头。

汤吉森离开火堆，向右侧五米开外的一棵老松树后移去。"沉住气，照准它的脑袋打！"

汤福大叔小声喊了一句。

汤吉森在那棵树后站下了，端起了手里的枪——

"砰！"一道火光划亮了黑暗向那个黑物射去，顿时打破了林中的沉默，八只猎狗吼叫着从各自隐藏的树后冲出来，奔腾翻滚着雪浪朝前围过去。我暗自吃惊，那四只黄狗竟像伊万一样冲在最前面，它们平时的松垮劲儿哪里去了呢？——耳边传来了猛烈的吼叫、撕咬声……

猎人在这个时候就不能开枪了，再开枪就会伤着猎狗。我看见汤福大叔神色紧张地端着枪朝前边小心地绕过去——

　　这真是最要命的时刻，黑暗中我瞅不清那里发生的一切，耳朵里只充满了血气腾腾的厮斗声、喘息声，整个原始林地都被摇撼了。

　　不知过了多久，一声沉闷的枪声响过，撕咬声消停下来。伊万气喘吁吁向我们跑过来，我和汤吉森举着松明火把朝那里走过去。

　　到了跟前，我们看到翻起的雪面上溅满了血滴，一头四百多斤重的黑公猪扎倒在地上，它的脑门正中炸出的枪眼还在汩汩地往外冒着血……黑崽还在死死咬着那公猪的卵子，而花子和另外两只黄狗则拽着它的两条后腿。绕到前面来，我们看到雪地里还躺着奔娄，它的肚子被划开了，热气腾腾的肠子流了一地；在野猪那两根白森森的獠牙上还穿着大笨和二黄的身子，它们已经咽气死了。汤福大叔默默蹲下去，小心翼翼把大笨的身子拿下来，又同样小心地把二黄的身子拿下来；而后怔怔地蹲在地上，轻轻地哆嗦着手把奔娄的肠子一截一截塞回它的肚子里，他把它抱在怀里，低下头去。他的肩胛在剧烈抽搐。搂抱了好一会儿，他才慢慢站起身来抱着奔娄朝帐篷里走去……借着火把的亮光，我看见他转身时脸上淌着两行泪。狗们也跟着他默默地走过去了。

　　汤吉森举着火把围着公猪周身在焦急地察看着什么……

　　"你在找什么？"我问了一句。

　　"我在找我那枪枪眼。"汤吉森回答了我一句。可是等我们把猪身上找遍了，也没找到那一个该死的枪眼，最后只在孤猪的一条前腿上找到一块弹片擦伤的痕迹。

　　"真该死！"汤吉森的脸立刻煞白了起来。

　　第二天早晨下山前，我们把奔娄、大笨和二黄的尸体埋葬在山坡上了。我俩走下山坡来时，汤福大叔和那几只狗还在那里默默迎风伫立着。回头望去，那三座新狗坟孤独地耸立在白雪皑皑的山坡上，也许和那些别的狗坟一样，将成为大山深处不被人察觉的寂寥风景了。我为老汤福感到难过，奔娄可是他的救命恩人哪。

从昨晚到现在他还没有说过一句话。

三天后，我们出山了。在望见村边那片白桦林子时，灰马不用谁赶就加快了脚步，而那几条狗则远远地落在了身后，疲惫沉默地走着，它们是否在想念三天前死去的同伴？

走进村子里时，大概已有人去家中报信了，汤春已领着佳佳和莎莎在村口迎接我们了。

"我的闺女，你妈妈是不是已蒸好了黏豆包在等着我们呢？"

可是汤春却说："伊莎病倒了，妈妈正在家里守着她呢。"

几个人一听都大吃了一惊。低头走在后面的汤吉森赶上来，顾不得和佳佳、莎莎拥抱，就匆匆上前摇晃着汤春的肩膀问了一句："你说什么？伊莎病倒啦？"汤春眼里闪烁着泪珠点点头，"是的，她病得很重，已好几天不吃东西了。"

汤吉森听了，甩开佳佳和莎莎大步向家中跑去了。

老汤福听了，急问："你母亲没给她找萨满老人瞧病吗？"汤春说："瞧过了，给她跳过一次大神了，可是也不见好。神灵说，姐姐要去找她亲生父亲了。"老汤福一听这话脸就阴了，一手牵过孙子，一手牵过孙女，蹒跚着脚步跟在他后面跑去了。

我和汤春只好在后边赶着马爬犁加快了脚步。在路上我问了几句伊莎的情况。汤春告诉我，伊莎是两周前在酒馆里病倒的，并且吐了血。我问："有没有找医生看过？"汤春说："找过了，莫医生给她看过了，说她病得很重……恐怕没有多少日子了。"汤春眼泪在眼眶里打着旋儿，我听了暗暗吃了一惊……

说话间我们进了院子，我匆匆走过前屋去，汤吉森一家住的屋子里已聚满了人。有村人，有莫医生，有伊莎的妈妈，有汤吉森……我进屋时，汤福大叔正吻着伊莎苍白的额头，嘴里喃喃道："我可怜的孩子，你怎么会病得这样呢？"

仅仅一个月不见，伊莎变得叫我难以相认了：苍白的额头显得很大，凹陷下去的腮帮透着发烧的红晕，嘴唇都烧焦了，两只深陷下去的大眼睛空洞无神。她喘气都很吃力，在炕上的一只痰盂里盛着她咳出来的半盂血水。我走到枕头前，她微微睁了下眼睛，红红的腮上挤出一个颤巍巍的笑容。这就是上个月我来时在酒馆里见到的那个迷人的歌手吗？哦，老天爷……我退了出来。

在院子里，我听到汤福大叔在和莫医生谈话，他在恳求着莫医生：

"求您想想办法，救救我的女儿吧。"

"我已经尽了力啦，真的没有办法了，她这是到了肺病晚期……请您为她准备后事吧。"

"您这样说不觉得脸红吗？您还配做什么医生？不，我不能听您这么讲，我不能失去这个女儿。"

悲痛显然已叫老汤福失去了理智，他咄咄逼人地盯着莫医生说。

莫医生没有去计较他说的话，只是跟出来的伊莎母亲交代了几句："杜冷丁用完了再来找我，我再想办法给她弄两支来。"说完，就摇摇头有些难过地移动开步子走了。

晚上伊莎睡着了，村里人散去了，已有几个晚上没有合眼的伊莎母亲被汤福大叔安慰着搀扶到后屋休息去了。佳佳和莎莎也被他们的姑姑汤春领到后屋睡觉去了。前屋里就剩下了汤吉森和我，我陪着他守在伊莎的炕前。

夜里十点钟的光景，她从一阵无力的抽搐咳嗽中醒来，她一睁开眼睛就唤着汤吉森。"我在这里，亲爱的，我在你的身边呢。"他

121

紧紧握住她的手回答道。她说："我要死了吗?"我们都安慰她,说大夫答应一定能把她的病治好。她听了摇摇头,把脸转向墙壁那边去,她可不愿意死啊……

夜里她又说起胡话来,她在发烧,不知是因为发烧还是因为肺部痛得厉害,她浑身直打战。她断断续续提到了酒馆里的一些事情,提到了佳佳和莎莎,还莫名其妙地提到了她的生父……后来又提到汤吉森,还怪他不再带她去山里打猎了。

汤吉森默默地听着她的话,头伏在手上,可是我始终(从白天开始)没有看见他睫毛上沾过一滴眼泪。他是真哭不出来呢,还是在勉强克制着自己?

这样过了一天一夜,我们都没有合眼,也没有离开过她的炕头。这样一整天里,她病得更厉害了。常常咳嗽得透不过气来,我们都担心地盯着她的胸脯,那里面像有什么东西在捶击着她。白天,莫医生又过来给她打了一针杜冷丁。她痛苦极了,呻吟着,只要她疼痛稍微减轻一些,她就竭力要使我们相信她好些了,劝我们去睡觉。

第三天夜里,她又感到了死的痛苦,开始在炕上翻来覆去,并且大口大口吐起血来……汤吉森将她抱在怀里,脸贴在她的脸上,摩挲着她的胸背,试图减轻她的痛苦。过了一会儿,她安静下来,要求汤吉森把她抱紧些,汤吉森就伏跪在炕上把她瘦弱的身子托起来,嘴贴在她的耳边说:"你不能走伊莎,你不能丢下我们走了,你走了我可怎么办呢?还有可怜的佳佳和莎莎……"她嘴里轻轻呻吟叫着佳佳、莎莎的名字。我过后屋去把他们找来了,除了佳佳和莎莎,还有她的母亲、继父和汤春。大家围在她身前,佳佳和莎莎吃惊地望着他们的母亲,伊莎伸手把两个孩子叫到头前,用渐渐发凉的脸腮贴了贴佳佳,又贴了贴莎莎……我走到院子去,不一会儿,听到屋子里传出佳佳和莎莎号啕大哭声,揪人心肺。我知道这个可怜的人走了。

下葬的这日下午，我和汤吉森还有过来帮忙的邻居抬着棺材走在前面，佳佳和莎莎举着灵幡跟在两边，后边是一些村里人拉着长长的队伍，许多在小酒馆里听过她唱歌的人也跟着去了。我们把她的棺木抬到村外的江岸边一处墓地里，坟头冲着江对岸，这是她母亲的意见。暮冬的黑龙江覆盖着皑皑白雪，白桦林地四周笼罩着一股暗紫色的寒雾。下葬之后，大家围站在她的坟头前，低低地不约而同地唱起了一支古老而忧伤的俄罗斯民歌《三套车》……

从墓地回来，我一直想找个时机安慰安慰我的朋友。可是两天来，他一直把自己一个人关在屋子里，不吃不喝，巨大的悲伤使他颓废麻木起来。这天晚上，我走进他的屋去，看见他正对着一幅伊莎的照片发呆。黑暗中他那双深陷下去的眼眶里有一种痛苦的东西在烧灼……几天来，我还没见他掉过一滴眼泪。

我说："哭吧，哭出来会好受些。"

"不，"他痛苦地摇了摇头，"我不会原谅自己的。是我害了伊莎……"

"生老病死是谁也没有办法的事，愿她的灵魂得到安息吧。"我有点儿违心地安慰他，伊莎是那么年轻漂亮，想到这一点我也感到惋惜难过。

"伊莎是不该这么早走的，以前她是多么活泼快乐的呀！我知道这一切都是我开酒馆以后害了她的。"他深深地垂下了头，嘴里喃喃说道。一阵痛苦的痉挛从他悲伤的脸上掠过。

他开酒馆老实说对我也是个谜，在以前的来信中他从没有提到开酒馆的事。难道真是钱迷住了他的心窍吗？

"你知道我以前上学的时候是痛恨金钱的，金钱对于像我们这样的人来讲有什么用呢？那时候我不得不为自己的出身而小心翼翼提心吊胆过日子，即使受到歧视，也把委屈咽在肚子里，谁让我有这样一种该死的出身呢？……但尽管这样，不幸的事情还总是找到你的头上。你还记得我被学校开除的事情吧？回来以后我的情况糟糕透了，对生活也失去了信心，整天无所事事地瞎逛。这时候伊莎帮助了我，她那时已出落成大姑娘了，村里有不少小伙子在追求她。有一天她对我说：'喂，小伙子别像个娘儿们似的遇到一点儿委屈就自暴自弃受不了啦，男子汉应该找到自己做的事情。'她从家里把她生身父亲留下的一支猎枪找出来交给我。这样我就学会了打猎。开始我是跟着父亲进山打猎的，后来就偷偷带着伊莎进山打猎了，按照这个村子里的习俗，女人是不能进山打猎的。因为我知道伊莎一直想得到一只犴崽，就想让她亲手捉一只，可是这个愿望并没有实现，但那段带伊莎进山打猎的日子是我们相爱最快乐的日子。不久，我们结了婚，后来又有了莎莎和佳佳，我们的日子开始忙碌了起来，伊莎也很难再有机会陪我进山打猎了，况且打到的猎物也越来越少了，打猎再也激不起我的兴趣，而且有时我会想我以前的生活，是不是像一只被人追击的兔子呢？这样一想我就彻底丧失了打猎的热情和信心。我开始迷恋上了喝酒和打牌，而这两样东西是需要钱的。这样我把镇上一家快要倒闭的小酒馆用一头打到的熊换到手，我们开起了酒馆……我没有想到伊莎是这样能干，她的歌声把镇上别的酒馆里的顾客都吸引了过来，我尝到了赚钱的乐趣，我的生意越来越红火。我开始纵情享受一切可以用金钱买到的欢乐，喝酒、打牌、与别的女人调情。我没有发觉伊莎的眼神越来越忧郁，她的身体也越来越差……伊莎曾劝过我放弃小酒馆的生意，可是我都冷冷拒绝了，只有傻瓜才会放弃到手的舒服日子呢……我不知道自己是个傻瓜还是一个浑蛋，但有一点是清楚的：我也很可怜。我的灵魂也被这种乌七八糟的生活搅得骚动不安，我渴望刺激的生活，赌博、酗酒、搞女人……可这些事情也渐渐不能使我满足，我一天比一天感到无聊和孤独！人哪，是多么可怕的动物啊！有时候酒醒过来后，我也会想起从前和伊莎在一起进山打猎的日子，那是多么快活的时光啊！可这仅仅是个念头而已，我知道自己再也不能回到从前的生活了，可我又害怕失去伊莎，我害怕看到她忧郁的眼神……"

他的面部表情突然收缩紧了起来，像害怕失去母亲的孩子一样，嘴里喃喃说道：

"老天爷这是在惩罚我……让伊莎这样早离开我走了，我不知道以后的日子该怎么办。我突然明白过来我的生活里是多么离不开伊莎呀，还有可怜的孩子们……我该怎么办？你倒说说我该怎么办！"他在黑暗中瞪大了眼睛望着我，向我发问。

我无言以对，同他一样默默地垂下了头。我同情他，却不知该怎么回答他好。但有一点我可以相信，他的这番忏悔至少可以叫他那麻木痛苦的灵魂得到片刻的解脱……不知什么时候，他垂着头睡在那里了。

过了两天，方洪斌又带着毕克到山里来接我了。我与我的朋友家人告别了。我亲了亲佳佳和莎莎两个可怜的孩子。汤吉森还想挽留我，从他眼神看得出来，我只是用力与他拥抱了抱，告别了。那几只和我混熟的狗追了出来，它们也不舍得我走。

从鄂伦春村子出来，车在开过乌拉嘎镇子时，我看见"伊莎酒馆"的门紧紧关闭着，而别的小酒馆的生意则红火了起来。

回来的事情似乎有一笔需要交代，就是在通过山下检查站时，我们的车子被扣下了。来时也经过了这个检查站，他们只是例行公事而已。方洪斌当时指着坐在车里的我介绍说："我们车上有位作家要去乌拉嘎采风。"我走下车掏出证件来。那个年轻的战士看了后站得笔直地向我敬了个军礼，就放我们过去了。

回去时车被扣在了这里，在检查车厢时，他们查到了两根鹿鞭及几个金块。看到鹿鞭我脸红了。这个也许是他们背着我用几盒药从汤吉森的继母那里换来的，那几个金块却不知他们是用什么东西从挖矿的农民那里换来的了。检查站的战士说他们要核查一下，如果不是偷来的就会放他们回去的。

　　他们拦住了一辆大客车，让我上去了。因此我就先回来了。

　　回到 C 城林业局后我不再担心方洪斌和毕克他们会有什么事了。我那时只是为我的朋友担着心，汤吉森今后的生活该怎么办呢？

忧伤的月亮

1

兰桂芳从千百盛商城里出来是有一肚子火气要发泄的。阳光晃得她眼睛生疼，她头有些眩晕，就在门口稍稍站了一下。商场门外人来人往，接踵着从她身边走过去。谁也没有去注意这个两手空空的女人和她一脸倒霉晦气的神色。

刚才，就在刚才她还和他们中的任何一个人一样是带着购物的欲望来到这里的，她可没有闲心来逛商场，她是来给公公买药的。那件绿地黄格子衬衫她早就想买了。上两回来买药她就曾在这里停留过，连那个卖服装的小姐都认识她了："大姐，你就买了吧，削价处理才五十块钱。"她摇摇头，五十块钱对她来说不是个小数目。

自从她从工厂里下岗以后，她还没有给自己添加过一件衣服。公公患脑血栓瘫痪在床上，女儿刚上高中，日子里只愁没钱花不愁没花钱的地方。五十块钱她得卖多少碗大楂子粥才能挣回来？上个月老吴发工资时说："你也该添件衣服了，你身上的这件灰布衫我看

127

你都穿一个夏天了。"她知道老吴心里是怎么想的，老吴是看她每天早上站在街上卖大楂子粥总穿着这件衣服怕同事见了笑话。老吴是个要脸的人。"下岗了，咱也不能给政府抹黑。"这是她下岗以后，从老吴嘴里听到最多的一句话。不当家不知柴米贵，每次听到老吴说这话，她都涌起一股说不出来的酸楚……

药店在三楼。她本来想好给公公买完药，再到二楼把那件衣服买了。可是，走过那间服装屋时，她脚步不由得停了下来，也许还能和那个售服装的女孩儿讲讲价，这是一间个体出租的服装柜台。五号屋的售服装小姐一见到她，脸上就堆起了热情的笑。她犹犹豫豫把价钱讲到四十三元，这个售服装的小姐就收起了笑："看来，大姐你不诚心买是不是？我已经是赔本甩卖了。"看她转身欲走，小姐拽住了她："看你来过两趟了，我就再让你五块。"她喜出望外，叫小姐把衣服拿下来再穿上试试。其实她已经试过了。她对着一面玻璃镜子左照右照，小姐就不耐烦了："先把钱交了吧。"她伸手去拿放在凳子上的灰布衫。这一摸兜不要紧，摸得她大惊失色："我的钱呢？我的钱包咋不见了呢？"她直着眼睛问小姐："你看见谁进来了吗？"小姐木讷地摇摇头："我没看见。"

有人探头涌进这间屋来，围着她看。她手脚发凉，"天哪，谁拿走了我的钱包。""别着急，再找找看。"有人对她说。她翻遍了身上所有的衣兜，还是没有。一股血涌上头顶，她险些晕倒。"还不赶快去报警！"有人提醒她，她踉踉跄跄往外走……

兰桂芳是一路打听着找到中区分局反扒中队来的。尽管以前她听老吴说过反扒中队地处闹市中心，可是在闹市区最背静的一个角落里。一条曲里拐弯的死胡同走到尽头了，几间老平房围成个小院，院子里正在挖一条自来水管线沟，有几个农民工站在沟里干活儿。身心交瘁的兰桂芳迈不过去了，就向一个正挖沟的农民工打听反扒队在哪个屋子，这个露着头的农民工往一间四敞大开的窗子一指，兰桂芳就站在土堆上骂："吴大国，你出来，你老婆让小偷给偷了，你还在这里躲清静，你给我出来，你是干什么吃的……"骂了一阵，见屋里没动静，兰桂芳就更气不打一处来，眼泪在眼圈里打转转，一屁股坐在土堆上又骂开了："吴大国你装什么熊，你聋了，你管不管你老婆的死活？你再不出来，我就撞死在这里，这叫什么日子，这个家再也没法过下去了，上有老，下有小，你管过一天吗，你还有良心吗……"骂着骂着就骂出一个人来。这个人有二十七八岁的年纪，挺白净的一张脸。队里的人兰桂芳差不多都认识，可是这个人她却从来没有见过。来人隔着土沟说："大嫂，吴队长他去分局开会了，你有什么事情进屋来说吧。"兰桂芳停止了抹眼泪，惊慌了一下问："你是谁？""我是队里新来的指导员，姓白。"兰桂芳见状，立刻停了嘴。在白指导员和沟里的一名农民工帮助下，迈过沟去。

进了屋，兰桂芳才知道敢情队里只有白指导员一个人在，别人都下去捉贼了。白指导员给她做了记录，问她丢了多少钱，她忍不住又哭诉起来："本来给俺公公买药带了八十块钱，给俺买衣服带了五十块钱，这一下子都丢了。这帮该死的贼啊，竟偷到警察老婆头上来……能给俺找回来吗？"白指导员说他会报告给队长，尽快安排人下去破案。白指导员登完记给她倒一杯开水，她喝了。刚才发泄了一通，这会儿觉得口渴得厉害。

兰桂芳本想等吴大国开会回来，可这会儿坐在屋子里又觉得怪难为情，就起身告辞了。白指导员叫她等一下，追出门来说："老爷子的病不能耽搁了，这一百块钱你先拿去买药。"说着就将一百块钱塞到她手里。她本想推辞，可一想药总得要买，就接下了。

下午挺晚，吴大国才从分局开会回来。队员们也陆陆续续从下边回来了。吴大国给大家召集在一起，传达了一下分局下午开会的精神。吴大国说他们反扒队又叫分局领导点名了，说最近一段市面上的绺窃案子又增多了起来，叫他们集中一下警力侦破一批现案和积案。队员们听了后，就皱着眉头，说现在人们手里有钱了，贼自然会多起来，这也是客观事实。白指导员就敲敲笔记本子，叫队员们不要讲怪话。最后吴大国又强调了一下要发动耳目提供线索，否则凭咱们这十几个人累死也抓不到几个贼的。散会时，吴大国把孙小川单独留下了，他这一阵子正在做卧底，只有吴大国和他的搭档大陈知道。

晚上，吴大国本想住在队里，夜市上的贼挺多，白指导员这才告诉他他老婆下午来过了，叫他今晚还是回家里一趟吧。

"我老婆？她来干什么？"吴大国不觉诧异道。

"她在千百盛商城被人掏兜了……"白指导员吞吞吐吐说。

"啊！"吴大国一听脑袋就大了，他想到平日里这个娘儿们一分钱都能掰成两半来花，这下子丢了这么多钱会不会想不开，就匆匆对白指导员说了一句："那我回去看看。"抬腿走了。

吴大国回到家时，兰桂芳正在屋里给公公服药，一股苦药汤子味儿从敞着的门口窜出来。女儿萍萍正蹲在煤炉子旁一边烧煤球，一边看书。今天不是星期六，女儿平时住校，看来是特意赶回来帮她妈做事情的。吴大国一阵内疚，不觉停下了迈进门槛的脚步。

兰桂芳是前年夏天从工厂里下岗的，刚支了粥摊没几天，吴大国的爹就得了脑血栓瘫痪在床了。两年来，兰桂芳又要照顾瘫痪的公爹，又要照顾考上高中的女儿，还得起早贪黑出去卖大楂子粥。不觉人又瘦又老了，四十岁刚过的人，看上去像五十岁的人了。

"爸爸，爸爸回来了。"萍萍抬头发现了他。

他赶紧几步走进屋里去，帮兰桂芳给爹翻身。满头是汗的兰桂芳像没看见他这个人一样没有理他。

"你还知道回来呀!"兰桂芳把他拽到院子里,告诉了他丢钱的事,说时一脸的悔意和埋怨,真不该听他的话为自己去买那件上衣。

一百三十块钱对他们家来说可不是个小数字。尽管这样,吴大国还是安慰她:"这个贼早晚会被我们抓到的,钱会找回来的。"

听他这样说,兰桂芳又觉得不好意思起来,说她下午去找他真是气昏了头,当着那个新来的白指导员的面骂了他那么多难听的话。

白指导员并没有提到借钱给他老婆的事呀,他听了不觉一愣。这个白指导员叫他有些吃不透。当初局里要往反扒队派个指导员来他并不太同意。上边的理由是反扒队需要加强政治思想工作,防腐拒变。甚至个别领导还说:"常在河边走,哪有不湿鞋的。"这个市局政治处文书出身的白指导员一来,分局里的人就风言风语地说,白指导员是来反扒队"蹲坑"的,到时候一拍屁股就会往上提溜的。自己与他处事还是小心点儿为好。

2

早晨,大陈和孙小川在天桥底下的大楂子粥摊前吃饭抓到了一个毛贼。当时大陈又比平时多要了两碗大楂子粥,他是大肚子汉。每次付钱时,兰桂芳都不收他们的钱。大陈就把眼睛一瞪,说如果这样他们就不到她的摊上来吃了。即使是有队长跟着,他们也是照样付钱的。他们知道她做的这个小本生意不容易,一碗大楂子粥才五毛钱,而这一溜摆摊的有十好几户。

这天早上他和孙小川出来,孙小川一直闷闷不乐,坐下来喝粥时又低头不语,只顾吱吱喝自己的粥。

"喂,你最近见到她了吗?"大陈低声问。

孙小川知道他指的是方月倩,就点点头:"见了。"

大陈还想问什么，见他这个样子就欲言又止。

孙小川是去年刚刚从省警校毕业分配来队里的，是他们队里的小帅哥，一米七八的标准个头，长得有点儿像香港明星刘德华，如果自己是女孩子也会爱上他的。这个念头一瞬间从他心里闪过，大陈不觉好笑了一下。

"如果没什么事情，我们还是少在一起见面的好。"喝完粥，孙小川这样说了一句。

大陈的视线是这时候移向别处的。他的视线落在了对面大排档一个粥摊上。那里有一个年轻的母亲带着一个男孩儿在吃早饭。那个年轻的母亲显然急着上班，不断催促着那个男孩儿快点儿吃。她喂孩子时，将手提坤包挂在了椅子靠背上。那个小混混儿，大陈注意他两天了，有十七八岁的样子，细细瘦瘦的个儿，像个没发育开的豆芽，头发脏兮兮地乱蓬着。他蹲到母子俩的背后，低着眉迅速向四下里扫了一眼，而后手飞快地摘去了那个手提包。那个妇女丝毫没有察觉到，等他跑远了，才听到那个妇女惊呼道："我的包，我的包哪儿去啦？"

大陈追出去有二里地远，追上了那个毛贼。带他往回走，孙小川已将那母子俩领出了人群。

带回队里，孙小川先给被害人做了笔录，之后就让那母子俩先回去了。手提坤包里有二百多块钱现金和一些口红化妆品之类的东西。一一清点了之后，叫那个年轻的妈妈在赃物清单上签了字，也返还给了她。妇女连声道谢，感激地走出门去。

送走了母子俩，孙小川走进审讯室里，大陈已给那个坐在铁栅椅子里的毛贼戴上了黑眼罩。这是防止他认出他们这里的人来。大陈嘴里发泄着骂着一些粗话之后，就铺开了讯问笔录本。

问："你叫什么名字？"

答："我叫张二军。"

问："原籍老家是哪里的?"

答："黑龙江省依安县。"

问："你父母都叫什么名字?"

答："我不知道,我不知道他们叫什么名字。他们一生下我,就丢下我不管了,我不知道他们是谁,我八岁时跟着我现在的养父在一起生活。"

问："那你养父是谁? 叫什么名字?"

大陈打断他的啰唆。

答："我养父叫张繁懿。"

问："你养父的名字怎么写?"

答："我不会写字,我一天学也没上过。我养父的名字挺难写。他说他的名字是笔画最多的两个字……"

孙小川走过去,帮大陈猜出这两个字来。

问："你养父做什么工作?"

答："他没工作,他是个流浪汉,以前我跟他捡破烂儿,现在我跟他在饭店里折摞(指要饭)。"

……

孙小川走出审讯室。队里的人大部分都到了。听说他俩早上抓了个毛贼,都显得眉飞色舞起来,说这是个好兆头。连白指导员也说深挖挖,看够不够刑拘。刑事拘留就是指够判刑的贼。他们定的任务指标是每月每人必须抓一个够判刑的扒手。以他早上摸去的财物尚不够刑拘,只能行政拘留或劳动教养。

吴队长来了后,开了个早会,说中秋节国庆节要到了,扒手一定会上来,大家一定在下边盯紧点儿,别让案子开锅了。

散会后,大陈和孙小川审完了。吴大国问:"咋样? 磕打出来没有?"大陈说:"差不多都交代完了,他还交代出两起以前和他养父一起偷自行车的案子。"吴队长就有些兴奋,说:"那就先刑拘起来。"一旁的孙小川小声说了一句:"还是送劳动教养吧,他还是个孩子。"吴队长没有听到他的话,倒是白指导员听到了,奇怪地看了他一眼。

"小川,你今天还是去接近二号耳目。"吴队长走过来,吩咐他一句。

"我知道啦。"他脸色阴郁地走回自己那间办公室兼宿舍里去。过了一会儿,他戴着一副眼镜,西装革履地走出去。

"他在执行什么任务?"白指导员凑过来问吴大国。

"按照规定,执行任务的侦查员只负责向单线领导汇报。"

白指导员一脸尴尬,不再问了。

屋子里只剩下他们两人的时候,吴大国像刚想起来什么,拍了一下脑袋:"噢,对啦,我差点儿忘了,昨天我老婆从你这儿拿去了一百块钱,钱我带来了,谢谢你救急。"吴大国眼睛看着他说。

"老吴你这就见外了,钱能从别人那里拿就不能从我这里拿吗?我知道你家里缺钱用,你先拿着,等你有了钱再还我也不迟。说不定那个贼很快就会落到你手上,钱也就追回来了不是。"

白指导员后一句话让他伸出去的手迟疑地收了回来,这钱还是早上出门时管邻居借的,白指导员的话外音在说连反扒队长老婆的钱包被偷还追不回来吗?这事要传出去就好说不好听了,他也想尽快抓到那个毛贼,吴大国就说:"那好,等我有了钱再还你,今天我还要下去,你留在家里守电话吧。"

白指导员想想说:"也好,小珍姑娘回乡下去了,今天中午我给你们做饭。"

他们中午统一在队里自己开伙,小珍姑娘是两个月前进城来打

134

工的。进城的第一天，身上的钱就被人掏了。小珍姑娘哭哭啼啼找到队里来报案。身无分文的她，在城里举目无亲，吴大国见她可怜，就留她在队里暂住了两天。这个朴实的乡下姑娘手脚很勤快，又是帮着搞卫生，又是帮着做饭，蒸出的馒头又白又香。吴队长就向分局请示留她在队里给他们做饭了，每月按临时工给她开八十块钱。小珍姑娘高兴坏了，见谁的衣服脏了都抢着给洗。这个时候回乡下去，想必是回去和爹娘过八月十五团圆节。

听了白指导员的话，他停下了匆匆往外走的脚步："你会做饭？"

"会做一点儿。"白指导员脸像大姑娘一样不自然地红了一下。

吴大国就一转身从院子里走没了身影。四十多岁的人啦，走起来还带着一阵风。走在路上，吴大国想起来白指导员刚来队里时惹出的一则笑话。

白指导员刚来的第一天就吵着要跟他们下去捉贼，吴大国就带他下去了。也巧那天他们碰到了一个老贼，吴大国就叫白指导员在前边盯着，他和另一个队员在后边尾随。老贼似有意要捉弄一下这个新来的雷子，一个商场一个商场地转悠，从铁西转悠到铁东，又从铁东转悠到东城新百大商场，就是不下手，累得白指导员腿发麻，眼发花了。最后又转到铁东千百盛商城三楼一个拐角柜台前。老贼终于下手了——只听见一个妇女在喊："我的钱包，我的钱包不见了。"

人群涌动起来，吴大国和另一名队员急忙从人群里赶过去时，白指导员已将一个人按倒在地上了。那人穿着和老贼一样颜色的西服上装，却不是老贼，是一个街道干部。众目睽睽下，那个中年街道干部受到了侮辱，不依不饶告到了分局。老吴把这事承担了下来，并向那人赔了礼道了歉，事情才算平息了下来。不过，队里上上下下都知道了这个"诈包"事件。老吴只可惜惊跑了那个老贼。

这件事让白指导员好长时间没面子。昨天白指导员借给老婆一百块钱买药叫他有点儿感动，可是上午要还钱时，一听白指导员说话的口气，又叫他对这个白指导员不得不另眼相看了。老吴钻进人群里后，脑子里不再去想这些乱七八糟的事情了。他胖墩墩的身影像条鱼似的灵活地游动在嘈杂的人群里，一顶鸭舌帽压得低低的。

3

吴大国是被人流推着乘电梯来到千百盛商城二楼服装大厅的。不用兰桂芳描述，他也能找到五号服装屋。他每天都来到这里，每个业户店主都认识他。

"有贼吗？"他压低声音问。

"没有。"五号屋的女店主迎过来。

"昨天有人在你这里丢了钱包？"

"是啊，有一个傻大姐说她钱包丢了，谁知道她是真的还是假的，为这件衣服她来看过好几次了，可每次都不过是来看看而已……"

"是真的丢了钱包，她是我的老婆。"

"啊？这……"店主小姐吐了一下舌头，怔怔地看着他。

"知道是谁干的吗？"

她还在愣怔着摇摇头。

"要是知道就递个话儿，赶快把钱还我，算他自首，否则大家都不好过。"吴大国是真的想把这个偷窃案破了才这么说的。

"这帮犊子，真是瞎了眼睛，竟偷到吴大哥的头上……"她终于醒过味儿来，抢着骂道。

吴大国没再听下去，走了。

在千百盛商城的楼下有一家肯德基店，天气热的时候里面开着冷气。他们转累的时候，常到里边来歇歇脚，乘乘凉，要一杯饮料，坐在靠茶色玻璃门旁的塑料椅子上。吴大国走进去时，大陈和另外两名队员已坐在那里了。

"有吗？"

"没有。"

大陈和另外两个队员眼睛看着别处。肯德基店里吃东西的人很多，多是年轻的夫妇带着孩子来吃这种快餐。穿绿马甲的服务生端着方盘从他们身边走过。

吴大国坐下后，那两个队员起身离开了座位。

"看见孙小川了吗？"

"我刚才看见他往黄玫瑰咖啡厅去了。八成是和方月倩碰面了，他早上告诉我，没什么事不要呼他。"

"他最近好像情绪不对。"

"八成是爱上那个方月倩了吧，那么漂亮的姑娘不会不打动我们小帅哥的心吧。他俩走在街上倒是蛮般配的一对。"

"别胡扯！"吴大国严肃地说。

大陈做了个鬼脸，说："开开玩笑嘛。"

一个小时以后，大陈变得没心情开玩笑了。在庆城百货大楼里，他看见了自己的老婆张英。他没有想到在这熙熙攘攘的人流里会看见张英，张英以前跟他说过，她从来不喜欢逛街、逛商场。张英在为他的工作担心时，他就和张英开玩笑说，他每天的工作就是逛逛大街，逛逛商店。张英说，整天泡在人堆里让人讨厌。那个和张英走在一起的男士是谁？他怎么没见过？张英公司里的同事，他差不多都认识。这个时间应该是张英坐在公司里上班的时间。张英的公司是一家台商合资公司，张英以前也劝过他到他们公司里去做事，说他们公司保卫部正缺一个职位。他听了把胸脯一拍说："咱堂堂的国家警察，怎么去一个外商公司里当保安？"张英听了，就叹息一声不再劝他了。张英每月开两千多块钱回来，这还是叫他有点儿眼红。正是靠着张英的薪水，他们家才在今年初买了月亮湾小区商品楼，装潢新居的一切事情都是张英张罗的。想想自己又有一周没有回家了。今天是周末，他想今晚回家去住。他本想上去和张英打个招呼，告诉她今晚回家去吃饭。平常张英总是习惯了一个人吃饭。不知为什么隔着人群他又打消了这个念头。看着她和那个男士走到一个男士西装柜台前去试衣服，他没有跟过去。看来她是陪他来买衣服的，是她新来的同事，还是新来的上司？

半个小时后，他给张英打了传呼：英，今晚我回家，等着我一起吃晚饭。

中午，回到队里，白指导员已将饺子包好了，下到锅里煮出来，大伙边吃边对白指导员的手艺夸奖起来，说有半年没吃到这么好吃的手包饺子了。白指导员就忸怩地红了脸，看到大陈他说："你爱人上午打过两次电话来。"

大陈一愣："她说过什么没有？"

不等白指导员搭话，就有人坐在桌子旁嗤嗤笑："还不是想你了……"有的人还故意哼唱道："真的好想你，我在夜里呼唤黎明……"

大陈脸红到脖子根，把脸一拉说："开什么玩笑，我们是老夫老妻了。"

"不过，你爱人对我们的意见蛮大。"白指导员想想又说。

"女人就是麻烦。"大陈说了一句，就不说话了。

张英曾到队里来找过大陈，大伙都见过，人长得娇滴滴的样子，很让人疼爱。

大陈叼着饺子回到他和孙小川的办公室里。吴队长尾随着跟了进来。

"你们又吵架了?"

大陈没承认也没否认。停了半天,发泄着说了一句:"这都是没孩子闹的。"看吴大国站着不走,又嬉皮笑脸地说,"吴头,帮我打听一下,看下边哪个派出所有收到弃婴的,给我要一个。"

"你们自己不会生。"

"我担心张英的身体承受不了……"

"扯淡,你有几天没回家去住了?"

"有一周了吧。"

"你今晚给我滚回去!"

1

大陈和张英的结合很令他们那届同学羡慕。张英是班上的校花,而大陈是班上的军体委员。高中毕业后大陈参军了,张英考上了大学。张英大学毕业后,先是在区政府机关工作了一阵儿,后来政府机关鼓励机关人员下海,张英就跳槽到了这家合资公司里做事。开始,张英对大陈复员后分配到公安局里并没有多大意见,只是后来看到大陈到反扒队里做便衣警察,整天和一些小偷小摸的扒手打交道就有些反感了。更令她不安的是,有一回大陈在大街上抓到一个扒手,在戴手铐子时扒手另一个同伙从人群里蹿出来,照他的大腿连刺了三刀。大陈被人送到医院里,张英赶到时脸都吓白了。伤好出院时,张英就对大陈说:"你调出反扒队吧。"

"为什么?"

"我真怕有一天你躺倒在大街上我会受不了……"

大陈拍拍胸脯说:"放心,放倒我的人还没有生出来呢。"

这种日子总叫张英提心吊胆。自从张英劝大陈改行到他们公司去做事后,两人有了点儿小摩擦。张英说我害怕夜里一个人在家。为这张英曾来队里找过大陈,大陈就叫张英的妹妹在他夜查的时候过来陪她姐在家里住。

大陈觉得他和张英之间的摩擦,主要是在生孩子的问题上。想想看,他们同学的孩子都上中学了,而他们还是两张老面孔。张英有先天性心脏病,不生孩子对她也许是件好事。大陈有时这样想。可张英却不这么去想,张英曾动员大陈到医院去做一下检查。大陈又拍着胸脯说:"我没问题,这种事情多出在女人身上。"

"我在一份报纸上看到,说现在的男人随着工作压力的加大精子越来越少了。"张英找出依据说。

"我会少吗?"大陈听了不耐烦了。

张英就住了口。

其实张英自己已去医院查过了,她没问题。是那个妇科医生建议她带她的丈夫也来查一下。张英一直迟迟没开这个口,她怕大陈经受不了这个打击,大陈一向自恃自己很壮,即使是在做那种事的时候。

这天傍晚,大陈推车回到家的时候,张英已经回来,显然她已看到大陈发给她的传呼,下班回来,特意去菜市场买了鱼和螃蟹,做了几样大陈喜欢吃的拿手菜。她还买了一瓶红酒,在家时她是不让大陈喝白酒的。

吃过饭,大陈歪在沙发上看电视,张英收拾完桌子在厨房里洗碗,哗啦哗啦洗碗中,张英的声音从敞着的拉门里飘进来:"今天中午我去参加了一个同学聚会……"

"哦,是你的大学同学吗?"大陈眼睛盯在电视上,随口问了一句。刚才吃饭时他就想问张英上午他发传呼那会儿她在哪里，可他忍着没问。

"是的，我们来了一个同学，我们和这个大学同学有十几年没见面了。你还记得我以前跟你提过的那个外号叫'土包子'的同学赵丙生吗？他调到我们这个城市里来了，他现在是一家公司的部门经理，是他请大家的客。"

大陈认真地想了一下，却没有想起她什么时候跟他提起过这个同学，也许张英提过，自己给忘了。

"说出来你也许不会相信，他连领带都不会打，却要我陪他去商场买一套西装。他现在是部门经理了，总得打扮得体面一些呀。"张英已洗完碗，走进卫生间里去对着镜子在补淡妆。

"吃完饭，你们又去玩了。"

"哎呀，你怎么知道的？"

"一想就是这样，同学聚会不都是这样的吗？是去保龄球馆打保龄球了，还是去舞厅跳舞了？"

"是去舞厅了，好多年没跳舞了，都踩了人家的脚啦……"张英已收拾完毕，走进卧室来，身子倚在门框上，歪着头在看他。她脸上透着红晕，是晚饭时喝了点儿红酒的缘故。

"有句话，你想不想听？"

"什么话？"

话一出口大陈就后悔了，不过他借着酒劲儿晕晕乎乎尽量装得轻松的样子说："战友会战友，就是喝大酒；老乡见老乡，两眼泪汪汪；同学会同学，就是搞破鞋。"

"哎呀，粗俗死了。"张英捂着脸跑过来捶他。

他就势一把捉住了张英的手，和张英一起滚到了床上。

之后，他们做了。由于喝了点儿酒，两人都有些兴奋。

高潮过后，大陈头一歪，眼皮都抬不起来，说了一句："我太困了。"就呼噜呼噜打着鼾声睡去了。

半夜里，大陈起来起夜，发觉张英穿着睡衣静静地一个人坐在沙发上沉思着什么。窗外的月光透过白纱窗帘流泻在她身上，如同一座凝固的雕像。大陈不觉一愣："你怎么没睡？"

"我睡不着……"

"为什么？"

"你不在家时我常这样，要不你调出反扒队吧……好有时间陪我……"

"别说傻话了，快睡觉吧。"大陈头沉沉地说了一句，又睡去了。

早晨，大陈醒来，张英还在床上睡着。他知道今天是星期天，张英不用去公司上班，就留下了一张字条：睡到什么时候起床都行，我去上班了。由于起身惊动了张英，张英还在睡梦中拽住了他："别走，大陈，我害怕。"大陈轻轻地摇摇头，放下了她伸出被子的胳膊。他们从来不休星期天，这张英是知道的。

大陈早上刚回到队里，吴队长和白指导员就找到了他，有点儿紧张地问他："孙小川同你联系过吗？"

大陈摇摇头，他的呼机从昨晚到现在一直开着。

"怎么啦？"

"孙小川昨晚出去没有回队里来，我传过他，他关机了。"吴大国神色凝重地说。

"我想他是回话不方便吧。"大陈看白指导员在跟前才这样说。

"他不会出什么事吧？"白指导员紧张地看看他，又看看吴大国说。

"我想不会的。"吴队长说，又吩咐大陈，"设法尽快同他联系上，了解一下情况再说。"

大陈说："我知道了。"其实，他心里也有些担忧，只是在白指导员面前不好表露罢了。

5

周末的傍晚，孙小川坐在月海大众舞厅旁边的黄玫瑰咖啡厅里，一边喝咖啡，一边在等着方月倩的到来。

他第一次见到方月倩也是在这种地方。那是一年前，他刚刚分到队里。月海大众舞厅不断有绺窃案子发生，有人丢了钱包，有人丢了提兜。被害人报案到附近派出所，派出所就推到反扒队里来。吴大国就派孙小川和大陈到这里来"蹲坑"。孙小川在省警校时就学会了跳舞，很快就混入了这些人当中。来这里跳舞的男士大多西装革履，女士则穿着漂亮的长裙或晚礼服。当然，有几个衣着随便的男士也夹在其中，他们的舞步也像他们的衣着一样蹩脚。和他们跳的多是些浓妆艳抹的女孩儿。不用说，这一定是夜总会出来的小姐。跳慢四黑灯舞时，她们像狸猫一样贴在了舞伴的身上。

方月倩的舞姿就像她的人一样出众，一袭白纱裙衬托着她苗条的身段，跳华尔兹舞时，一头披肩长发飘飞着旋转起来，脸上流动着迷人的光彩。孙小川不由得注意到她。

舞间休息的时候，他和大陈坐在咖啡屋里喝咖啡，看见她也坐在那里一个人喝咖啡，她没有舞伴？正这样想着时，一个他们在舞厅里见过的男青年走到她的桌前："小姐，可以坐在这里吗？"她矜持地点点头，男青年在她的对面坐了下来。他为自己要了一杯加糖的咖啡。接下来发生的一幕叫他俩暗暗吃了一惊：男青年放在桌下的一只手神不知鬼不觉地伸向了她放在桌上的坤包，正要抽手时，被她一只纤细的手捏住了，那男青年咧了一下嘴。"你的咖啡喝完

143

了，该走了。"她不动声色地说了一句。那个男青年灰溜溜地离开了咖啡屋。

这一切仅发生在几秒钟之内，等他俩醒悟过来，大陈追踪出门时，那男青年的身影已消失得无影无踪了。

"你应该把他扭送到派出所去。"回到舞厅里他邀请她跳舞时说。

"与人方便，与己方便嘛。"

"你的舞跳得棒极了！"他夸赞她一句。

舞厅散场时，他想送送她。她矜持而有礼貌地谢绝了。他为她叫了一辆出租车，车尾灯在夜幕中划了一道红线，仿佛一个句号，很快消失了。

"真是个迷人的姑娘呀。"大陈打黑影里走过来，深有意味地自言自语说了句。

回来后，他们向吴队长汇报了舞厅里见到的一切。吴队长眨巴眨巴眼睛说，看来那个女孩儿不一般，叫他设法接近。而那几个在舞厅里的小混混儿，吴队长则叫大陈带几个人去解决。

果然，没几天，大陈他们把那几个小混混儿抓到了队里。审讯中，他们供出还有一个扒窃团伙在暗中跟他们争地盘，具体是什么样的人，他们却说不清楚。

难道吴队长在怀疑这样一个单纯明丽的女孩儿？孙小川不愿意承认这样一个事实。他开始就是带着心中这份疑团去接近方月倩的。方月倩通常是每周六来月海大众舞厅跳一次舞。和孙小川成了舞伴后，别人就很少请她来跳了。

"你平时除了跳舞，还有什么业余爱好？"

"看书。"

"看书？看什么书？"

"读小说。我在大学里读的是中文系。"

这几乎又让孙小川吃了一惊，孙小川读高中时就十分喜爱文学，作文通常是被老师拿来当范文在班上念。高考时，他报了中文系，可惜的是他只差了几分没有被大学录取，而是上了省警校。在警校里，他还写过诗。

每次跳完舞，方月倩从不叫孙小川送她回去。孙小川曾暗中跟踪过她，知道她在一家电脑公司工作，并住在公司里。这是眼下女孩子一种时髦的职业。和别的女孩儿不一样的是，她很少逛街，偶尔的几次上街，也是到书店里去买书。看来她并没有对孙小川撒谎，她的确喜欢看书。在书店里，孙小川装作偶然遇上的样子也在那里挑书。她夹在腋下的书被人挤掉在地上，"小姐，你的书掉了。"孙小川帮她拾起来。她转身刚要道谢，却惊喜地认出他来："你也来买书?"

"是呀。"他举了举和她手里一模一样的五卷本《悲惨世界》。

她把他的书款一起交了。

从书店出来，孙小川说："谢谢你替我交了书款。我请你去吃冷饮可以吗?"

她点头应允了。他们去了公园里一家冷饮店，坐在一条长靠背椅子上，边吃边聊了起来。

"你喜欢雨果的书?"

"是的，在大学读书期间，我看过根据他的小说改编的电影《悲惨世界》，我感动得流了泪……至今我仍忘不了那次看电影的情形，都散场了，只有我一个人还坐在椅子上默默流泪。"

"你喜欢里面的谁?"

"冉阿让，这是一个慈悲的伟大殉道者，他又是一位慈善的养父，他叫人懂得了善良和爱……你呢?"

"我?……"孙小川刚想脱口说出他喜欢里面的沙威警探，临到出口却改了嘴，"我喜欢珂赛特，她像天使一样纯洁。"

在公园里散步时，孙小川脑子里还在想着刚才的话题。其实，当初他看这部电影时更让他感动的是沙威，这个集法律与道义于一身的尽职尽责的警探，最后葬身于塞纳河的一幕，叫他萌生出做一名好警察的愿望来着。从省警校毕业时，他是想分到刑警队要案组工作。可谁想却分到反扒队来工作，整天和一些小扒手打交道，自己都觉得卑微起来。面对这个漂亮的姑娘，他丝毫不敢暴露出自己的警察身份。

经过一个月的暗中观察，孙小川几乎要放弃了侦查的努力。一个月来，他一无所获，不知为什么，这恰恰是他所希望的。他想撤回来。吴大国阻止了他。在他告诉了他方月倩的身世后，吴大国这样问他：

"你是说，她有个养父叫方鸿剑？"

"是的。"

"是在本市吗？"

"不，在外地……"

"这个名字很熟悉呀……我好像以前在哪里听到过这个名字。"吴大国努力回想着。而后，又问他："她的公司还有别的职员去舞厅跳舞吗？"

"有两个年轻的职员。不过，都是在方月倩不在月海的时候去那里跳舞。"

"你还要和方月倩保持接触。"

6

方月倩不知什么时候悄悄站到了孙小川身边。孙小川从沉思中一抬头发现了她："你来啦。"他叫服务小姐又端上一杯热咖啡。

146

"对不起，我来晚啦。"方月倩在他对面坐了下来。

"没关系的，我也是刚刚到。"孙小川撒了个谎。

其实，他坐在这里差不多有一个多钟头了。他们是上午约好晚上来这里跳舞的。窗外明媚的月光流泻到白色的方桌上，忧郁的萨克斯管曲轻轻飘荡过来。方月倩显得有些快活地说："真快呀，我们认识快一年了吧？"

"是的，再过两天就到中秋节了。"孙小川清楚地记得，他正是去年中秋节那天晚上和大陈到这里来执行任务的。

"你猜不到吧，刚才我临出门时，忽然接到我养父打来的一个电话，他告诉我说，他要到我这里来和我过中秋节。我真是太高兴啦。"

"你养父要来你这儿过中秋节吗？"孙小川沉吟了一下，问道。

"嗯哼，走，我们跳舞去吧。"

整个晚上，孙小川脑子里都在乱糟糟地想着这件事情。其实，在那回方月倩告诉他自己身世之前，孙小川已经隐隐约约感觉到了她的身世不同于一般的女孩儿。在她明丽的欢笑背后，似乎夹杂着一丝淡淡的忧郁。尽管这丝忧郁仅仅是一瞬间的，还是被他不经意地捕捉到了。

那是个有月亮的夜晚，他俩从舞厅里出来，沿着大街散步送她回去。方月倩告诉他自己是一个弃婴。她到现在还不知道亲生父亲母亲是谁。她是两个月大的时候，被父亲或母亲用小被裹着扔到火车站月台的长椅子上的。那天晚上是八月十五，上下车的人很少，她是被路过这里的养父方鸿剑捡了回去。方鸿剑捡回家，天天喂她奶粉。到她八岁上学时，又送她到离家最近的小学读书。报名时，养父才给她起了名字叫方月倩，意思是月亮都欠她的，就起了这么个谐音的名字。每天上下学，她都是自己走回家来。养父很忙，没

147

时间照顾她。上中学，她就住校了。考上大学，养父供她读完大学。大学毕业后，她分配到了这座城市里来工作。

"你养父是做什么的？"有一次，孙小川不经意地问。

"他是做生意的。从我记事时候起，他总是在外边跑……"

"他没来看过你吗？"

"没有，从我分配到这个城市来，他还一次没来看过我。"

"你父母也不在本市吗？"她问他。

"是的，他们都在省城。"小川说。他曾对她谎称自己是去年刚刚大学毕业，一个人到这个城市里来找工作，换了两家公司，自己还都不满意。

"想不想做电脑这一行？"

小川说："在大学里，我微机课基础最差。"

"慢慢来，你会找到自己合适的工作的。"

孙小川不想和她走得太近了。他怕她看出什么来。他时常陷入一种矛盾困惑当中，这么长时间，他并没有在她身上发现什么疑点。相反，自己和她在一起却像做贼一样心虚。

这天晚上，他们从舞厅出来时已经十一点多了。街上已很难打到出租车了。孙小川说送她回去，她没有拒绝。他们沿着中七大路向她公司所在的那条街道走去。

"你养父会同意你和我处朋友吗？"

"我想他会的，他是个通情达理的人。"

"可是，你跟他说起过我吗？"

"还没有，我是想给他一个惊喜，你们很快就会见面了。"

孙小川忽然觉得身子一阵发冷，他竖起了风衣领子。方月倩依偎过来，她牵住了他的手，一股暖流传到他体内。他有点儿激动，她身上散发出的芳香令他眩晕。

"站住!"刚刚拐过一个路口,三个蒙面人拦住了他们的去路。

"你们要干什么?"孙小川冷静沉着地问。

"干什么,要你们跟我们走一趟!"

"不,不要……"方月倩紧紧地抓住了他的胳膊。

"上!"一个高个子向另外两个人一挥手,冲上来——孙小川一把推开了方月倩,拉开了裆步,挡住了他们。

"来人呀,救命呀!"方月倩在路边喊了起来。

一阵短暂的徒手格斗。开始,孙小川以为他们不过是一般的小流氓。交手过后才知道,他们都有些功夫,在打倒两个家伙后,头被另一个家伙从后面重重击了一下,在倒地的恍惚中,他听到一个家伙喊道:"快跑,那边有人来啦!"

孙小川是在方月倩的公司里醒过来的,他躺在方月倩的床上,方月倩守在他身边。她身后站着两个男青年。方月倩见他醒了,给他介绍:"这是我们公司的小齐和小毕,昨晚是他们及时赶到的,背你去医院看了急诊,医生说你只是轻微的脑震荡,休息一下就会醒过来的。你觉得好些了吗?"

他点点头,对那两个年轻人说:"谢谢你们。"他认出小齐和小毕,正是他在舞厅里暗中注意过的那两个人。

"谢谢你救了方姐,昨天我们见方姐很晚还没有回来,就出去找,没想到在路上你们还真遇上了坏人。"他俩说完就退了出去。

"现在几点了。"

"早晨六点钟了。"

"我得回去了。"他说着要坐起来,不过头还是有些眩晕身子歪了一下。

"你再躺一会儿,我给你弄点儿吃的东西再走。"方月倩按住了他。过了一会儿,她不知从什么地方端出两个煎鸡蛋和一杯热牛奶。

他吃完，看见方月倩坐在那里打哈欠了。想必她是一夜没睡，就叫她好好睡一觉。他慢慢站起来，走了。

走到外边，他打开传呼机，呼机正好响了，大陈在传他，说在马拐子胡同李家油条铺子里等他。

7

"你吓死我们啦，你昨晚一夜干什么去啦?"大陈一见面就放下正吃的油条，急不可耐地说。

这家油条铺子很僻静。已过了早餐时间，屋里除了大陈，没别人在吃油条。

他讲述了昨晚发生的一切。

"这么险，你昨晚应该带枪。"

"要是带上枪，我想，昨晚我就没命了。"他不知为什么有些后怕。从晚上他出去和方月倩接触后，他就把枪锁在队里的铁卷柜里了。

"这么说，他们不是抢劫，也不是劫色?"

"我看不像。"孙小川摇摇头。

他俩身上不知谁的呼机响了。孙小川低头看了一下说:"你的。"

大陈摘下看了一眼，又别在腰里了。他们说了没两句话又响了，大陈这回连看也没看。

"谁的传呼?"

"我老婆的。我曾答应她，今天一起回她妈家一趟，女人就是烦人。"

"她养父要来了。"

"谁的养父?"

150

"方月倩。"

"说真的，老弟，你是不是有点儿喜欢上她啦?"

"谁?"孙小川神色恍惚地反问了一句。

"那个方月倩。"

"至少到目前为止，我没有发现她身上有什么疑点……"

"这么说来，她是这家电脑推销公司的老板啦。"

"是的。"

"她年纪轻轻的，哪来的钱开了这个电脑连锁店。"

"我想是她养父给她投的资。"

"她养父是个什么样的人呢?"

"我也在猜测，一个把别人遗弃的婴儿捡回家，把她抚养大，并一直供她读完大学，我很难把他和一个流窜扒窃团伙的头目联系在一起。"孙小川困惑地说。

"吴队长是掌握一点儿线索的，否则他是不会这么放长线钓大鱼的。对啦，吴队长要我找到你，叫你回队里一趟，汇报一下情况。"

他们从大果子铺里走出来，天快近晌午了。大陈出来打开呼机一看，大惊失色:"我老婆被送进医院啦!"

"那你快回去看看嫂子怎么回事。"孙小川着急地催促他道。

"那我就不和你一起回队里了，我去医院。怪事，早上我出来时她还好好的。坏啦，她有心脏病。"大陈慌慌张张打个车去医院了。临上车没忘说一句:"有情况呼我!"

……

大陈赶到医院时，张英的娘家人都到了。张英的母亲在走廊外拽住大陈的衣袖，悲悲切切地说:"要是我女儿有个三长两短我跟你没完。"大陈满头大汗顾不得和老太太多说什么，匆匆走进急救室。里面医生、护士正在忙活，张英的鼻孔、口腔里插满了输液、输氧

151

的胶皮管。看见床头柜上的心电图还在波动，大陈稍稍松了一口气。

"你是她什么人？谁叫你进来的！"一个护士严厉地走过来往外推他。

"我是她爱人。"

张英似乎听见了他说话声，费力地抬了抬眼皮，又无力地合上。大陈只好走出去，站在了走廊上。大陈想向张英的娘家人问一下是谁把张英送到医院里来的。可是，这个时候问这个纯属自讨没趣，就待在那里没动。

"你是张英的爱人吧？"一个人影走过来。他像是在哪里见过这人。想起来了，他是昨天在百货大楼里见过和张英走在一起的那个人。

"我叫赵丙生，是张英的大学同学。张英上午发病时传过你，没找到你，就给我打了传呼……"

"这么说是你把我爱人送到医院里来的？"见对方点头，他一把握住了对方的手，"谢谢，太谢谢你啦！"

"你们星期天也不能休息呀？我听张英说，你好像在公安局工作？"

"是的，干我们这行，没个节假日。"大陈无奈地摇摇头。

这个赵丙生显然已同张英娘家人熟悉起来，他又走过去和张英的妹妹在说着什么，大陈仍呆站在那里没动。

医生走出来，大陈走上前去问张英的病情怎么样。医生严肃地看了他一眼，说："现在病情稳定下来了，你是怎么做丈夫的？让她搞得这样疲劳，诱发了先天性心脏病。"大陈诚惶诚恐地点点头。

大陈想起张英昨天白天参加了同学聚会，玩得一定很累。晚上又和他做了那事，自感心中惭愧。

下午，张英已由急救室转到了普通病房。张英的母亲也由她姐姐、姐夫陪着回去了。病房里，只剩下了她小妹、赵丙生和大陈。大陈叫赵丙生也回去，赵丙生就回去了。

到了晚上赵丙生又来了，并拎来了一保温桶鸡汤，他说是自己炖的，鸡是他上午去市场挑的乡下老母鸡。

这个时候，张英正想吃东西，大陈真是又惭愧又感动。张英喝了鸡汤后，苍白的脸上有了血色。

"大陈，我以为见不到你了呢。"张英说。

"看你瞎说什么呀！"大陈搓搓手。

"真的，大陈，我以为见不到你最后一面了呢。"张英眼里有了泪水。

"看你想到哪里去了。"大陈看看她妹妹，又看看赵丙生，咧嘴笑笑。

大陈的呼机又在这个时候不合时宜地响了起来。大陈瞅了一眼，没有去理它。

大陈坐在张英床头上很怕她再说什么，张英的身子还很虚，躺着躺着又睡着了。大陈的呼机又响了起来，大陈摘下来，看了一眼呼机，又看了一眼张英妹妹。

"是不是又有小偷叫你去抓呀？"张英的妹妹冷冷地丢过来一句。

大陈咧咧嘴，想说什么又止住了。

"怎么，你单位里有事？"赵丙生凑过来问一句。

"有个重要任务，单位传我回去。"

"那你去吧，这里有我们呢。"

大陈心虚地看看张英的妹妹，张英妹妹把脸扭到一边去。

大陈就站起来不好意思地对赵丙生说："那我就拜托你们了，一完事，我就回来。"

走在赶回队里的路上，大陈还在心里感激着张英这个大学同学。

别看赵丙生有点儿土，可人倒不坏，还挺细心会照顾人。他要是和张英结合在一起，会不会是很合适的一对？这样一想，大陈吓了一跳。他可听张英说，他刚刚离了婚。不如把自己的小姨子介绍给他。他打算张英出院后，就和张英谈谈这件事。

8

孙小川上午回到队里时，吴队长和白指导员都在队里，两人好像在为什么事情争吵着。隔着门，孙小川听到里面传出的对话声，不由得止住了脚步。

"……我看他会出问题的。"这是白指导员的声音。

"会出什么问题？"吴队长反问。

"我可是听到上上下下一些议论，说他整天和那个女耳目泡在一起，出入舞厅、饭店……"

"别瞎说，这是工作。"

"我看还是让大陈和他在一起的好。"

"这样会打草惊蛇的。"

"我可不管你们执行的是什么任务，我不想出现原则上的问题，这是关系到我们队的声誉问题。"白指导员提高了声调说。

"出了问题，由我负责。"吴队长也气咻咻地说了一句，转身推门走了出来，与正要抬步往里进的孙小川撞了个满怀。

"你可回来了，我们以为你出了什么事呢！"屋里的两人愣了一下，几乎同时说。

"大陈呢？我们派他同你联系去了，他没有找到你吗？"白指导员问。

孙小川说："他找到我了。我们刚刚见过面，他老婆心脏病发作

154

了，被人送进了医院，他去医院了。"

"呃。"白指导员欲言又止似有话要问他。吴队长这时冲他使了个眼色，说："孙小川，你跟我来一下。"

他就跟着吴队长来到了他办公室，关上门后，吴队长问他："情况怎么样？昨天晚上是怎么回事？"

"昨天晚上，出了点儿意外的小麻烦……"孙小川就向他讲起了昨晚的事情经过。

"你是说，他们不像一般的小流氓劫道？"

"是的。"

后来，在谈到方月倩的养父要来这里和她过中秋节时，吴大国的眼睛突然亮了。

"老家伙终于要露面了。"

"你说什么？"孙小川稍稍一愣。

"我还没告诉你，市局刑侦队从外地警方网络上收传到一些方鸿剑的资料，这家伙确实是头些年我耳闻过的那个流窜在东北一带的扒窃团伙头目，外号叫'破烂王'。此人在'文革'时期曾以捡破烂为生，收养了一些孤儿。后来，发展成一个流窜东北的偷盗团伙。这些年他本人洗手不干了，开办了一个电脑连锁推销公司，他是老板。可是据查，最近他名义上是开办电脑公司，暗地里有倒卖毒品的嫌疑。只是C市公安局还没有掌握可靠的证据。他现在社会影响很大，常向孤儿院、慈善事业机构捐款。没有新的犯罪证据，我们警察也是没有办法动他。"

"情况属实吗？"

"有一点可以肯定，这是一个经历社会风霜的偷盗高手……他知道这个社会需要什么，也随时随地能从这个社会拿走他所需要的东西。"

听了吴队长这番话，孙小川陷入了一种震惊、迷茫中。尽管在开始吴队长让他跟踪方月倩时，就让他查出她背后有个什么样的人来，可是直到今天他还是无法把一个供他养女读完小学、中学，又供完大学的慈父同一个偷盗高手甚至是贩毒罪犯联系起来。这一切难道是真的吗？

"如果情报属实，是不是报告给市局，让市局刑警大队上人？"

"不，时候还没到。既然这个案子线索是我们摸到的，我们就争取查下去……"

其实，孙小川心里知道吴队长是想让他们反扒队立功。

吴队长叫他下午在宿舍里好好睡一觉，晚上再去和方月倩碰面。明天就是八月十五了，方鸿剑要来也应该是今明两天到。

晚上，孙小川在离月海舞厅不远的花园凉亭里与大陈见面了。大陈匆匆赶到时，四周已经黑了。孙小川一见到大陈劈头就问："是谁叫你来的？"

"是白指导员，他不放心你……"大陈见孙小川脸色阴了，又说，"我也担心你的安全。你放心好了，我不会暴露的，我只怕你打传呼不方便，只是在你们周围暗中监视你们。"

"嫂子的病情怎么样啦？"在凉亭的石凳上坐下来，孙小川关切地问。

"她好多了，医院里有她妹妹在照顾她。"大陈轻描淡写地说。凉亭周围被柳树和串红花丛挡住了。夜色中，从那边传来一阵中四步的舞曲声……

"吴队长知道你来吗？"

"我想，他是不知道我来，他到局里汇报去了。她养父来了吗？"

"来啦。刚才我呼她出来跳舞，她回话说她养父今天下午到了。不过，她已答应我一会儿到舞厅来。她要领我去她公司见见她养父。

我已经把这一情况打电话告诉了吴队长。"说到这里，孙小川低头看表，现在是六点半，离她到舞厅来还有半个小时的时间。

"你带枪了吗?"大陈问他。

孙小川摇摇头说："我怕暴露自己，没有带。到时我会见机行事的。"

"你把我的枪带上吧?"

"我想用不着。"孙小川阴郁地摇摇头。到现在为止，他还不太相信吴队长预料的那种事情会发生。

"不过，你要加点儿小心。"

"我担心的不是自己，我担心的是她……通过这么长时间的观察，我还没在她身上发现可疑点。即使是那几起发生在舞厅里的绺窃案子有她手下的人干的，可是与她有什么关系呢?难道她真是他们团伙里的成员?"

"小川，说实话，你告诉我，你是不是喜欢上她了?"

"有点儿，她是个大学生，有教养又漂亮……而且富有同情心，我亲眼看到她给过一个要饭的小孩子一百块钱……"

"小川，你必须打掉这种糊涂的念头，你知不知道你这样想是危险的。"

"不，即使是发生什么，我也要帮助她悬崖勒马，她这么年轻，我不能眼看着毁了她……"

孙小川的话让大陈感到很吃惊。看来真让白指导员猜中了。这个刚出校门不久的警校生还显得那么不成熟。他今晚赶来是来对了。

傍晚，白指导员呼他回队时，只有白指导员一个人在家，白指导员交代他任务时，他还有些抱怨，说他老婆此刻还躺在医院里，让他去监视这个年轻人有这个必要吗?现在，他意识到了这种危险，危险正像这渐凉的夜幕一样悄悄降临了……

"小川，你知道你这样想有多危险吗？你把自己置于了一个十分危险的境地。你要清楚你是个警察！不管站在你面前的是你喜欢的人也好，不是你喜欢的人也好，你都别忘了自己是一个警察……"

大陈的话让孙小川听了怔了怔，是呀，他是个警察，从入警校那一刻起他是想做一个好警察的。可是，从警校毕业分配到反扒队，从真正当上警察那一天起，他就没穿过一天警服，看到队里的人整天和一些流里流气的小偷小摸打交道，叫他有一种厌倦。他渴望做一个真正的刑警，破一些大案。当他真正触摸到这起大案的时候，既让他兴奋又让他有些担忧。

"她来了。"孙小川从舞厅门口那边收回目光，说了句，站起身来。

"小川。"

"嗯？"

"你要当心自己。"大陈又关切地叮嘱了一句。

"我知道了。"他默默地向舞厅那边走过去。

9

孙小川是和方月倩跳了一支舞之后离开月海大众舞厅的。他俩打了一辆出租车回方月倩的公司。在车里，方月倩跟孙小川说她养父正在她公司里等着他们呢。孙小川听了心里有点儿紧张。不过，看到方月倩一脸兴奋的样子，心又稍稍松了下来。

他俩下了车，推开公司的门，小齐和小毕迎了过来。

"方总呢？"

"他出去了，是去和别人谈一笔生意，叫我俩在公司里等你，你一回来，就叫我俩带你一起过去。"

"什么生意这么急？"方月倩稍稍一愣。

"是这样的，有个客户想买我们最新款的电脑，方总叫我们把他带来的样品也拿过去给人家看看。"小齐答。

"那我们这就过去吧。"

孙小川随着他们往外走，小齐挡了他一下，客气地说："孙哥就请留在公司里吧。"

方月倩说："方总也要见见他，让他一起跟过去吧。"

外面停着一辆黑色奥迪轿车。上了车小齐坐在了前座上，方月倩和孙小川、小毕坐在了后边。车开出一段路后，孙小川从反光镜里看到后面有一辆出租车远远地跟着。他知道那是大陈。

奥迪车左绕右绕，来到了城郊外一处"飞行夜总会"的黑屋子里。这是一座用钢板焊的飞机形状的长屋子。他们进去时，听到有小姐在唱歌。灯红酒绿的吧台里站着一个黑塔般彪形大汉。他身后的墙上，挂着一杆猎枪、一支美式道具卡宾枪，还有两颗假手雷。

舱座式的靠背座位里坐着两伙人，一伙人里七八个男人中间各有一位小姐在作陪，而另一个座舱里围坐的三四个男人却没有一个小姐，他们正襟危坐，不动声色地看着他们走过去。

"爸爸。"方月倩冲坐在中间的一个穿背带西裤的五十多岁的男人叫了一声。

"是倩儿，你们来了。"男人拿开吸了一口的粗大的雪茄烟，笑眯眯地看着他们，"这位是谁呀？"

"这是我向您提起过的我的男朋友。"方月倩向他撒娇地说。

"呃，呃，坐坐。"

他身边的三个人迅速给他俩让出座位，孙小川挨着方月倩坐下了。

"喝点儿什么，年轻人？"

立在他们身后的一个男青年，冲吧台打了个响指。一个扎着红领带的服务生走了过来。

"先生要什么？"

"一瓶人头马。"

服务生弓着身子退去，很快端来了两个杯子和一瓶人头马。

孙小川刚要说不会喝酒，一个大腹便便的秃顶男人端着杯子从那边的座位上走了过来："方老板，这位一定是千金了，怎么不介绍一下？"

"莫老板，失礼，失礼。我正要待会儿引小女过去。快叫莫老板。"方鸿剑站起身来，方月倩也随即站起身来同这个莫老板打了声招呼。

"哇，这么漂亮的千金！来，同莫伯伯喝一杯。这瓶人头马由我来请。"

方月倩接过服务生递过来的一杯酒，同莫老板碰了一下，仰头喝了进去。

"痛快！方小姐，今日结识，真乃三生有幸。方小姐想听什么歌呀？"莫老板又冲服务生挥了一下手指，服务生将歌片拿了过来。

方鸿剑替方月倩点了："明天是小女的生日，我替她点一首歌《月亮代表我的心》。"

"好，方小姐，肯赏光跟我跳个舞吗？"

方月倩看了方鸿剑一眼，方鸿剑点点头。方月倩便同莫老板走下舞池子里去。

徐小凤在大屏幕上向每个人微笑着走来，孙小川想到卫生间去解个手。他注意到这家夜总会通向卫生间的走廊上有部电话。可感觉到身边几个人紧靠着他，便没有去。

莫老板与方月倩跳完舞，回到座位上。莫老板又为方月倩点了一首《生日快乐》。莫老板是别出心裁叫所有的小姐都站到屏幕前去唱的。

方鸿剑牵着方月倩的手走下舞池子去。如果不知道，别人一定会以为这是一对感情笃厚的亲生父女，孙小川有些感动了，今晚也许什么也不会发生。他消除了刚才的紧张。

午夜时分，莫老板拍拍手掌，黑暗的大厅静了下来，他走过来对方鸿剑说："方老板，时候不早了，我们该去看看货了。"方鸿剑冲小毕使了个眼色，去把货拿来。小毕和另外两个人走了出去。孙小川这才发现，小齐一直没有跟进屋来。

工夫不大，小毕、小齐他们一同进来了。小齐手里捧着个装电脑主机的纸壳箱子，几个人围着他走过来。那边莫老板几个人已叫小姐回包房去了。吧台里，除了那个彪形大汉，服务生也不见了。

纸壳箱子放在了方鸿剑他们面前的吧桌上。方鸿剑叫小齐把纸壳箱子打开，拿出一个灰色的主机来。小齐又用螺丝刀子打开了主机盒盖，原来它只是一个空壳，里面塞满了小塑料袋装的白粉。"哇。"莫老板用微型手电筒照了一下，嘴里发出一声叫。孙小川也冒出了一身冷汗。莫老板挥了一下手，从那边走过来两个戴墨镜的年轻人。他俩拎着一只黑色密码箱过来，放在桌上打开了，里面是成捆的百元钞票。"怎么样？没错吧，请方老板点点。"打开箱子的那个男子说话了。孙小川忽然觉得声音好耳熟。他想起来了，这名男子正是昨天夜里拦路劫他和方月倩的三个人其中的一个。

这时，忽然从外面闪进来一个黑影，悄声说："不好，外面好像有警察。"

"啊？"莫老板大惊失色。他手下的那些人都把手向怀里摸去；这边方老板手下人也从怀里摸出枪来。

"方鸿剑，没想到你还有这一手！"莫老板指点着方鸿剑声色俱

161

厉地说。

"你胡说，我方某人做事情从来是讲究规矩的。"

"那这是怎么回事？"

方鸿剑把剑一样的目光投向孙小川，他足足盯了他有几秒钟："是你引来的警察？"

孙小川摇摇头，他看到方月倩也惊愕地看看他，又看看方鸿剑。显然她也被眼前发生的一切惊呆了。

"对不起，搜搜他的身。"莫老板挥了一下手。昨天劫过他们的那个戴墨镜的男子走过来搜他的身，搜完走过去，对莫老板小声说了句什么。方月倩这时过来手紧紧地挽住了他的胳膊。

"不许动！你们已经被包围了，快放下武器！"说话间，从外面扑进一个警察的身影来，滚在门口吧台下面的暗影里。站在吧台里的彪形大汉刚要摘下墙上挂着的双管猎枪，被来人从黑暗处一枪击中了胳膊，他发出杀猪一样的痛叫："啊！"从里面的包房里传出小姐惊恐的叫声。莫老板一枪打碎了顶棚闪烁的霓虹灯。屋里顿时一片黑暗。

地上的人影悄悄贴近孙小川身边："你没事吧，快伏下身去。"孙小川听出是大陈，可是没等他答话，有人朝大陈开枪射击过来，大陈一个跟头又滚进了吧台下面的黑影里没了动静。

"他是警察！"有人边往里面退边冲方鸿剑喊了一声。方鸿剑把枪口对准了孙小川的胸口。"不要——"方月倩紧紧盯着方鸿剑冲他摆手。

"你这样做会害了你女儿的。"孙小川开口说话了。

方鸿剑愣了一下，随后用枪指点着方月倩："你快点儿离开他，他欺骗了你。"

"不，我没有欺骗她，我是爱她的。"

"杀了他，快点儿杀了他。"退到后屋包房门口的莫老板冲方鸿剑大声喊道。

"你抚养她长大成人，供她上小学、上中学一直到上大学，难道就是为了今天来害她吗？她一直在心目中把你当成最亲最爱的父亲。想想吧，你们今天是跑不出去了，还是向警察投降吧……"

"别听这小子胡说……"说时迟那时快，莫老板从黑暗处举枪朝这边射击，"啪！"——方鸿剑转身挡在了方月倩身前，他身体摇晃几下倒了下去。

"爸爸！"方月倩伏下身去大声喊道，孙小川也蹲下身去抱住了她。

莫老板还要朝这边开枪，大陈从吧台那边站起来与他对射了起来——

"不许动，放下枪，你们被包围了！"门口顿时枪声大作，从外面涌进来一些警察。

这阵枪声过后，除了莫老板和他手下几个人被击毙外，剩下的人都举起手来。大厅里的灯亮了，方月倩伏在方鸿剑身上泣不成声。她的养父已经死了。

倒在地上负伤的大陈也被人用担架抬了出去。

10

一个月后，大陈腿上、胳膊上受的枪伤好了，出院了。

孙小川和他坐进马拐子胡同一家饭馆里，两人边喝酒边聊了起来。上午，他们刚参加完市局政治处召开的"9·22"缉毒案庆功表彰大会，他和孙小川都荣立了二等功。他们反扒队还荣立了集体三等功。

"那个方月倩后来怎么样了？"

孙小川听了，脸先红了一下，后来慢慢说道："经过审查，她确实没有参与方鸿剑团伙的一系列绺窃、贩毒活动，审查完后就把她放了。看来方鸿剑是有意不让她知道的。这也可能是在保护她，方鸿剑知道自己在黑道上的路途不会太长久了。"

"这么说来，他还是一个明智的好人，尽管他是一个罪犯，可良心还没有泯灭。"大陈默默地说。

"你们最近见面了吗？"

"没有。"孙小川摇摇头。

"为什么？"

"她知道了我的警察身份后，以为我是在欺骗利用她，至少她认为她养父方鸿剑的死和我有关系。她不愿见我，事情刚一结束我去找过她。"

"你应该再去找她，向她解释你是喜欢她的。你现在可以去找她了，没有什么顾忌了。"

"我？现在？"

"对。"

大陈的话让他暗暗惊讶，一个月前他还是反对和她建立这种关系的，现在却这样鼓励他了。

"你和嫂子的关系好了吗？"孙小川改变了话题。

"我们离了。"

"离了？"

"是的，一周前，我出院后，她拿给我看了写好的离婚协议书，我签了字。"

"呃，对不起，大陈，我不知道，我没想到会发生这样的事……"

"没关系，你不必介意。"大陈平淡地笑笑，又说，"其实，即使她不提出来，我也会提出来的。她有心脏病，我没有办法经常照顾她，还要她整天为我担惊受怕的。那次她心脏病犯了，如果不是她的那个同学把她送到医院，她恐怕会过去的。她害怕极了，她过后老问我，她最需要我的时候我在哪里？如果有一天我倒在街头，是不是我连最后一面也见不着了？是啊，哪个女人不希望她最需要丈夫的时候丈夫守在身边。可是我能做到吗？……好在我们现在还没有孩子。"

大陈顾长的身子弓曲下来，他闷闷地喝了一口酒。

下午，孙小川一个人向郊外的一处墓地里走去。这里远离城区，葬的多是一些附近的农民。坑坑洼洼的小道两旁长着一些弯弯曲曲的老榆树，年头久了，树身已经发黑。这个初冬的季节，榆树枝上的叶子已经掉光了。光秃秃的树杈上裸露着一两个用杂草树棍搭成的乌鸦窝，来到墓地上，由于少占用耕地，每个坟头都很小，只有馒头状的一小堆黄土，上面有的还长着衰败的黄草，看来好久没来人了。在两棵老榆树中间，新堆起一个黄土堆，黄土堆上立着一个无字的石碑。谁也不知道葬在地下的死者叫什么名字。

墓碑前站立着一个女子，她没有发现有一个人轻轻走过来。来人无声地走到她身后停下了脚步，口中背诵道：

> 他安息了。尽管命运多舛；
> 他仍偷生。失去了他的天使他就丧生；
> 事情是自然而然地发生，
> 就如同夜幕降临，白日西沉。①

---

① 引自雨果《悲惨世界》中的诗句。

女子回过头发现了他，惊讶之色从她脸上掠过……

后来，他俩肩并肩从荒凉的墓地走出来，走上了那条乡间通向城里的小道。

"我以为，你不会再来找我了。"过了好久，女子开口说道。

"为什么呢？"

"因为我是一个罪犯的养女。"

男青年听了，紧紧地抱住了她。

最后被猎杀的熊

1

　　张没鼻子带着猎狗从镇上走过时，天色就擦着林梢黑了下来。小镇上的人家房顶上已冒起了缕缕炊烟。冬日里天黑得早，在小兴安岭密林深处，那狗日的残阳往往不等人撒泡尿的工夫，就匆匆躲到大山背后去了。从旷野里带出的朔风"呜呜"打着口哨吹过寂静得有点儿死气沉沉的小镇，抖落一些人家房顶和柴火垛上的雪坨。这个时候街上已看不到大人的身影了，汉子们可能早早偎在火炕头上等着自己的婆娘给自己烫上一壶小烧酒，慢慢地饮开了。酒会叫镇上所有的男人觉得小兴安岭漫长的冬天不再难过。所以小镇商店里的酒往往是销售最快的。白天也常能看到一些伐木工聚在那里喝酒。那个勤快的年轻漂亮的女营业员就是我的母亲，她总是不厌其烦地把酒仔细地打到男人各式各样装酒的家什里，有鹿皮囊，有行军水壶，有桦树皮酒筒，有自制的锡酒壶，还有大海碗里……

　　张没鼻子带着他的猎狗从镇子走过去，成了小镇一道风景。至少我们孩子是这样认为，他很令我们好奇。因此在天擦黑的时候，我们总是背着大人偷偷溜到大街上去……寒冷的风一眨眼吹得我们小脸蛋像刀锉的一样麻痛，两根鼻涕像两根冻粉条拖得老长，穿着靰鞡鞋的脚在地上跺个不停。就在我们快要坚持不住时，奇迹出现了。

西山坡下林子边上出现了几个黑点，黑点渐渐大了，就看清是一个人影和几条狗影。越来越近了，镇上的狗都噤了声。嚓、嚓、嚓，两条细腰黑色猎犬走在前面，在那人身后是两条粗壮的栗色犬和一条老迈的黄色犬，它们并不像镇子里那些狗在走路时东张西望，而是目不斜视匆匆紧随着主人的脚步走过，像刮过的一阵风。这是怎样的一张狰狞的面孔啊，我第一次见到他时简直惊呆了。他远比从大人嘴里听到的叫我们害怕得多。尽管他鼻子上戴着鼻套，可是他脸上好像只是一层薄薄的肉柳在包着颧骨，嘴角上斜划着一道疤痕，那双眍瞜进去的眼睛在暗淡无光中藏着一股凛冽的凶气儿……

猎人背着一支双筒猎枪，他身上穿着一件不知是什么兽皮做的衣夹，腰间缠着一圈圆筒子弹，腿上打着绑腿。在他的后背上还背着一只帆布袋，是装打到的小兽，如灰狗子、松鼠子之类的玩意儿。

人和狗身上都挂着浓重的白霜，走近了能听到"呼哧——呼哧——"的喘息声和白白的雾气。二毛家的笨狗奔娄紧紧夹着尾巴紧缩在二毛身后，其实那人那群狗并不朝我们望一眼，就那么一阵风似的打镇上走过去了，直到在镇东头消失了身影。张没鼻子不在镇上住，他在离镇上五里之遥的五道库住，那是一个楞场。

第二天镇上的男人们在干完活儿后聚到商店里会议论这件事，他们照例叫我母亲给各自的家什里打上酒，一边迫不及待地呷了一口，一边抹抹嘴巴嘶嘶哈哈议论起来。他们围着铁炉子站了一圈儿，脸颊冻得紫红，汗气、酒气和一股锯末儿味道夹杂在他们刚刚带进屋来的寒气里。他们总是先要朝我母亲开上几句玩笑——

"喂,我说大妹子,你家那个大山鸡冬天还在楞场上吗?"

母亲就叹息了一口气,说:"是的……"

"他还在赌气吗?"有人朝柜台里的主任望了一眼。

"并不完全是这样,他好像喜欢上了那里。"母亲这样说了一句。

"真可惜,如果要是我有这么漂亮勤快的女人,我会天天守在她身边的。他真是个有福不会享的榆木疙瘩。"一个家伙怪声怪调地说。

我母亲的脸红了。汉子们那些闪闪烁烁不怀好意的目光叫我很讨厌。我也不喜欢听他们这样说我的父亲。我亲眼看见过他在那里有一支五九式半自动步枪,冬天别的工人都放假了,只有他在楞场上看护着屋子。

"我说你们看见了吗,张没鼻子昨天进山去了,他什么也没打到……"一个外号叫灰鼠子的油锯手说。

"那他还算什么猎人,趁早把大老张留给他的那支双管猎枪填灶坑里当柴火烧算了。"又一个伐木工人接上说。

"我看他的鼻子再也闻不到大牲口的气味了,更别说去对付那个神通广大的老黑熊了。"说这话的是镇上的一个医生,人们都管他叫二棉裤。

初听到从二棉裤嘴里提到那头老黑熊,众人都愣了一下,张了张嘴,随后眼里闪过一道惊慌的神色,沉默了有五六分钟。只有我们几个孩子在柜台一角打打闹闹,为的是争抢一个好看的空纸烟盒。

"它可有日子没有光顾咱们这个小镇了。"一直坐在柜台里扒拉算盘的主任抬起头来说了一句。本来坐在这个位置的应该是我的父亲,父亲先前就是小镇商店里的会计。我的父亲算盘打得像炒豆,"噼噼啪啪"好听极了。哪像这个主任算盘还是跟我母亲学的,四则

169

混合运算都不会。自从出了那件事以后，父亲就离开了商店，到五道库楞场上去干活了，他现在是那里一名挺不错的工人。

"真的，差不多有两年没有见到它的踪迹了。"另有一个汉子很吃惊地说。

屋子里顿时从紧张的空气中轻松下来，似乎相信它真的不会再来侵扰小镇一样，不用再担心猪圈里的猪和牛栏里的牛被它吃掉了，还有夏天的庄稼地也不会被它糟蹋祸害了。小卖店里的库房也曾被它扒开过一次，除了半扇猪肉被它吃掉外，还有少半桶白酒也被它当水喝了，那天早上有人看见它是摇摇晃晃逃出镇子的。

"医生，它会不会再闻着你老婆的臊味儿摸到镇上来呢?"有人这样调笑着冲二棉裤说了一句。

医生的脸色立刻像猴腚一样红了，他憋了好半天嘴里方才结巴说出一句："坏蛋，流氓……"就仓皇退出了人群，离开了商店。

二棉裤的老婆是个丰乳肥臀的女人，在镇上是一个数得着的漂亮娘儿们，曾让镇上所有的男人想入非非。这其中包括我的父亲，我的父亲在她来小镇的第一天就曾经当着别的男人面说过她和镇上别的女人不一样的话来。这至今还叫我的母亲与他吵架时耿耿于怀。她那一头漂亮的金黄色头发是镇上所有女人没有的，据说她的母亲是俄罗斯后裔，谁也说不清楚医生是从什么地方把她带到小镇上来的，有人说是佳木斯，有人说是黑河。这个女人不像镇上别的女人家，夜里从来不在屋里放尿盆小解，总是一大早出去到菜园子里小解。而镇上别的女人总是把尿盆放在屋子里，既不避丈夫也不避孩子，一大早我们孩子去串门总能闻到弥漫的尿臊味儿。只有二棉裤家里闻不到这样的气味儿。医生的女人是一个爱干净的女人。前年夏天那个多雾的早上，她和往常一样走到菜园子里去，刚刚在没人高的玉米地里解下裤子，就觉得有人在用舌头舔她的屁股，这也是二棉裤的习惯。"别胡闹，亲爱的，难道夜里你还没要够吗？"等她娇羞地回过头来，一下子就晕了过去。

这个绯闻在给小镇人制造心里恐惧的同时，也增添了一点儿笑料，它让男人们想入非非。不过对于二棉裤却是灾难性的，他宁可让它舔去自己的鼻子，像那个没用的猎人一样，也不愿看到自己女人屁股上缠上绷带。从那以后二棉裤的女人很少出门了。当然二棉裤已把自家菜园子四周都挖了陷阱，这个医生在给人家诊病时，也不忘记叮嘱人家也在菜园子四周挖个陷阱。

"如果是我摸了那个漂亮娘儿们的屁股，也不会叫二棉裤这般痛苦难过的。"尖嘴猴腮的那个油锯手同情地叹息摇摇头。

少了二棉裤似乎少了下酒的作料，汉子们慢慢自饮了去，就着一块腐乳或一包盐水煮黄豆，奢侈一点儿的则向柜台里要一瓶红烧肉罐头。这顿午餐就这样在小店里打发了。那个主任很欢迎这帮伐木工聚在这里，他不断地往铁皮桶炉子里添加着烧柴，直到把炉筒子烧红为止。这些桦木和松木木头都是他雇用马爬犁从山上拉下来的，有的还是汉子们有意留给他的。他似乎与伐木工达成了一种默契。暖融融的炉火蒸烤着这些山里人的脸，铁皮炉子上烤着他们各自从家里带来的火烧饼和饭盆里的盐水煮黄豆，吱吱冒着热气儿。

"喂，我说，它还会光顾咱们这里吗……"一个汉子打着酒嗝扫视一眼风雪交加的窗外说，这才是镇上人人该关心的问题。

"我想不会了，它已经两年没有露面了，它会老死在山里的。自从大老张射杀了那头母熊后，这山上就剩下它自己了，它不会再有后代了。它也许在那棵树洞里寿终正寝了。"刚才那个跟二棉裤开玩笑的油锯手乐观地说。

雪粒扑打着糊着窗缝纸的窗玻璃，窗上结着厚厚的好看的霜花，雪粒"噗、噗……"落上去，外面的风声像无数个野兽在吼叫。

"我看见它了，在楞场上——"那群孩子里，那个九岁的孩子停下了和同伴玩的纸烟盒游戏，怔怔地说了一句。

众人迷茫地望了他一眼，可是没有人在认真听他说什么，包括孩子的母亲，那个穿着白围裙的营业员不断地给汉子们家什里添着酒。这么个大雪天，看来只能是延长待在屋子里喝酒的时间了。

屋子里说话声乱糟糟的，好像一堆苍蝇聚在炉子前。

2

苔青镇第一个猎人应该是张没鼻子的爹大老张，这是一个神枪手，所有的猎物在他手下从来没有逃脱第二枪的，当然这头公熊除外。

对于大老张的死镇上的人有各种各样的说法。有人说他是脑溢血发作死的，也有人说他是被张没鼻子误射死的，还有人说他最终没有逃脱公熊的熊掌……因为那头母熊是他射杀的，这激怒了那头公熊。小镇上的人把后来那头公熊对小镇的肆虐，也看成了是对猎人报复的结果。因此好长一段时间镇上人对张家父子都敬而远之了。

上了年纪的人还记得张家父子双双进山打猎时，张没鼻子还是一个刚刚十五六岁的毛头小子，他初中还没读完就被父亲领上了山。那杆枪压在他肩上从山上走下来他还有些气喘吁吁。谁也不认为他不再读书有什么错。镇上只有一个人认为他应该继续读书，将来做他想做的事情。

这个人就是医生家来的老毛子女人，她刚刚过门。春天还没完全化冻，她喜欢到山坡上去采刚刚冒出花骨朵的达子香枝，把它折回来插到玻璃瓶子里去。有一回她在山崖上下不来了，正巧他路过这里上去把她扶了下来。她说了声"谢谢"后，又耸耸肩说他应该

172

去读书。他好长时间还在回味那双闪着长睫毛的大眼睛，像蝴蝶一样在他眼前扑闪。他和父亲说了自己的想法，他父亲打断他说只有愚蠢的人才会那么去想，说他已经是一个半大小伙子了，打猎才是一个山里男人应该做的事情。

可是他怎么也使不好那支不走膛线的老汤姆枪，有几次他不但没有帮了老猎人的忙，反倒惊跑了猎物。老猎人丝毫不掩饰对他性格中怯懦、胆小的蔑视。老猎人说要赢得镇上人的尊重，就要懂得铅弹是怎么放出枪管的。一个真正的猎人在开枪的一刹那手是不应该发抖的。

他二十岁那年冬天的傍晚，镇上人看到老猎人慌慌张张把他拉下山来。大老张敲开了二棉裤的家门："医生，快救救我的儿子……"二棉裤看到的是一张血葫芦的脸。二棉裤也惊呆了，他有点儿不知所措。倒是那个洋女人很麻利地替他拿来医药箱，打开后拿出镊子和药棉、碘酒来——"我的上帝，快救救这个可怜的年轻人！"

等他脸上揭去纱布出现在镇上时，镇上的人看到的是一张骇人的丑陋的面孔，孩子都吓跑了。他不敢去照镜子，并且从这以后无论冬夏他脸上都戴上了一只大口罩。

到这时他父亲才深深后悔起来让他做一个猎人了。他不再带他进山了，可是每次进山他总是偷偷地跟在他和狗后边，被老猎人发现了，老猎人不得不把那支老汤姆枪还给了他，并不无遗憾地在背地里对那个医生摇摇头说："你知道鼻子对一个猎人来说是多么重要吗。"二棉裤也不无遗憾地耸耸肩。

张没鼻子就从这个时候开始想做个猎人了，他发誓要打到那只舔去他鼻子的公熊。他的父亲也发了疯似的想找到它……镇上只有一个人对他们父子的焦虑表现出了担忧，这就是医生的女人，每次

173

看到他们匆匆进山去，医生女人总是冲着他们的背影画着十字。

可是灾难像在深山里等着猎人父子一样，就在老猎人猎杀了那头母熊，老熊肆意对小镇进行报复半个月以后，猎人父子领着一大群狗寻着踪迹在山里追了七天七夜，最后麻嗒山（迷山）了。他们在一个山洞住了下来。那群狗也累得没有一点儿力气了，进了山洞就挤挤挨挨堆在一起睡了过去。更何况是人了，张没鼻子头一挨着洞壁就沉沉地睡了过去。等他一觉醒来，发现大老张不见了，他以为他出去弄柴火了。洞里的火堆已经熄了，他是被冻醒的。可是等了半天也没见他回来。让他吃惊的是他父亲那条心爱的猎犬黑豹也不在洞里了。他摸起那支老汤姆枪披上老羊皮袄寻了出去。数九寒天，天还没有透亮，浓浓的寒雾将老林子里遮得严严实实，他后悔没有带一条狗出来，他似乎能感觉到周围林子里有一种阴森的气味。在他走出山洞六七里地之后，他看到前面的树桩上蹲着一个模模糊糊的黑影，他惊喜地喊了一声。可是那个黑影没有回答，还蹲在那里。他顿时身上惊出了一身冷汗，他慌张地抬起了枪口，"啪——"的一枪，黑影栽倒了。他走上前去把那个黑影翻过来一看，傻了，那团黑影是他爹，脸上正凝固一个开花的笑容。天亮后，在离大老张二十米远的地方，他找到了黑豹，黑豹躺在雪地里，肚子豁开了，肠子流了一地，和雪冻在了一起。

在张没鼻子把他爹从山上拉下来后，医生二棉裤给他爹认真地检查了一下尸体。医生的诊断是他父亲死于脑出血，原因是在他开那枪之前，他爹鼻子、耳朵都出过血了，并且尸斑显示死亡时间也在他开枪之前。尽管医生对老猎人的死有着充分的医学证据，可是老猎人的死还是在小镇人心里留下了不解之谜。因为黑豹的确死于公熊熊掌之下。

二棉裤的解释并没有减轻张没鼻子的自责，从把他爹拉下山来，到给他爹下葬，他嘴里只叨叨咕咕说过一句话："他是我打死的，他是我打死的……"医生在给他吃过几片镇定药之后，他稍稍安静了下来，不过脸上更加沉默得可怕了。

镇上凡吃过老猎人送去的野猪肉、狍子肉的人家都来送老猎人下葬。医生的妻子，那个俄罗斯女人也夹在人群中间，她不断地往胸前画着十字："可怜的人，主啊，你饶恕这个可怜的人吧……阿门！"

据后来大人讲，老猎人死时蹲在树桩上，是在那里解手。所以后来我们孩子晚上再也不敢出去解手了，有屎就等到天亮时再出外去屙。

自从老猎人死后，张没鼻子就从小镇上搬到五道库去住了。那里除了夏天有两户养蜂人家外，再没有别的住户。楞场上有一间工人住的破工棚，到了夏天楞场上的活儿才会多起来，工人们顺着河道往下放木头。那里有一条河叫五道库河，通向下游的汤旺河。木头从汤旺河运出山外。

我的父亲就在那里做活，他似乎也相中了这么一个寂寞的地方。

8

冬天楞场上只有父亲一个人，别的水运工都放假回家了，还有那两户山外来的养蜂人。父亲在看护楞场上的工棚。楞场上空空荡荡的，积着很厚的雪。楞场下面那条冰冻的河像条冻僵的蛇一样盘桓在山中间，河边封冻着两只木排。

白天，父亲待在工棚里常常摆弄那支五九式半自动步枪。我第一次到楞场上去就看见父亲在摆弄那支快枪，我很吃惊。父亲把枪栓、弹夹拆了一大堆摆放在火炕上，擦拭完了再一件一件装起来。

父亲对于我小心翼翼的靠近总像是背后长了眼睛似的说："别动，这不是小孩子该动的东西。"

父亲擦拭完枪，就走到河边上去，站在那里举着枪向对岸瞄着。河面上吹过来的风像刀子似的割着父亲的脸、手，直到他冻得受不了才走回工棚去。我一直希望能看到父亲放枪，可是从来没见他打过。父亲在举枪练习瞄准时从来不把那五颗子弹压进枪膛里。

"这里有狼吗？"

"有。"

早上起来在河边上能看到一串野兽蹄印，父亲说那是狼的脚印。

"有熊吗？"

父亲脸上掠过一道惊慌的神色，缄默了。

父亲终于打出了第一发子弹，枪声在空旷的楞场上传出很远。父亲惊呆了，我也惊呆了。我想一定是父亲在走到河边去时，忘记退出枪膛里的子弹了，所以就走了火。父亲脸色苍白地回头望望我，我则捂着耳朵趴在了雪地上。"是谁放的枪？"他很奇怪地问。

张没鼻子和他的狗像一阵风儿从山上赶了下来，人和狗将父亲围住了。张没鼻子盯着父亲看了半天，说了一句："小心点儿，山外人。"

父亲听到了，脸立刻通红了起来……

父亲最讨厌别人说他是山外人。我父亲十九岁从山东老家出来，是因为他没考上济南师范。父亲是憋着一股气来闯关东的。那时苔青镇还没有通火车，他在山外下了火车是徒步走进山里的。两脚磨出了血泡，实在走不动了，就在这个小镇停住了脚。"你父亲那时单纯得就像一个孩子。"母亲每每说起这些事情时，总要疼爱有加地这么说上一句。凭着父亲的国高文化，父亲在小镇商店里当了会计。父亲讨厌人家说他是山外人，父亲想让人家把他和镇上的人一样看待。为这父亲说话都尽量避免带出山东话来。

如果不是因为那二分钱事件，父亲可能会在商店里一直这么干下去。但父亲义无反顾地提出了辞职，这让当初留下父亲来的商店主任很吃惊。他不软不硬地劝父亲打消这个念头："你想想看，这个镇上还会找到第二个需要会计的地方吗？"因为他知道全镇再也找不出第二个像父亲算盘打得这样流利的人了。父亲天生就是做会计的料。父亲笑了，那种笑容至今叫主任回想起来还很像个男人的笑容。

后来那二分钱在柜台底下找到了，主任就找到母亲，叫她劝劝父亲再回到商店里来，并说他为此可以向她的男人道歉。母亲摇摇头，表示心领了主任的好意，说谁劝也没有用，等他受不了那里的苦他就该知道回来了。母亲也想通过这件小事给父亲一点儿教训。因为她忍受不了他一个月像野人似的回来一次，身上滚满了跳蚤，胡子拉碴的，这是单身汉才该有的东西。春天时他还会把"草爬子"① 带到家里来，这种东西叮起人来十分要命，有一次它叮到了我的小鸡鸡上，父亲用烟头死命地烫才把它弄出来，我疼得大喊大叫，差点儿背过气去。可父亲阴沉着脸还叫我像个男子汉那样一声不吭。

楞场上的阳光把父亲晒黑了，他的肌肉发达起来。他再也不是那个身体单薄、面孔苍白的会计了。他好像很满意楞场上的体力活。

"你为什么不回去？"有一回在楞场上，我问他。

"这里很好，你看看这儿的阳光多么新鲜……"他的目光扫荡着楞场上的原木、森林、平静的河水。他的话我不大懂。

"可你不会再下班带给我糖果吃了。"我有点儿遗憾，并吭了一

---

① 草爬子：东北山区常见的一种吸血虫，在森林草木间爬行，叮入人身体易得森林脑炎。

下嘴。

"可是我每次回去会给你带野草莓、山葡萄还有山丁子。"他说完，朝林子边上的养蜂林地望了一眼，随后走了过去，同埋在蜂箱中的那个老头儿说了句什么，然后走过来。他手上拿着一块桦树皮，那上面有一摊新鲜的蜂蜜。

"你当初为什么要到这里来？"我一边吮吃着蜂蜜，一边又问了一句。

"男人最重要的是尊严。"父亲的脸突然严肃起来。我听不大懂，不过我不再问什么了。这蜂蜜甜得我嘴巴张不开了。

尽管母亲告诫过我不要到楞场上去，可我还是喜欢偷偷跑到楞场上去玩。还有二毛和他的笨狗奔娄。夏天工人在河道里放木头，一排排木头顺着河道向下游漂去。父亲和另外两个水运工撑杆站在木排上，像一个将军统率着千军万马。我明白父亲为什么喜欢留在这里了。可是父亲从来不准许我们站到木头上去。父亲他们要等到天黑才能从下游走回来，回来时父亲手上提着几条一尺多长的白鱼，这种白鱼是河道里的木头撞死的。

白天的楞场十分安静，除了那两个养蜂人的身影外，再也看不到别的什么人影了。楞场四周的白桦林地里有许多野草莓和羊奶子，我和二毛喜欢钻到周围的林子里去。做这种事情二毛总要落在我后边的。我常常是将草莓摘满一小盆了，他还没有盖上盆底。我只好把草莓盆放在一边等他。有一回我明明把草莓放在一棵落叶松树底下了，可是转了一圈回来我在那棵落叶松树底下并没有见到草莓盆。我知道我走迷了路，就按照父亲曾经教给我的办法，朝相反的方向绕一个稍大一些的圈，这样前后两个圈总会在我离开的地方相交。可是我仍然没有找到那个草莓盆。我就在一截腐朽的倒木上坐了下来，我有些渴了，想找点儿水喝，突然发现旁边有一个凹下去的水坑，边缘还潮滋滋地不断往里灌水，凹坑里灌满了水，脚印的边缘就变得很模糊了。我觉得很奇怪，抬起头来，居然发现了第二只脚印。这一下我的心口突突跳了起来，我想喊那条狗过来，可是它不知钻到哪里去了。我站起身来，战战兢兢往前寻去，那个脚印时隐时现，我不知道追出去多久，一道白晃晃的光遮住了我的眼，密林中一条湍急的河流挡住了我的去路，那个奇怪的脚印在这里终止了。这时我发现了那条狗，它正躲在树丛中忐忑不安地朝我无声地望着，身子瑟瑟发抖。我第一次看见它这种眼神，真是可怜极了。

它就在对岸！那个从大人嘴里描述过无数次的家伙。它好像并非是从这里走过去的，好像它本来就在那儿，一动不动镶嵌在绿色的无风的正午炎热的斑驳阴影中，倒不像我梦中见到的那么大，但是和预料的一般大，甚至还要大些，在闪烁着光点的阴影中像没有边际似的。它对着孩子在看。接着，它移动了，它不慌不忙地穿过空地，在明晃晃的阳光中待了短短的一瞬，然后又走出阳光地带，再次停住脚步扭过头来看了孩子一眼，这才消失在对岸的丛林中。

我晃晃头，证实刚才的一切是不是幻觉。那只狗还待在那里，它的一只腿潮湿了，它刚刚撒出尿来，将身下的一棵羊奶子秧淋得碧绿。

我没敢告诉二毛，他只是对变得一声不吭的狗有些奇怪。到了晚上，我悄悄把这件事告诉了父亲。"你在说什么？小兔崽子，你在给我编故事吗？"父亲正在和那个年岁大的工人笼火烤白鱼，往焦煳的白鱼上撒着盐粒，他停下了手里的活，又扭头问了另外一个孩子，那个孩子说他什么也没看见。那个年纪大的工人也嘲笑起父亲来："大山鸡，你瞧瞧你儿子在说什么呢？他说什么，他说他看见了熊？我在这里待了二十年了，一根熊毛都没看到……哈哈，真有趣。"他粗鲁地笑了起来。父亲脸红了。

后来他们吃起了烤白鱼，鱼肉又嫩又香，味道好极了。

这件事差不多过去了半年，到了秋天我又来到楞场上，连我也差不多忘记了初夏那件事，或者我宁愿相信它是个幻觉。秋天的五花山很美，虽然夏天盛开的那些野花都凋谢了，可楞场四周林子里五彩缤纷的树叶简直就像一幅画。二毛没再跟我来，这个季节他给他母亲采不到野花了。镇上的女人只有他的母亲那么喜欢野花。

那两个山外来的养蜂人还在忙活自己的蜂箱，秋天是蜜蜂产蜜最多的季节，榆树、椴树上的糖粉最多，产完最后一次蜜，养蜂人就该把蜜蜂封箱了。然后他们也出山回山外的家中猫冬了，第二年的开春再回到山里来。

在楞场上我见到了张没鼻子，他刚从山上下来，脸上仍旧捂着一张大口罩。他手里拿着一大捧血红的野鸡冠花。我知道这个季节能在哪里采到这种花，只能在没人去过的悬崖峭壁上。因为它的根部还是一种中草药。他在盯着我看，我知道他在找谁，他曾经给过二毛野花。我摇摇头说二毛没来，他失望地走开了，血红的鸡冠花撒在路边的草棵子里，我真为二毛可惜。

"喂，老哥，冬天跟我们出山吧，我已托我的亲戚打听了，山外城里大医院里已有了整容术……"那两个养蜂人在同他打招呼。

他站下了，有点儿困惑地望着他们，随后他拍拍那群跟他停下来的猎狗的头摇摇头走开了。

"喂，你打算戴一辈子口罩吗？"那个年纪大的养蜂人摇摇头，那只宽大的白罗纱帽远远看上去像一个稻草人头上戴的。

第二天一早，我看见那两个养蜂人还没起来打开蜂箱时，张没鼻子又踏着露水进山了。父亲和那几个工人放木头下山时，叫我早早回到镇上去。我没有听他的，我想看看养蜂人是怎么把蜜蜂放出蜂箱来的。那个年纪大的养蜂人还给我戴上了一顶白罗纱帽。

一只工蜂飞出了蜂箱，随后一团蜂群跟着飞了出来，嗡嗡……头顶上像卷起了一片黄云，向树林子里弥漫开去。还有几只黄蜂落在了我的白罗纱帽上，我一动不敢动。

到了晌午养蜂人回屋睡午觉去了，我也打算走回小镇上去了。刚刚走到路口，忽然听到背后传来铺天盖地的"嗡嗡"声。我回过头来，惊呆了！一团黄乎乎的黄雾向楞场上滚去，黑熊一边走一边用两只前掌向空中挥拍去，它的头不断地向后扭着，试图想摆脱掉什么，可是它什么也没摆脱掉。密密麻麻的蜂群紧紧地追随着它，它愤怒地一巴掌打在楞垛上，原木"咕隆隆"骨碌到河里去，它也随之滚下河去。嗡嗡声中断了，过了有半袋烟的工夫，它从河中心露出头来，湿淋淋爬到一根原木上，仰头望着河岸，以及赶到河岸来的孩子。这回孩子看得真真切切，连它嘴里叼上来的一条白鱼都看得真真切切，那条白鱼在正午的阳光下闪着晶亮的鳞片。

两个养蜂人对着被毁坏的蜂箱痛惜不已，嘴里在诅咒着："坏蛋，这是谁干的啊？遭天杀的……"蜜缸里的蜂蜜也弄洒了一地，他们一年的辛苦算是白干了。他们不太相信孩子告诉他们的话，他们都没见过熊是什么样的。

张没鼻子回来了，他和他的狗围住了两个倒霉的养蜂人和一片狼藉的蜂箱。

"是它干的，我看见它向河边走去了。"

张没鼻子朝河边望了一眼，有两条猎狗已追寻到那里去了，它们冲河面"汪汪"地叫着。

到了晚上，孩子父亲从下游回来了，孩子告诉了他白天楞场所发生的一切。孩子的父亲听完没说什么，过一会儿脸色很严肃地说了一句："你以后不要再到楞场上来了。"

1

　　自从老猎人死后，张没鼻子就发誓要单独找到那头老熊。他曾幻想过无数次与它遭遇的情景，可是老熊像失踪一样消失了踪迹。至今他还没有真正使用过大号铅弹，他只消耗了一些霰弹，打到过一些灰狗子、松鸡、獐狍之类的小玩意儿。连那些猎狗都为他感到脸红，这从它们不知疲倦总是紧紧跟着他在山涧里搜寻什么的神态可以看得出来。他把打到的狍子开膛破肚把内脏掏给它们吃，可它们连闻都不闻一下，宁可饿着肚子跟他走下山来。

　　他不相信它会离开小镇这一带的山谷，就像不相信自己会离开小镇一样。那两个山外来的养蜂人曾好心地劝过他到山外走走，兴许城里的大医院可以给他的面部做植皮手术。这很让他好奇。不过在听说了植皮需要从他屁股上割下一块皮来，他马上打消了这个念头。这一刻他不知道为什么想起了医生的媳妇。这是小镇上唯一让他觉得有好感的女人，别的女人见了他都像见了怪物似的，躲得远远的。只有她夏天站在自己园子里，看见他走下山来，摘下一根顶花带刺的水黄瓜或几个西红柿递给他。

　　当他听说二棉裤媳妇出了事后，他一连几天在山林子里发疯地乱转，他把大号铅弹压上了枪膛，猎狗紧紧跟随他左右，无论是蹚没膝深湍急的河水，还是爬从来没到过的峡谷，他都义无反顾地往前赶，弄得几条猎狗也很兴奋，披星戴月跟他露宿在阴森潮湿的林地里。没等天亮又出发了，最后连猎狗都转累了，哈哧、哈哧跟在他后边吐着长舌头。瞎虻把他的瘦脸都糊住了（只有在山里他才可以把口罩摘下来），像吸血鬼一样死盯着他，他丝毫不觉得肿痛。最后一天下山前，他把枪管对着天上，"轰——轰——"放出两枪，像狼一样扯着嘶哑的嗓子大吼大叫："你要报复就冲我来吧，为什么去欺侮一个女人！"他感到一种莫名的耻辱，如果他要是早点儿打到它，这个女人就不会出事了。这比当初舔了他的脸还叫他觉得难堪，叫他没脸见人。

二棉裤当然把怨恨一股脑儿地发泄在他的头上，借着医生的嘴这种羞辱在小镇之外都传布开来……在给人家看病时，二棉裤对人家问起自己妻子的情况总要这样愁苦着脸叹息地摇摇头说："要是大老张还在就好了，可惜呀小镇没有猎人了，看好你家的门吧，别让人畜遭到意外……"这样的话传到他耳朵里，像剜他的心一样让他觉得难受。

二棉裤说得没错，小镇人谁会把他当成猎人看待呢？

那个俄罗斯女人再也不到商店里去买东西了，需要什么总是医生去那里买。医生哭丧着一张愁脸，看了就让人生出几分同情，这同情往往又是激发医生怨恨的引头：

"当初大老张真不该叫他去当猎人……"

"你说得没错，二棉裤，否则大老张也不会死在他的枪口下了。"一个汉子这样说。

二棉裤听了没有说什么，他似乎忘记了当初是他给大老张检验死因的。听任镇上的人后来这么说来说去。

"二棉裤，当初你真该给他装上一只狗鼻子，这对猎人来讲是不可缺少的。"有人开着恶意的玩笑。

"真是报应啊，大老张射杀了那头带崽的母熊，张没鼻子这辈子也别想有女人为他传宗接代了。"有人叹息。

"他天生就不是一块做猎人的料，他那杆猎枪至今还没有打到过什么像样的猎物呢。"

"除了人之外……"

商店里的人又轻轻地嘲笑起来。

张没鼻子当初搬到五道库去住除了希望在那里遭遇到老熊外，再就是躲避镇上人的议论，可是这些议论还像苍蝇一样追随着他。对于那个女人的遭遇他除了自责外，也十分同情她的处境。他和医生一样不希望镇上的任何人再拿她的遭遇开玩笑。

有一回那几个伐木工又在商店里开二棉裤女人的玩笑，被他从外面走过撞见了。

"喂，我说二棉裤，那个家伙为什么专门摸了你的女人屁股，是不是你女人奶子屁股太大了。"还是那个油锯手在说。

"是啊，二棉裤，全镇再也找不出像你女人这么白的女人了，不然怎么连黑家伙也会那么喜欢呢。医生你的艳福不浅呢。"

医生脸憋得通红，他说了一句什么，讪讪离开了。

他冲了进去，走到那个油锯手跟前阴沉沉说了一句："如果你再开这样的玩笑，我会打碎你脑袋。"他晃了晃手里的猎枪。

镇上的人很少听到他说话，一下子惊呆了。等他走出去，那个油锯手才像刚缓过神来怔怔地问别人说：

"你听到他刚才说了什么？"

"他说你再开那个洋女人的玩笑，他会打碎你的脑袋。"那个孩子告诉他。

"他——他会吗？"油锯手不肯相信，嘲笑地摇摇头，"如果他真会这样做，也许就会打到那头熊了。"油锯手再次嘲笑地摇摇头说。

后来他们的话题就转到那头熊身上，他们脸上不再有恐惧的神色了，因为他们相信那头熊再也不会来光顾小镇了。

"它会来的，我在楞场上看到它了。"那个孩子说。

"你在说什么，你在说梦话，我的宝贝，你总是不听我的话，非要跑到那个鬼地方去吗!"孩子的母亲严厉地说。孩子住了口。

没有谁去在意孩子说的话。油锯手们在等待着冬天的第一场雪的到来,那时他们又该进山采伐去了。

5

只有猎人相信了那个孩子秋天时说过的话,老熊来过楞场上。他估计今年冬天一定会遇到它,所以在第一场雪过后,他增加了进山的次数。和以往不同的是,他每次都把黄豹带上,黄豹救过他的命,那次一只公猪缠住了他,黄豹死命咬住了公猪的卵子不放,他才得以腾出手来朝公猪的头顶开了一枪,公猪带着伤逃走了。不过黄豹太老了,它已经跟不上别的狗的步伐了,它总是喜欢默默地跟在他身后。他曾经想过,老熊一定闻到他到过的林子里杀气腾腾的气味了,而他在林子里却什么也闻不到。不过有黄豹在身边跟着能叫他心安些。黄豹的鼻子比别的狗更灵敏些。

在太阳没露出脸之前,林子里笼罩着浓浓的寒雾,一大早上的雾气叫这条老狗身上的毛都竖了起来,身上披上了一层厚厚的白霜。

他不愿意碰到那些伐木工,有的时候还是不得不碰上了。密匝匝的老林子里突然会响起"上山倒啦!""顺山倒啦!"的锯木声,一棵上百年树龄的老红松就裹着一身雪雾噼噼啪啪倒下去,砸倒了一片小白桦和小臭松,四周腾起的雪雾几米之外都看不见人影。狗在雪雾中蹚着没腰深的雪蹿来蹿去,就像雪耗子一样。

"喂,猎人,给我们看看你打到什么没有?"

"小心点儿,别叫老熊再舔了你的屁股。"

"哈哈……"林子里爆发出一阵嗡嗡的回音,传出去很远。他站下了,死死地盯着那些人,他那张丑陋的脸急剧地变化着,停了有

185

十几秒钟，一棵小白桦在他手里"咔啪"地折断了。他走开了。

几只狗对着一棵老松树汪汪乱叫了好几声，那个外号叫灰狗子的油锯手把它们赶开了。他走到跟前去，细细打量了一下这棵老松树，在这棵树的中间树杈部分露着一个洞。他想阻止一下油锯手，可是那个家伙只用了五分钟的工夫就将这棵两人搂不过来的大树伐倒了，雪地里发出空洞的"嗡——"的一声。这是一棵直径有两米的空心树。树洞里冒出一股寒气。一条狗钻进去，很快就出来了，嘴里叼着两根硬刺刺的黑毛。他松了一口气。那个油锯手也有点儿看呆了。

"小心点儿吧。"他走时没看那个油锯手说。

"你说什么?"油锯手脸色苍白，身子有点儿发抖，往后退了几步明知故问地说了一句。

张没鼻子从来没有去镇上的小卖店里买过酒，镇上的人也从来没有人见他喝过酒。所以这一天午后他走进小卖店的时候，不仅让那些个伐木工汉子们吃了一惊，连主任和我的母亲也都吃了一惊。我母亲给他递过来的鹿皮囊里打上酒，人们认出来这只鹿皮囊酒袋是以前大老张留下的，大老张以前每回进山前总要到店里打满酒。大老张酒量很大，这只鹿皮酒囊能装满二斤的烧酒，有人见过大老张能一气把皮囊里的酒喝光，也从来没有人见他醉过。

母亲小心翼翼把伸过来的皮囊打了一提溜酒，她并不敢去看那张脸。张没鼻子并没有把鹿皮酒囊口扎上，而是双手捧着对着嘴咕嘟咕嘟像喝凉水一样喝下去。这就让满屋子的人看呆了眼。他喝光了，又把皮囊伸过来，我母亲看了看众人，又看了看主任，他们都有些不知所措。最后主任冲母亲点点头，母亲这才又给他的皮囊灌上酒，之后，他边喝边摇晃着脚步走了出去，朝西山上走去了。

屋里的人足足呆了有十几分钟没出声，刚才在他进屋前，他们还在一起津津乐道地议论着他，议论着那头熊。说这个冬天他别想打到那头熊了，因为这些天来他们在山上干活连只熊脚印都没有看到。这样说来叫胆小怕事的主任很放心，因为商店库房里新进了一批冻猪肉，是准备过年按人头供应的肉票卖给镇上的人。只有那个油锯手灰狗子没有说什么，他一直沉默着脸在喝酒，像有什么心事。连医生进来也没引起他的注意。

二棉裤夹在那群汉子里说了一句更让人灰心丧气的话："他这个样子每回进山只不过在做做样子给我们看……"

张没鼻子这一天下午是喝得酩酊大醉走进山里来的，来到了红松岗上，他对着阴森森的林间大吼："……你出来吧，我知道你就躲在这里，你玩够了没有？……我知道你能闻到我身上的气味，我却闻不到你的臊味，我就是要来让你闻一闻我身上的酒味儿，这不公平，你舔掉了我的鼻子，我压根就没想当个猎人，是你逼我这么干的，你让我一点儿尊严都没有了，你让我在全镇人面前抬不起头来。我是为活得有点儿尊严才这么做的，你懂吗！你这个坏蛋，你为什么要这么祸害我呀！你听听镇上的人在说什么！我没有别的选择了，你这个畜生，你这个坏蛋，让我们来做个了断吧，我再也受不了啦……你出来呀……啊啊啊——"林子里长久地回荡着一连串的怪叫，仿佛那不是从人体里发出的，而是从别的什么怪物体内发出的，惊飞的松鸡在树梢头乱蹿。张没鼻子喊累了，就醉卧在雪窝子里了，几只猎狗战战兢兢围在他的身边。

直到天黑，张没鼻子走下山来时，眼睛还红红的，酒劲儿好像还没有完全从身上散去。夜幕如往常一样笼罩着林中小路，笼罩着山下那个模糊的、一点一点拉近的小镇。镇上多数人家都点起了灯火。那灯火不知为什么让猎人心头升腾起一种奇怪的感觉，尽管他知道这种回家的感觉跟自己毫无关系。他只是小镇上的一个过客。

在路口上，除了那几个孩子的身影外，还站着一个披着披肩头巾的女人。他一下子就认出这是医生的女人，镇上只有她才习惯这么打扮。他走近了，女人迎过来，他看到她在胸着画着十字，嘴里呢喃地说："他们说你喝醉了，感谢上帝，让你平平安安地回来了。"

他半天才听清她嘴里说的话，站下了定定地望着她，她的脸尽管在夜幕里有些清瘦，但还是那么漂亮。

"你会打到它的，你要相信自己。"

这个女人说完就默默转身走开了。张没鼻子忽然两只秃鼻孔的地方有点儿发酸，他好久没有这种感觉了，鼻子发酸的感觉。

6

在伐木工放假收山的前一天，张没鼻子打到老熊了。

那天早上，天气格外的寒冷，林子里笼罩着阴沉沉的寒雾，林地里面的人影影绰绰。在那片白桦林地里，只能听到锯和斧头的声音。先是拴在树腰上的马毛了起来，有两匹栗色的马挣脱了缰绳，在雪地里狂奔了起来，雪地里扬起了一阵阵弥漫的雪雾，发出一阵阵尖厉的马的嘶鸣声——"咴、咴！"接着狗们一齐"汪汪——"狂叫了起来。寂静的林地里顿时喧闹起来。

"妈呀——"那个叫灰狗子的油锯手最先丢下了手里的油锯，连滚带爬地向山坡下跑去。又有几个工人跟着丢下了手里的家什向山下跑去。其实他们又能跑多远呢，没膝深的雪和拦身的矮树丛缠得他们磕磕绊绊，栽倒在雪地里，他们又浑身是雪勉强爬起来，帽子甩掉了也顾不得去捡。有两个工人干脆爬上了一棵粗大的红松树。这片白桦林地里随着一阵"噼噼啪啪"的乱响，瞬间一片片白桦就像风吹折了似的纷纷倒地，白桦躺成了一条路，往前迅速地延伸……

它像一辆雪坦克似的横冲直撞地冲来，翻起的雪堆越堆越高，带着一阵呼哧、呼哧的风声，林子里飘荡着一股浓烈的怪味儿，那几条猎犬边叫边闪到一边追随着，它时不时地回过头来"嗷——"吼叫一声。震荡的峡谷传来长久的回音。它身上的黑毛挂着厚厚的白霜。

一匹惊毛了的马像瞎虻一样乱闯了起来，回身正好闯到它的面前，被它一巴掌拍翻在地上，半拉屁股被血淋淋地削去了，痛得那匹马浑身抽搐着发出一声痛苦的声嘶力竭的长鸣，便四条腿伸了几下不动了。

所有的狗都停止了狂吠，惊惧地开始往树根底下四处躲了去。只有黄豹紧紧跟随着他往前靠近。

"啪！"他猫在一棵树后瞄准扣动了扳机。

"嗷——"这一枪击中了它的前腿，它往前跄了下，随后像人一样站立了起来，张着四肢向这棵树前扑来。

"咔嚓！"这棵白桦树被它用另一掌拍断了，树头扬着雪花砸到地上，他闪身跳到一边去。黄豹从树后蹿出来，扑到前面去，那些狗也哆哆嗦嗦围了上去，形成了一个包围圈。"汪汪——"一阵虚张声势的狂叫。老熊在原地打起磨磨来，迎着叫唤的狗在反扑。

趁着这工夫，他赶紧往枪膛里上了两发大号铅弹。抬起头来时，看见雪地里已倒下了两条狗，肠子热乎乎地流了出来，它们的眼神哀哀地瞅着他，可是身子已经一动不能动了。他身体里掠过一丝战栗。

黑熊已经笨拙地甩掉了另外三条狗，在他一愣神的工夫扑到他身前来，他刚想举起枪管来，黑熊已一口横叼住了枪筒，头一甩，他一个趔趄被扔倒在一边，接着黑熊叼着枪向他身前压过来。

说时迟，那时快，只见一道黄影一闪飞奔过来挡在了他身前，黑熊叼住了它。猎枪从黑熊嘴里脱落掉到地上，他腾出手来捡起了枪，枪筒对准了它心口窝一撮白毛处，扣动了扳机："啪——啪!"

"嗷——"的一声，它仰起头来发出一声死命的长啸，山一样的黑影随之坍塌下来。

之后，林子里寂静了下来。

伐木工们从林子外面小心翼翼重新走了回来，他们先拦住了几匹受惊的马。等他们走到近前时，张没鼻子已背起血肉模糊的黄豹下山了。另外三条狗拖着的狗爬犁上，拉着那两条黑色的狼犬。张没鼻子嘴里发出一阵"呜呜……"的声音，谁也说不清楚他是在哭泣呢，还是在对奄奄一息的黄豹说着什么。

已经有伐木工跑到山下报信去了。所以二棉裤和他的女人早早迎在下山的路口上。等张没鼻子走过来，医生就拿着医疗箱走上前去，可是他翻了翻黄豹的眼睛，就对张没鼻子摇摇头表示无能为力地说："它已经死了。"

张没鼻子一下子弯腰蹲在地上，嘴里"呜噜呜噜"哀号了起来。看上去比大老张死的那次还叫他悲痛。黄豹救了他两次命啊……

二棉裤的女人不断往胸前画着十字："它是天使，可怜的生灵，让它安息吧。"

当晚张没鼻子来到西山脚下，在大老张的坟墓旁安葬了黄豹和另外两条狗。朔朔的寒风中，张没鼻子在坟墓旁低头垂立了很久……新堆起的雪坟在夜幕中闪着耀眼的白光。

而后，他头也不回走出了小镇，向楞场走回去。

伐木工们第二天把老熊从山上用拖拉机拉了下来，工人们本来当天是想用马爬犁把它拉下山去，可是几匹马一走到跟前就惊得扬蹄倒立，四处乱窜。工人只好回到镇上找来了一台拖拉机开到山上来。

老熊被猎杀的消息惊动了全镇，一大早全镇的老老少少就围在出山的路口处。拖拉机"突突——"开到镇上来，人群呼啦闪开一条道来。那个黑乎乎的庞然大物就卧在拖拉机后面的铁爬犁上，看上去还是那么森严、可怖。小镇上的狗也全都跟着家人跑了出来，可是它们全都没了声音，远远地躲在人群后面观望着——

老熊被拉到商店门前，停在了那里。人群又涌了过去，挤挤挨挨围成了一个大圈，嘴里喷出的寒气也蒸腾出一圈久久不散的白雾。商店主任在人群里维持着秩序，可是并没有谁真正敢靠到跟前来，那些狗也在人们的腿缝中间躲躲闪闪，目光里透着一丝恐惧。

那个孩子站在圈里，一会儿望望老黑熊，一会儿望望大人。不错，它正是自己夏天和秋天在楞场上看到的那只老黑熊。可是那会儿没有人相信他说的话，包括他的母亲，此刻她正双手紧紧攥着胸前的一颗纽扣，她的脸上透着一种刚从屋子里出来汗津津的红晕。

孩子走过去，摸了摸它的棕毛，硬刺刺的，孩子却觉得摸在手里十分的软。人群里发出一阵唏嘘惊叹声，而他的母亲则发出一声惊叫——"你不要碰它！"

孩子慢慢回过头来，看到人群外面，一个人影远远地大踏步走来，他身上背着那杆他熟悉的五九式快枪。这个人是我的父亲，冬日的阳光里我瞅不清父亲的面部表情，可我知道他是从楞场上走回来的，我知道他为什么要回来了。

秃耳朵公鹿

1

在小兴安岭大山深处有一个闭塞的小屯叫靠山屯，屯子里依山而居着几十户人家。俗语说靠山吃山，屯子里大多数人家以狩猎为生，只是近些年山上能打着的野物越来越少了，不少猎户人家改成了以伐木和种地为生。种地的人家和山外的农村人家一样，一到冬天也养成了"猫冬"习惯，一入冬就不下地干活儿了，守着孩子、老婆、热炕头儿，其乐融融。时间长了，那些做山活儿的男人也变得懒惰起来。小屯不到晌午看不到有人家烟囱冒烟的。太阳似乎也懒得跟这个大山旮旯打个照面，上午十点来钟刚刚出来，下午三点钟不到就匆匆从大山顶背后躲去了，勤快一点儿的婆娘、媳妇刚刚把拆洗的被褥搭晾出去还没来得及晾干就得匆匆收回了。

不过这里毕竟是天高皇帝远，虽然林子越来越稀了，野兽越来越少了，可屯子里私伐点儿林木、私猎点儿野物上边还是没人管的。一来是这里偏远，出山的道别扭，根本就没修过公路；二来靠山屯夹在两座大山的山根底下，两座山分属两个林业局，而两个林业局都有点儿够不上，这里就成了两不管地带。

靠山屯的人就这样一代一代繁衍生息了下来，由最初时几户猎人，发展到现在的几十户人家。屯子里只有两户姓，姓孙的人家和姓马的人家。传说是姓马的人家先到这里来落户的，姓孙的人家不过是从山东闯关东逃难来的。新中国成立初期划分成分，姓孙的人家因为成分不好，在山东老家待不下去了，一串通就躲到东北深山老林子里来，被姓马的人家收留了下来。天长日久，两姓人家在屯子里相处得很好，就有了像亲戚般的相互走动。孙姓人家还有和马姓人家结亲的，这是后话。

小屯一到过年时年味很足，孙姓人家把蒸得又白又大的枣馒头送到马姓人家去。马姓人家又把自家蒸的黏豆包一盖帘一盖帘送到孙姓人家去。孙姓人家有识文断字的早早为马姓人家的门联都写好了。马姓人家的猎户最早在山里打猎，会自制猎枪弹药，做几个土爆竹自然不在话下，就做了一些爆竹送给孙姓人家。一到年三十儿晚上，小屯里鞭炮齐鸣，能持续到天亮，两姓人家处得像一家人，常常叫山外面的人羡慕。

话说马姓人家和孙姓人家一年如一年这么相处着，那些结亲的人家都有了第二代，却没有想到因为一件小事，两家有了一点儿隔阂，便渐渐地有点儿疏于往来了。要说呢，这确实是一件小事，有一年冬天孙姓人家的猎手孙绍云进山打了两只兔子，下山来碰见马姓人家的猎手马占山。腊月里，太阳懒洋洋地照着两个人越来越挨近的人影。可是当孙绍云快要走近遇到的那个人影时却突然掉头走开了。马占山怔怔看着下山去的那个人影有些发愣。——这件事不到半下午就在小屯里传开了，实际上这件小事犯了山里人的大忌，山上捡东西见面分一半，何况马占山还是孙绍云的师父呢。马占山曾教过孙绍云打猎，他肩上那杆猎枪就是马占山手把手教他怎么放的，此刻那杆枪的枪头上就那么明晃晃地挑着两只山兔往山下晃晃悠悠走去，而马占山那吃什么都吐的老婆正需要他换点儿野味补身子，否则他也不会这时候走上山来。马占山像不认识这个身材矮小、瘦筋筋的男人，等他走出好远，他才想起来什么似的往地上吐了一口黏黏的痰。那痰里带着一块暗红的血丝。

2

孙绍云清早走出这个院子门来，看见雾气腾腾的街筒子里有一个模模糊糊的小孩身影，走近了才看清是野种。野种一个人在玩木尜儿。这时的天色还很模糊，屯子里几乎听不到一声狗叫。雪地上也很宁静，冻硬的雪地里木尜儿发出的旋转声很清晰地传进孙绍云的耳里。孙绍云远远地站下了，有点儿发呆地看着那团黑影，又似乎在琢磨着怎么绕过去。

野种手里握着一根布条做的木鞭，时不时"呔呔"嘴里吐着什么追上去抽一鞭子。木尜儿逼急了，就一蹦三跳地飞起来，飞旋成了一个精灵灵的活物。

"孙秃子，干啥去?"野种背后像长了眼睛，不等他抬动脚步就喊了一声，并没有停下手里挥动的鞭子。

孙绍云就觉得那鞭子像抽在他的身上，让他浑身不舒服起来。

孙绍云有点儿发蒙，野种是啥时候起来的? 他们明明是睡在一铺火筒子炕上的。夜里孙绍云看见了野种翻身，眼睛睁开了一会儿又闭上了。孙绍云头和身子支棱在被子里一动不敢动。一定是身下这个女人的叫声惊醒了他，这个女人一叫起来就忘乎所以，全身的软肉都跟着抽动发颤，颤动的乳房像两座颤动的山峰，让人伏在上面不由自主地跟着往下跌去，直到筋疲力尽为止。他静静地伏在白白的女人胴体上，这个女人还保持着年轻时姣好的体形，这是山里女人很少见的，丰乳肥臀，腹部平润，皮肤光滑。她不像屯子里别的女人一年到头也不洗一次澡，她总是每隔一段时间就在晚上把屋子关得严严实实，坐进洗衣盆里洗澡。冬天还要把炉子烧得暖暖的。白天她浓黑的随意披散的长发总是飘荡着一股好闻的香胰子味儿，招惹得屯子里的男人都喜欢多看她几眼。

孙绍云像害怕那黑葡萄眼仁，停止了抽动，困劲儿就上来了……后来就做起了那个梦。

……春天的季节，他来到一片白桦树林空地里，草地上到处开满了各种孙绍云叫不出名的野花，林间还有一眼清泉亮汪汪淌过。两只梅花鹿迈着悠闲的脚步轻盈地走到这片林地里来，它们饮过泉水，头部挨在一起，互相吻舔起嘴唇来，嘴里发出一种咯咯叽叽的低鸣声。两只发情的鹿在嬉戏着，后来公鹿就骑到了母鹿身上，它们不像马也不像牛那样蠢笨地做着，而是轻盈地连在了一起，仿佛连体的就是一只鹿。公鹿的鹿角由于充血就像绿草丛中开放的两只大红花朵。林子里，一个猎人悄悄端起了枪，山里人都懂得这时候的鹿鞭像山里的三瓣人参一样难寻，而且这时候如果鹿发现有人看着它们做爱，会马上害羞自尽的。

孙绍云刚要扣动扳机，一阵奇妙的声音吸引了他。声音是从两只鹿的喉腔里发出来的，婉转低鸣，似清泉瀑布，又似林中鸟鸣——简直是在唱歌。

正在孙绍云发愣的一瞬间，枪响了——歌声戛然而止，孙绍云和另一个猎人跑过去，青青的草地上什么也没有，只有一朵如血的野鸡冠花。孙绍云傻眼了，他去瞅马占山，马占山正低着头捂着裆部蹲在地上，地上是一摊鲜红的血。他不相信刚才是看花眼了。这对第一次进山打猎的猎人来讲是不吉利的……

微曛的天色一点一点透过窗户纸挤进来，天就渐亮了。孙绍云醒来，看见带着寒气的光影在歪斜的屋子里游移，蛇一样悄悄爬上马寡妇露在被子外面一只肥硕的乳房上，折腾了半宿的马寡妇这会儿正睡得酣畅淋漓。刚刚醒来的孙绍云想把刚才发生过的一件事情（那会儿孙绍云还不认为那是个梦）告诉给马寡妇，就推了推她。马寡妇除了轻轻"哼叽"两声外，再就是把一条白皙性感的大腿压在孙绍云的身上，要搁以前他会一翻身再把马寡妇压到身下的。可是现在孙绍云没这份心情，他憋闷得难受，像要摆脱什么，狠狠扯去盘在身上的女人大腿……马寡妇并没有被弄醒。然后，穿衣，下炕，走出屋去。

以前每回临出屋前，他总要往炕梢瞭一眼，炕梢上的野种沉睡得像个死猪崽。"这个小杂种。"他心里很复杂地笑骂一句。可今儿早上他忘记往那里瞅了，他有点儿走神。

在街上遇到野种他本想绕过去，可谁想野种又喊了他一声："孙秃子，干啥去。"野种总是这样喊他。孙绍云的头自那次被熊瞎子舔了后，再也没生出一根毛发来。所以孙绍云五冬六夏头上总戴一顶帽子。屯子里很少有人见到孙绍云摘下帽子，只有野种见到过孙绍云的秃脑壳。那就是孙绍云在和马寡妇办那种事的时候。

他咋起来那么早呀？想到昨天夜里又被野种看见他在和马寡妇做那种事的样子，孙绍云的血液就往头上涌，就好像有人当街摘去了他头顶上的帽子。他早就跟马寡妇说过做这种事情时要回避野种，可每回马寡妇总是没把这当回事，还说他是不懂事的孩子呀。野种已经八岁了，八岁的野种不由得让他想起八年前的事情来……

196

3

孙绍云是由屯子里的主事马四爷领进马占山家的，马四爷对马占山说："听说这个后生在山东老家是种地的好把式，你家留下吧。"马占山并没有瞧上眼这个身量矮小不太爱吱声的男人，他眼睛往门洞里一个压麦子用的石磙瞅了瞅，努了努嘴："你搬搬试试？"孙绍云走过去，弯腰运了运力，一下子就把石滚举到头顶上去了。让从屋里推门出来的一个女人发出一声惊叫。"怎么样？"马四爷也很欣赏地看着他对马占山说。"喊，还有点儿干巴劲儿呀。"马占山点点头。

于是，孙绍云就留在猎户马占山家帮着种地。他住在马占山家的偏房里，管吃，管住。工钱由马四爷做主和屯子里其他猎户人家统一另算。

马占山家的地在山坡的背角旮旯里，有一亩多，春天已过，可地里长满了荒草。小山东来了后，赶紧从屯子里别的农户人家借了点儿苞米种子将地先种上了，然后又在地的四周开出了有半亩多地，种上了土豆和青菜。小山东本想再帮他家开出一亩地来种黄豆，看看时令已经过去了就作罢了。心想着他家来年再雇自己来做活儿时再种吧。

开荒让小山东感到了一种从来没有过的兴奋，随便从地边的灌木丛中一镐刨下去，就能开出一片生荒地来，油汪汪、暄腾腾的黑土透着一股诱人的味道，真像在老家听说的那样，北大荒的土地肥得流油。看来这地方真好活人呢。小山东干活累了就一甩衣服仰躺在草地上，头望着蓝天挺知足地想。小山东在老家时的成分是地主，他真害怕那种整天跟着家人挨批斗的日子，为了躲避村里批斗，他常常躲到外村的亲戚家去，可即使这样也常常会被同村的人找到，他就像一只惊恐万状的兔子，这种日子真不是人过的日子。想想还是出来的好。给这家做活儿的大哥虽然很少看到他笑脸，可待他并不薄，还有那个俊得只能让他偷偷看的女主人，那天竟然给他缝褂子……

小山东的勤劳也颇得主人的好感，他们嘴上没说什么，心里却想着到秋天时多给他一些工钱。男主人还把打到的猎物，叫女人做了，端一碗给他送过去。马占山虽然种地不怎么样，可打猎却是一位好把式，总是能打到一些猎物回来。有些猎物是小山东叫不出名字的，可一看枪眼却能看出男主人的狠劲儿来。那枪眼总是打在猎物的脑壳上。

白天马占山到大山里去转悠，小山东到山边的地里去弄地，女主人就把饭菜送到地头上来。常常是没等马玉香走近，小山东心就有些慌了。他跟马玉香说过中午吃他早上带过来的两个馒头就行了，可这个女人总是现做好了饭菜另给他送来。其实是这女人很喜欢看他吃饭凶狠的样子。他能一口气吃下去四个大白馒头。

"看你吃饭的样子就知道你多能干活儿。"女人盯着他说。

他不敢抬头看那张俊脸。

"俺……俺大哥呢？"

"他进山去了，要到晚上才能回来。"

"你们咋没有娃？"小山东只是好奇随便地问问。

哪知女人听了脸先是红了，又阴了，像触到了一块病痛，轻轻地叹了一口气，起身走到林中的草地里去。不一会儿，她手里捧出一大捧叫不出名字的野花，把她的脸又映红了，好俊。

"好看吗？"女人问他，是问手里的花。

"好看。"

女人莫名其妙地叹了一口气，说："有些花是只开花不结果的……"

他听得似懂非懂。

"你在老家咋没说媳妇？"

"俺不想找。"他没有说出是因为成分不行，和他一起出来的同乡就有带着媳妇出来的。

"你想找啥样的，要不，俺在屯子里给你说合一个。"她学着他将"我"说起了"俺"，并故意看着他，看得他脸发红。

"说啥呢，谁肯跟俺。"他不好意思起来，不敢看她。

"你这么会种地，咋知就没女人会看上……"

他听了大胆地望着女人，心里在说："要是有和你一样俊的就好了……"

"瞅啥呢……"女人害羞地扔掉了手里的花，收起他吃空的碗筷走回去了。他瞅着女人摇摆的身影，对女人他还有些不懂。

4

日子就这么一天一天有滋有味地过去了。有一天夜里他从睡梦中醒来，出外面撒尿，听到正房里传来一阵奇怪的响动，其实这样的动静他听到好几回了，只是没有在意。这回他把耳朵贴到挡着窗帘的窗户。先是听到女人低低的哭泣，接着又听到男人的哀号，男人的哀号像深夜里屯子外面远处传来的狼的叫声，凄厉而又瘆人。

白天，两个人像什么事情也没发生一样，女人依旧笑得有模有样，男人依旧在板着面孔，坐在院子里摆弄他那杆猎枪。男人有两杆猎枪，西屋的仓房里还挂着一杆猎枪。可是他从来没见过他把那杆鹰牌猎枪摘下来过。后来男人就把那杆猎枪送给了他，那是秋天的事。

"他为什么要那样打你?" 女人送饭到地头,他问。

"你说什么?" 女人像没听懂他的话,愣怔地望着他。

"夜里我都听到了……"

女人的脸一下子变得很冷,变得有些让他不敢看。

"你不要向屯子里的人说……" 半晌,女人说。

"俺不会的。" 他向她保证。他知道家丑不可外扬这个道理。

从这天起,女人看他的眼神有些变化,男主人看他的眼神也有些变化。他想自己以后不能再乱讲话了。

男主人每次打回猎物来,总是先挑公的剥了皮吃了,而且他打回来的多半是公兽,如狍子、山兔、狼。男主人总是把那东西独留给自己吃,其实那东西让他动筷他也会觉得恶心的。男主人还用鹿鞭泡酒喝。男主人说自己有病,他是用那些东西做药引子。他不知道这个剽悍的男人得了什么病。男主人没说,他也不好去问。

总之,喝过酒的男人在夜里就会做出一些动静来,他都觉得是这个男人喝醉了的缘故。心里渐渐同情起这个在他心里形成影子的女人来。

一个有月亮地的晚上,半夜出来撒尿,听到屯子外传来许多只野狼的嚎叫声。屯子里人家已经习惯了。听屯子里的人说狼喜欢在有月亮的晚上出来嚎叫。他走到后墙根下,看到一个黑影也站在那里撒尿。他吓了一跳,差点儿把掏出的东西又憋回去。定睛看时却是男主人,更让他吃惊的是男主人那东西——没等他瞅清,男主人就慌忙收了去。

"狼在叫什么?"

"它们在发情。" 男主人阴沉着脸说了一句,走了回去。

山地里的苞米已经拔节灌浆了,长得一人多高了。地里的活儿不到晌午就干完了，他本来可以回来吃饭的，可是他就坐在地头等着那个女人一点一点走进他的视线里。天热，那女人只穿了一件半截袖薄衬衫，高挺的乳房像要把红衬衫撑破。这样大奶子的女人在老家通常会生出许多娃子来，这块地白白地让那个狠男人撂荒了。

马玉香坐在地边看他凶凶地把饭吃完。他光着膀子，可依旧热得脸上的汗珠还不断往下掉。"看你热的。"马玉香就把一条毛巾递过来，她刚刚用这条毛巾擦过汗，上面还带有女人细腻的体香，直冲小山东的鼻孔。小山东就神情恍惚了，他一把握住了女人的手，把她拉进怀里……

这个女人先是轻轻惊叫了一声，脸腾地红了起来，接着顺势和他身贴身滚倒在草地上，压倒了身下草丛里几株野花。男人的动作有些笨拙，几乎是由女人引领着进入了隐秘的领地，女人褪光的臀部白花花的晃眼，在他进入她身体的一瞬间，女人大叫了一声，两手紧紧抱住了他的身子，牙齿死死咬进了他肩膀的肉里，女人呻吟着嘤嘤哭了起来，不知是委屈还是兴奋。平生第一次尝到女人滋味的他完全不管不顾了。

蓝天，白云，草甸子里随风涌动的小白花、小蓝花……这一切都让两个涌动的身体忘乎所以起来，女人不再哭了，而是兴奋地控制不住地在叫，直到她的身体变得一团稀软，身上的男人才停下来。

小山东慌慌张张系好裤子，不敢去看背过身去穿衣服的女人。女人的脸酥红。她羞涩地巧笑着看了小山东一眼走下山去了。

晚上男主人没回来，他和屯子里的猎人围猎去了。半夜时分，女人又偷偷溜进他的西厢房来，小山东先是一惊，接着他们又滚作一团做起了云雨之事。早上出去时，他就听男主人说他晚上不回来了，叫女人闩好门，男主人说这话时有意无意地看了小山东一眼。小山东说他上午干完地里的活儿就到屯子里帮一个同是山东过来的人家去盖房，晚上就在那户人家借宿了。

5

自从和这个风骚的女人有了这事，小山东就不敢再去看男主人那阴沉的目光了，好在秋天马上到了，等秋天一干完地里的活儿他就离开这户人家。他知道甜嘴的东西不能多吃，否则一定得病。可这个男人好像并没有察觉什么，对他还像他刚来时一样。甚至对他的女人也好起来，夜里很少再听到西屋正房里的响动了。女人受到滋润，脸色变得更加鲜亮了，偶尔那双撩人的目光会不经意地投过来，可他装作没看见。

"你想打猎吗？"

有一天，男主人问他，秋天庄稼地里闹野猪，男主人就把那杆挂在西屋墙上的鹰牌猎枪摘下来交给他。

他说："我不会打枪。"

"我来教你。"男主人很认真地瞅着他。

他低下了头，想了想说："好吧。"他不想拂了这个男人的好意，再则要是真学会了打猎，不但能自卫，一冬天就有活儿干了。

男主人果然陪他走到山边菜地里去，教他怎样打枪，怎样填弹药，怎样瞄准。瞄着瞄着，就瞄出一个丰乳肥臀的女人来，那是马玉香从山下走上来给他们送饭。他有点儿心慌，手就有点儿发抖。

"注意，手不能抖。"

女人看见他手里端着那杆猎枪，也吓了一跳。

过会儿，等男主人离开，女主人问他："他教你打枪？"

"我要打猎。"

"你最好不要去摆弄那家什。"

202

"为什么？"

女人没有说，女人脸上有一种讳莫如深的恐慌神色，他以为她是怕他们的事被这个男人看出来，就没有多在意。

后来听女人讲："你种地不是好好的吗，为什么想起要去打猎？"他说地里的活儿到冬天就不能干了，他不能整整待一冬天，总得找点儿营生做呀。

……

冬天说到就到了，地里活儿干完了，男主人给他发完工钱后，又把这杆鹰牌猎枪送给了他。他要他从工钱里扣，他听屯子里别的猎人说这杆俄国造的鹰牌猎枪价格不菲。可是男主人说什么也没同意。他就心存感激和愧意地离开了马占山的家，屯子里已给他们这些山东跑腿子盖好了房子。走的时候他没有去看那个显得心事重重的女人的脸……

刚开始进山打猎时，他还得由屯子里的猎人带着，自然马占山带过他两回。打猎对他们这些庄稼把式来讲并不是一件容易的事。走的是崎山险岭，一路上他紧追前边那个大步流星的人，可是他累得上气不接下气了，还是赶不上那个人的脚步。有一回他走迷了山，转悠到天亮时，一回头发现那人就在自己身后。他肩上的枪头上挑着一只灰狗子或一只小狼什么的，那兽头还在往下滴血。小山东心想自己幸亏没有遇见狼，否则自己定得喂了狼，因为他只顾赶路了，枪保险都忘了打开了。

跟了两次他不想再跟了，除了提心吊胆、担惊受怕外，再就是他听到屯子里人的讥笑，他想一定是他向屯子里人说的，这个山东人除了种地什么也不会干。

马玉香在马占山进山打猎时，偷偷来找过他。看见他在摆弄那杆猎枪，就对他说："小心别走了火。"

"怎么你也瞧不起我？"他斜睨着这个扭着丰满的屁股走进屋来的女人，身上有一股邪火在窜动。

多日不见两人眼睛里都有一种饥渴，这是那个男人眼睛里没有的。只轻轻一碰，女人的身子就酥软了，他把她抱上炕去，狠狠地压在身下……女人呻吟起来，脸色红汪汪的，起伏的身子像狂风卷起的树叶。暴风骤雨过后，累了，他俩赤条条地躺在烧得烫身的炕头上，他得意地瞅着自己坚挺的家什。

"他干这事不行？"

"是的……"

女人的脸色骤然变了，惊惧地看了一眼墙上挂着的那杆猎枪，半天没说话。

女人终于抵挡不住他射过来的凶狠的探究目光，在坐起身子穿好衣服后，向小山东讲起了这样一件事情：

有一年刚开春，她男人进山打猎，扛的就是这杆鹰牌猎枪，在走进鹿儿沟时，看见了两只梅花鹿，一公一母，它们在干那事……她男人悄悄躲在树林后边。一般的猎人都知道，这个时候的鹿鞭、鹿茸最值钱，雄鹿和母鹿交配也不是轻易能让人发现的。为了打到这样一只雄鹿和母鹿，他在山里转悠好几天了，把新婚的妻子自个儿丢在家中也不管。当然他答应过媳妇，等他打到鹿时，一定给媳妇买副好手镯。他娶这个女人时因为没钱给她买一副好手镯还让屯子里一些男人耻笑过。当时他用给女人买手镯的钱，从一个俄国商人后裔那里买了这杆猎枪。

他想他该走运了，就从树丛后面悄悄伸出枪去，他并没有马上开枪，他看到两只鹿在交配时发出的鹿鸣声简直像在唱歌，袅袅渺渺，整个林子都飘浮起来，飘浮得有点儿让人心慌。

"砰！"他不知自己的手是怎么扣动的扳机，他只觉得自己的身

204

子猛地后挫了一下，一种钻心的剧痛险些让他站不起身来。等他驱开眼前的烟雾踉踉跄跄跑过去，那片空地上什么也没有。

他一下子瘫倒在地上，这时才发觉裤裆上炸开了一个血口，他挣扎着拖着受伤的身子采了几味山草药把血止住了。

下山回家来，他没有把这件事向屯子里人说，连媳妇也没告诉，媳妇也是后来慢慢发现他做这件事不行的，正值青春年少的媳妇不堪忍受夜夜欲火煎熬和他对自己的折磨，在她下跪哀求和追问下，终于有一天夜里他喝醉了酒向她讲述了这件事，并告诫她不要让屯子里的人知道这件事，否则的话他会用猎枪杀了她的。

小山东听得身子阵阵发冷、发木、发呆，直看到那个女人走出院去，也没回过神来。

6

他想起当初这个男人为什么要送自己这杆猎枪来，想起当初他教自己打猎时，自己还心存感激来，想想就有些后怕。看得出这是一个十分有心计的男人。他为什么要送这杆猎枪给他，难道他察觉到什么了吗？这杆猎枪到今天为止他还一枪没有放过。

孙绍云第二天背着这杆鹰牌猎枪出山了，他到了伊春山城，找了一家卖猎枪的店铺，让掌柜的给他瞧了瞧这杆猎枪。掌柜的先瞧了瞧枪，又瞧了瞧人，说："你不是这杆枪的主人吧。"孙绍云点点头，说是一个山里朋友托他带出山来找人给看看。掌柜的又问，他这位朋友怎么没来。孙绍云说朋友被炸膛的子弹炸伤了，来不了啦。

掌柜的这才把这杆枪给他拆卸开了，检查了一下膛线和弹夹后，说这杆枪被人做过手脚，膛线不正了。孙绍云想，怪不得马占山用它会炸膛。孙绍云小心翼翼地问："为什么会这样？"掌柜的答：

"也许是枪的真正主人不想这杆枪遗落他人之手。"孙绍云就想起了马玉香说的这杆枪是马占山从一个俄国人后裔那里买的。他明白了，他恳求掌柜的把这杆猎枪修好。

掌柜的开始并没有答应，推托说这是老毛子货，他这里没有这样枪牌号的部件，叫他到别处看看。其实在进这家店铺前，孙绍云就向人打听了，得知这是伊春城里唯一一家老字号出售猎枪的店铺。这里要是不能修别的地方就更不能修了。他就软磨硬泡，掌柜的终于架不住了，舒展开莫测高深的脸色说试试吧。就叫伙计把枪拿到后屋作坊去，叫孙绍云在前屋等着。孙绍云一等等到天黑，掌柜的才把枪修好了，从后屋拿了出来，并当着他的面放了一枪，子弹准确地打在店铺门前一棵百年老红松树上，将那棵老松的厚厚松皮钻了个洞眼。他赶紧向掌柜的鞠躬作揖，走时他把身上带的厚厚一沓钞票都掏出来留在了店里。

掌柜的并没有去瞅柜台上的钱，而是望着这个匆匆忙忙走出店门的人影，冲伙计莫名其妙地摇了摇头，叹息了一口气说："恐怕这个人日后会有劫难……"

话说孙绍云从伊春城里回到靠山屯，身上背着那杆猎枪示威性地从屯子里转了一圈，而后走到屯外山边的林子里，放了一枪。

这一声枪响让两个人听到了，同时吓了一跳。一个是从山上走下来的马占山，一个是从家里跑出来的马玉香。他俩同时跑到孙绍云的跟前，吃惊地看着孙绍云，吃惊地看着他手里的枪，枪筒上还冒着一缕生动的蓝烟。

孙绍云回过头来冲他俩笑笑，说："好枪，谢谢马大哥！"

马占山先镇定下来，对女人教训道："你慌张什么，打枪又不是没看到过。"随后又揶揄着移动脸上一块肌肉，说，"孙兄弟会成为一个猎手的，只是别老放空炮。"

过了两天，这个女人又偷偷钻进他的小屋里，钻进他的被窝里时，嘴里还在嘶着气："唉，你吓死我啦!"

他揽着女人的玉体说："没事，别人会用的东西我也一样会用。"他这个时候脑子里还在想着马占山，这个很阴的男人这一阵子老是出现在他脑子里。身子底下就使了狠劲儿，这个女人受不了地叫唤了起来……他心里在说，马占山呀，马占山，你不能用的东西老子照样会用。

女人兴奋时跟他说，她想生个孩子。

他说："马占山知道了会杀了咱俩。"

"那我就跟你私奔吧。"

"往哪里奔呀?"

"我跟你回山东老家去。"

他听了一哆嗦："俺还想留在这里打猎……"他想如果逃回老家去，还得挨斗。

女人就不吱声了。她想男人都一样的，天生就喜欢打猎，好斗。

马玉香每次完事回去都喝一种苦楝树叶子水，她是从一个接生婆那里听说的，喝过这种水后女人就不会怀孕了。可是这种从心苦到胆的苦水她实在不想喝了，这次回去后她把泡好的苦楝树叶子水偷偷倒掉了。

孙绍云在这个冬天里真正学会了打猎。他要给那个阴险的在女人面前已经成了废物的男人脸色瞧瞧，于是就出现了开篇的那一幕。他打着了两只山兔，大摇大摆地从马占山面前走过去……马占山在意的不是一只兔子，他在意的是想在屯子里人面前始终压着这个山东人一头。

不过这也好，这件事会叫这个不懂规矩的家伙吃到苦头的。

7

事情果然像马占山想的那样在屯子里传开了，不仅仅是马姓的人，连孙姓的人都不愿意和他来往了。因为这件事让马姓的人对孙姓的人有了议论，孙姓的人不想因为他而遭到马姓人的议论，就好像不想因为一条鱼腥了一锅汤一样，纷纷对他唯恐避之不及。

他在屯子里感到了孤立，连那个女人也没有再偷偷跑到他的屋子里来。有一天夜里他实在忍不住跑到马家的房后墙根下，偷听到墙里传来阵阵狠命的厮打声……那个男人在发泄，像疯了一样在发泄。

屯外，传来狼的孤独哀嚎声——

他浑身有些发抖、发冷，缩着身子走回去了。

白天，他在屯子里处处能感到那个男人得意的目光，让他浑身不舒服。

他唯一能做的就是背起那杆鹰牌猎枪走到山上去，这会脱离屯里人目光的包围。在山上碰上同屯的猎人，没等他走近别人就掉头走开了。有时溜达了一天，天黑时转不出山来，他就独自笼起一堆火，驱赶着寒冷和孤独，一夜不敢合眼，倾听着林间狼孤独的叫声，在周围黑暗处绿森森的狼眼中，他恍惚看到那双阴郁的目光也躲在远远的暗处看着他，他脊背一阵阵发冷。

有一天，他终于迷路了，竟转到黑熊岭来。他明明看到雪地上有一趟脚印，就顺着这趟脚印走到这里来，脚印却在这里消失了。他看到了一双熊的脚印，才知道转到了常听屯子里人传说的黑熊岭，屯子里猎人从来没有人敢单独上黑熊岭的，他吓出了一身冷汗。正在他不知所措时，一头黑乎乎的家伙，悠闲地从一棵老红松树洞里走了出来，仿佛是出来看看谁惊扰了它的好梦。孙绍云吓傻了，站在那里一动不敢动，他闭上了眼睛，身子僵硬地等着黑熊摇摆着身子走过来。这一刻他后悔了，后悔当初从山东老家跟人出来了，就是被人斗死还有个全尸，这会儿喂了熊恐怕是连骨头都留不下了。这会儿他还想起了那个让他销魂的女人，真不该不听她的话。他最后的一丝侥幸心理是装死——他早就听山里人说过，黑瞎子是不吃"死倒"的。在山上走路时遇黑瞎子照面，最好装死。何况这还是一头冬眠的熊，肚子里并不缺食。此刻孙绍云把猎枪藏进了雪里，身子僵僵地戳在齐腰深的雪里，黑熊走过来时，他的下身已屎尿屙了一裤兜子。黑熊走到他跟前闻了闻，又舔了舔他的头发，孙绍云只觉得头皮一阵发麻，在他快忍受不住时，忽然听到树林里传出一阵瘆人的冷笑声，孙绍云听到了，黑熊也听到了，黑熊丢开他这个"死人"就朝树林中追去了……

接下来他听到那个人和熊在远处的林子里绕弯奔跑，他没敢睁开眼睛。忽然又传来一声枪响，接着听到一个人死命的惨叫声，整个山林都被震荡了。

天傍黑时，林子里完全静下来，孙绍云才敢迈出冻得麻木的腿往外走，他忍着头皮上的剧痛，刚刚走出黑熊岭林子，就被雪地里一个血肉模糊的人绊了一跤，他定睛看时，地上躺着一个男人，他的脸部、胸前都被熊爪拍得血咿糊拉的，猎枪被咬断两截扔在一边，从衣服上孙绍云认出这个男人是马占山。

他刚要转身离开，地上的血人说话了："你、你别、走……"孙绍云就惊吓地停下了脚步，骇然转过头去。那张血肉模糊的嘴在艰难合动，"姓孙的，算、你命大……你和我女人的事，我早、早就看出来了，不、不杀你是我、不想让屯子里的人看出我不、不是个男人，我现在要死了……不过你、要娶她、必须按我说的做一件事，否则我做了鬼、也不会放过你的，你要打到那一公一母两只鹿……我不甘心哪，这一辈子没有好、好、尝到、做男人的滋味……哈哈——"他嘴里又轻轻发出了一声惨笑，笑声凝固了，这个男人就张着嘴死去了。

孙绍云头一回听到这个男人的笑声，没想到竟是这么瘆人的笑。

他顿时毛骨悚然。

8

天完全亮起来的时候，孙绍云来到了鹿儿沟的白桦林里。这几年鹿儿沟里见不到鹿了，所以就很少有猎人到这里来了，只有狍子还偶尔在这里出没。太阳一点一点从东边的山头冒出来，将白森森的林子抹红了。

远远的雪窝子里，有一活物在一搐一搐地拱动。孙绍云以为是一只傻狍子，等走近时他心一悸——套子里紧紧勒住了一只黄褐色的雪鹿。孙绍云一眼就瞅清，雪鹿角下右边的耳朵没了——是那只秃耳朵公鹿！孙绍云下意识地停住了脚步。他不由得想起夜里躺在马寡妇家炕上做的那个梦。

此刻，秃耳朵公鹿停止了拱动，瞪着眼睛望着孙绍云。目光里透露着一种孙绍云所熟悉的内容……

那是两个月前，孙绍云进山遛狍子套时，遇见过它，还有那只母鹿。整个冬天里，孙绍云为完成心中一个计划，连一只松鼠子也要追上一天，当他辨清狍子套里确实套住的是一只鹿时，心激动得"怦怦"乱跳。母鹿在套子里挣扎，公鹿抵着头角在咬着钢丝套子。孙绍云心中暗喜，迫不及待地躲在了一棵老桦树后面，举枪瞄准了公鹿。

210

"砰——"枪响了，不知是心跳得厉害，还是手冻得不好使，子弹偏了一点儿，擦着公鹿的右耳根飞去了。它一惊，蹦跳着一蹿跑开。它并没有跑多远，站在一棵树后，滴着耳血向这边嘶鸣。母鹿见他又举起了枪，哀鸣了一声，猛地一挣脖，向前一扑，猝然倒地，死了。他只好收起了枪，怕母鹿瘀血时间过长，鹿心、鹿肉不新鲜，就解开绳套，背着母鹿回来了。一路上，他感觉那只公鹿好像在林子里跟在身后。果然再上山时，他看到路边的雪地里有星星点点的血迹，像夏天时路边盛开的小红花。

和每回收山时一样，他扛了一半鹿肉给马寡妇家送去。马寡妇留他一块儿吃饺子，他就留下了，坐在炕沿上看马寡妇"咣咣……"剁饺子馅，细碎的鹿肉像一摊红血摊在菜板上。

"你说怪不，鹿也属傻狍子的，用牙去咬钢丝儿，你想能咬断不？"

马寡妇没接话，仍咣咣地剁肉馅。

"你猜这是公鹿，还是母鹿？"

孙绍云两只小眼发亮地盯着马寡妇一颤一颤的乳房。

马寡妇飞起两片红云在脸上，没好气地说："公的。"

他笑了，说："母的。真的，还怀着一个崽呢。肉滚滚的，可惜憋死了。"

马寡妇猝然停止了剁刀："真的？"

他点点头。

马寡妇放下刀，好久叹息了一口气说："卖了吧。"

鹿肉饺子没吃成，他想即使吃也不会香的。马寡妇那晚做什么都总是走神儿，包括做那事。

孙绍云听了马寡妇的话，是想把鹿肉、鹿皮拿到山外的集市上卖了的。只不过孙绍云想到了那头公鹿，想把那只秃耳朵公鹿打到了，一同拿到山外集市上卖了去。公鹿的鹿茸、鹿鞭能卖个好价钱。正月里办事需要用钱。以后的几天里，孙绍云就在山上转悠着寻找那只公鹿。凭那天他留意的情形，他想打到那只公鹿是不会成问题的。可是那只秃耳朵公鹿像是从鹿儿沟里消失了，一连多日再也没有见到它的踪影。遛狍子套，也是空空如也不见狍子毛。孙绍云就弄得挺闹心的，渐渐没精打采起来。

不知不觉日子进了腊月门，腊月门，血冲人。按山里的规矩，屯子里的人不能再上山打猎杀生了。孙绍云就彻底失望起来，下在山上的各种兽套也懒得往回起了，整天不是闷在屋子里喝酒，就是来找马寡妇解解闷。

"他妈的，便宜了那个家伙。"孙绍云悻悻地跟马寡妇说。

"放它一条生路吧。"马寡妇躺在他身子底下说。

孙绍云站在白桦林里最初愣怔的一刹那，忘记了自己是到山上干什么来的了。咋会这么巧？真真地套住了它。

秃耳朵公鹿还在定定地望着孙绍云，望得孙绍云心里一阵阵莫名其妙地慌乱。站得久了，身子被山风吹透了，阵阵发冷。孙绍云挪动挪动腿脚，向前走去。孙绍云想把它放走，把狍子套起回去，就绕到拴绳套的树后，蹲下身去一点一点解着钢丝套。

公鹿先是慢慢地闭起了眼睛，似在配合孙绍云的动作。看得出来它瘦了，身上的毛乱扎扎的。孙绍云看到它头上的鹿角手突然犹豫着停了下来，他想起他还答应过马玉香正月里办事把她娶过去，可办事需要钱哪。孙绍云刚要把从它的脖子上松动脱落下来的钢丝套收紧，它又睁开了眼睛，目光里透着怪异的神色。孙绍云觉出了寒意，畏畏缩缩移去目光。突地，它猛地站起身，一扭脖子，向旁边一棵碗口粗的白桦树撞去——

孙绍云惊骇地大吃一惊！腿一软，跌坐在雪窝子里，头上的狗皮帽子滚落到树根下。

刚刚还亭亭玉立白白净净的白桦树身，扑哧——蹿起一股血柱，血扬洒在树身上，淋淋漓漓地往下滴的血水眨眼间结成了一层血冰。

"它要死呢。"

孙绍云极度恐惧地从地上爬起来，拾起树下的帽子，跌跌撞撞，逃也似的挣命往林子外面奔去……

9

野种是遗腹子，野种是在马占山死去七个月后出生的，况且野种长得也不像马占山，这就让屯子里人猜测起野种的身世来。人们怀疑野种是马寡妇和别的男人媾和结的种。还有当初屯子里给马占山下葬的马家人，偷偷向人说过他下边的东西没有了。当然马姓家族的人顾及脸面说马占山那东西是被熊掏走了。

天近晌午，野种从外边玩完走进家门，屋里蒸汽弥漫。马玉香在俯身蒸馒头。又白又大的馒头蒸出了锅，都咧开了嘴。马玉香就说了声，笑啦。

马玉香捡了两个又暄又软的大馒头，包进了毛巾里，叫野种给孙绍云送去。野种吃过孙绍云送过来的各种野味儿，以前也义不容辞地做过这种传递的勾当。可这会儿，野种很看不起马玉香脸上的喜色，没有动。

野种没有动，马玉香不能自己送过去，就继续磨野种。

野种被磨得没招，就想到了回绝的理由："孙秃子上山啦。"

马玉香不信。马玉香想到孙绍云每回在她这里过夜都从来不上山的，屯子里猎人都恪守着一条迷信，沾过女人身上山不吉利，更何况是腊月门。马玉香不好把这根据说出来反驳野种，马玉香就望

213

着野种叹息了一声摇摇头说："其实你是不该这样叫他的。"

"为啥不该这样叫他，他就是秃子，光秃秃的秃子。"野种解气地发泄说。

"你该叫他爹，他快要是你爹爹了。"马玉香忘了最初要野种干什么了，和野种一问一答地扯着挑起的话头。

"爹爹，嘻嘻，好玩。"野种嘻嘻地发笑，野种发笑的样子很怪。

马玉香并不生气，马玉香找不出生气的理由。昨天夜里把她弄得发颤的时候，孙绍云又一次说正月里就把她娶过去（当然他以前也向她说过），以前她也催过他，他总说再等等。他好像在等什么东西。问急了他也不说，只说等他攒够了钱要把她风风光光娶过去，要买一副上好的手镯。一提到手镯马玉香的眼泪就流下来了，让她想起了以前那个男人……

山里的日头落得早，眼瞅着它被西山牙啃落了的时候，马玉香想起她该挑水了，就担起水桶向村东头的辘轳井沿上走去。井沿上有几个男人在打水，男人们见马寡妇走过来，纷纷拎着空桶退到了一边，等着。马玉香略觉奇怪，以前每回和这些男人在井沿上相遇，他们总是要或多或少地占她一下便宜。马玉香已习惯了和汉子们的调笑；冷不丁静下来，马寡妇有些不自然。桶里水打满了，马玉香弯腰挑起，回头的工夫，她发现有几双目光惊慌地从她后背上移去，仿佛偷看了什么秘密。马玉香心里觉得有些好笑，挑起水桶走了。

街上遇见闲逛的女人，看她走过来就打一声招呼："你去打水呀。"平常走在街上，她们总要聚在一堆嚼舌头，这会儿却变得客气起来，目光游移不定地躲闪着马寡妇的脸。马玉香心想，她们一定知道了孙绍云正月里要把她娶过门去。马玉香心里涌出一阵感动来，觉得街上比平常鲜亮了许多。红红的夕阳掉进桶里，马玉香挑着颤悠悠、红晕晕的夕阳走回家去。

这天夜里后半夜，屯子里传出一声爆响。屯子里几乎所有的人都听到了，只有马玉香没有听到，马玉香从来没有像今天晚上睡得这么香、这么沉。

早起，马玉香头没梳，脸没洗，翻箱倒柜找出一件红棉袄来。红棉袄找出来，马玉香并没有穿，而是直盯盯着眼瞅着红棉袄嘻嘻笑。

"你笑啥。"野种被她的笑声刺激得心发烦。

"我做了个梦。"马玉香脸上泛着红晕。

"梦有啥好笑的。"野种恶恶地说。

马玉香说："我穿了个大红袄，这个红袄我整整做了六年，谁知道穿到身上竟小了，露出了肚脐眼……"马玉香说着说着又嘻嘻笑了起来。

野种认得马玉香手上的那件棉袄，从打野种记事的时候起，马玉香就在做这件棉袄，但从来没有见她穿过。往往是冬天做好了，夏天就拆掉。

野种很讨厌马玉香现在嬉笑的样子，就走出屋去。早晨寒雾里的阳光很好，红红的一个圆球，像一团火，使野种丝毫感觉不出北方这个冬天的早晨有多么冷。

不大工夫，从屯子里传出来一阵熙攘的人声来。有人从屯子的那头街向屯子东头跑去。跑近了，看清是几个爷们儿，其中还有屯子里的主事马四爷。他们跑过野种身边时，有人还拐到野种家的门前对野种说："野种，快，叫你妈到孙绍云的屋里去。"

"我×你血妈！"野种骂道。平常汉子们总是这样不怀好意地和野种开这种玩笑，野种总是这样回击的。

来人没有管野种，径直跑进屋内。不大工夫，野种就看见马玉香跟着那个男人从屋子里慌慌张张地跑出来，马玉香头没梳脸没洗，披散着头发扭动着肥圆的屁股从野种眼前跑过去。

"破鞋!"野种模仿屯子里的女人骂马寡妇的样子,恶狠狠地骂了一句。野种觉得这种骂法最解气,并往地上吐了一口黏痰,黏痰缺少弹力,很快僵冻在雪地上了。野种觉得冷了,才缩回脖走进屋去。

马玉香来到屯东头的孙绍云屋子里,屋里屋外站满了人,见马四爷和马玉香他们来,便闪开了一条道,让马四爷和马玉香走到炕头前面去。她一走到前边去就倒抽了一口气,眼睛就翻白了,身子往下倒,被两个人赶紧架住,身子才没有倒到地上去。

孙绍云直挺挺地躺在炕头上,那杆鹰牌猎枪搂在怀里,枪眼是从下巴颏穿并头顶盖骨的。人们看见孙秃子光秃秃的脑壳成了一个血葫芦。

"他怎么会呢,他怎么会搂着猎枪睡觉呢……"马玉香慢慢醒来倚在人怀里,两眼失神地直直地念叨。

"唉,他一定是冲着什么啦。"马四爷叹息一声说。

"昨天我看见他戴着一顶血帽子从山上急急忙忙下来。"围着的人群里有人神色恍惚地悄然议论说。

10

出殡,屯子里孙、马两姓的人在马四爷的主持下为孙绍云安葬。屯子里的人抬着棺材向西山坡走去。

八岁的野种披麻戴孝穿着白衣戴着白角帽走在最前面,惨白的脸上挂着一丝残忍的阴冷,从始至终没有掉一颗眼泪疙瘩。有人见了,说这孩子命硬,硬是把他亲爹给克死了。人们已从马寡妇那里彻底知道了野种的身世,也知道了马占山在刚刚结婚时下身就被一颗炸膛的子弹崩坏了，跟她这么多年从来没行过房事，相反她每天夜里都在忍受着那个废人变态的折磨，在他死后还为他守寡这么多年，不容易呀。马姓家族的人就原谅了这个要强的女人。虽然她和孙秃子有这档子事，也是情理之中的。表面上她并没有让马家的人受辱。

孙姓家的人倒是有些为孙秃子惋惜，同时又有些不明白，六年啦，孙绍云怎么才想到把马寡妇娶过门去。

"起——灵！摔——盆！"马四爷长喊了一声。

"啪——"野种狠狠将手里捧着的火盆朝向西的街口地上砸去。

马玉香一声长叫扑跪在悬起的白棺材前。屯里的规矩只为那些没成过家的男人死后打白棺材，不着红漆。而没成过家的男人是没有老婆、孩子的，所以这个葬礼显得有些不伦不类。不过在马四爷的主持下屯子里的人们倒还显得平静。

几声哭号过后，白棺材向屯西口山坡上事先挖好的墓坑里抬去。当年落脚在屯子里的山东人正是从屯西山路口走进这个小屯里来的。如今孙绍云是屯子里第一个死去的山东人，而且还是一个没有成家的光棍汉。

"唉，唉，这个孙秃子，报应啊，命里该着光棍的命。"

下葬过后，屯子里无论是孙姓的人还是马姓的人都发出了这样的喟叹。

马铃薯花

1

《新城晚报》法制专栏的记者白非第三次来到新城监狱采访的时候是这一年的春天。接待他的依旧是监狱狱政科长关平，这是一个不太健谈的人，三十六七岁，中等身材，剃着平头，长圆形脸，五官周正。冷眼一瞅很像他看过的某部电影里的电影演员，只是这过于不苟言笑的严肃让人觉得有点儿生畏。可能是长期在这种地方工作的缘故吧，白记者很善解人意地想。关科长是六年前从别的监狱调到新城监狱里来的，六年里他从一名普通的狱侦科侦查员先提升为狱侦科副科长，后又提升为狱政科科长，应当说他是很得上司赏识的，进步还算挺快的。而他在原来的监狱里只不过是个小小的狱侦科侦查员。

白非第一次来新城监狱采访就被他的眼神吸引住了。白非是在监狱办公大楼前的光荣榜橱窗里认识他的。关平胸前佩戴着大红花，目光直视着前方。白晃晃的太阳反射到橱窗玻璃板上，使这目光看

218

上去要刺破什么东西。读高中时看过日本电影《追捕》的白非，不知道为什么总把这目光同高仓健那略带忧郁的目光联系起来。

在胖胖的天生一副威严面孔的辛监狱长办公室里，辛监狱长给他做了引见："这位是《新城晚报》的白记者，他来我们监狱采访。这位就是我们监狱的狱政科长关平，他年年都是我们监狱出席市司法系统的标兵，你要采访就采访他好了。"在他们的目光对视的一瞬间，白非就敏锐地感觉到这是一个很难让他开口谈谈自己的采访对象了。后来的事实恰恰证实了这一点。

新城监狱是一座模范监狱，每年从这里服刑期满出去的犯人重新犯罪率只有百分之零点一，而且许多犯人出去后还被原单位接纳，有的还成了工厂里的生产标兵和骨干。这从反馈给监狱荣誉室里的一面面锦旗可以看得出来。监狱的狱舍建设也是一流的，每个监区还有供犯人定期洗浴的洗浴室。伙食也比别的监狱要好。冬天那次来采访关科长还带他去参观了他们的大菜窖，菜窖里贮存着监狱自己生产的各种越冬蔬菜，大白菜、青萝卜、胡萝卜、土豆，每种蔬菜都被工工整整码放在菜窖里，削去缨子的大萝卜、胡萝卜埋在沙土砌平的土墙里很像一排排犯人的光头。

监狱三年前新建成了一座犯人心理教育咨询楼，据说这恰恰是这位刚刚上任的狱政科长的功劳，那年关平去福建参加了全国劳教系统犯人心理教育研讨会，回来后向辛监狱长建议建了这座心理教育咨询楼。那天白非由关平带着刚刚走进那座黄色小二楼一楼走廊里，就听到从里面传出一阵犯人嘶哑的吼叫声和拳头击打在什么物体上的拳击声，进了那个门口上写着"宣泄室"的屋子，有个犯人刚刚从里面出来。屋里立着四个橡胶皮人"假想敌"，地上扔着两副拳击手套。屋里散发着一股浓烈的汗酸味。"犯人可以在这里任意发泄打骂吗？"白非问。"是的。"关平扶起了一个被打歪的"假想敌"

说。从这里走出来就走进了一间装饰得像温馨的"家"的谈心室里，每个犯人都可以找自己喜欢的管教在这里谈心。当然更多的是在听犯人倾诉。"倾诉，你懂吗？"关科长随意地说了一句。白非似懂非懂地点点头。随后他又若有所思地说了一句："其实我们每个人都需要倾诉的。"他古怪地看了白非一眼，领他走了出去。

最让白非没想到的是，新城监狱还开办了夫妻团圆室，夫妻团圆室就在那座小黄楼的楼上。

"你是说服刑犯人的妻子来探监时可以和丈夫过夜？"白非吃惊地瞪大了眼睛。

"是这样的，已婚犯人分居达一年以上的妻子都可以向狱方提出申请，由狱方批准后可以到监狱团圆室来和她丈夫团圆一次。"

"这真是让人想不到的啊……"白非赞叹地咂咂嘴说。

白非后来就把新城监狱里开办犯人夫妻团圆室的事向外界宣传报道了出去。当然这件事可并不像白非报道监狱别的事情那么简单，立刻在社会上引起了轩然大波，不少市民纷纷给报社打来电话和来信询问这件事是真的吗，白非那几天桌上像小山一样堆满了读者的来信。各方面的来信都有，为这件事被搞得同样焦头烂额的记者部主任还专门召开了一次各方面人士参加的座谈会，大多数人士的想法和白非最初的想法是一致的，那就是监狱这么做有利于犯人的服刑改造，也是符合人道主义精神的。不过也有一些人有些担忧，监狱这么做是不是宽容罪犯了呢？监狱毕竟是监狱啊……

白非倒是有些担心他这篇报道会不会给监狱招来麻烦，因为他从这些读者来信中获知监狱还从来没有把这件事向外界公布过，连许多犯人家属都不知道这件事。在这篇报道发出去一周后，白非又去了一趟监狱。

"你给我们惹下麻烦了，白记者。"白非一走进监狱长办公室，辛监狱长就板着面孔指着桌上的一堆来信说。桌上都是一些犯人家属的来信，纷纷要求来和狱中的丈夫"团圆"。

"对不起，我不知道会是这样……"白非嗫嚅地说，小心地道着歉。

新闻效应就是这样的，轰动一阵儿就过去了。这件事差不多过去了一年，白非和那些关心这件事的读者差不多淡忘了这件事时，白非收到了一封匿名信。对于匿名信白非向来是无暇一顾的，因为这薄薄一纸匿名信多数都是对像白非这样大胆做新闻采访的记者进行人身攻击的。但是这封匿名信所指的是他一年前对新城监狱的那篇报道，使他不得不硬着头皮看下去：你在撒谎，你是一个十足的大骗子，新城监狱并不像你说的那样好……白非看完后就把那页信纸撕了扔进了纸篓里。作为一名法制专栏版的记者这种情况他经历多了，并没往心里去。可是过了没多久，他又收到了一封同样笔体的匿名信，不过口气要缓和多了：白记者，如果它真要是像你报道的那样，我丈夫就不会死在监狱里了……这让白非稍稍感到一惊，可是他很快镇定下来，谁知道是不是一封诬告信呢？那里面的人什么样的家属没有呢？他并没有打算再去那个新城监狱走一趟。倒是记者部主任第二天一早上班拿着同样一封匿名信来找他了。

"你应该再去新城监狱一次，那可是你报道过的模范监狱呀。"主任眼睛里含着模棱两可的嘲讽意味说。

"好吧。"白非打量了一眼窗外春天的景色说。窗外，楼角处朝阳那棵杏树已经开花了。

"那个犯人叫张伟力。"

白非很奇怪地在想这个女人为什么不在给他的来信中告诉她丈夫的名字。

2

"是有这么个犯人，是一个抢劫强奸犯，不过他已经死了……"他坐到辛监狱长的办公室里，辛监狱长起身给他倒了一杯茶水，目光看着他不动地说。

"怎么死的？"他心里暗暗一惊，莫非真像那个写匿名信的女人说的那样？

"越狱逃跑，多亏发现得及时，被当场击毙，否则会酿成一场严重的事故啊。"辛监狱长倚靠在沙发转椅靠背上，摇了摇花白的头。白非这才发现他的头发里夹杂着许多白发了。看得出来两次见面一向给白非稳重沉着印象的辛监狱长在谈到这件事时还有点儿心有余悸。

这一点儿也不奇怪，作为一座模范监狱，从十年前建狱至今还没有发生过一起在押犯人越狱潜逃的事故。如果这起犯人越狱潜逃成功的话，那么新城监狱就不会再被评为省模范监狱了，而且辛监狱长恐怕也要被追究责任的。白非注意到了辛监狱长身后那一面面锦旗，他理解了这位有着三十年警龄的老监狱长此时此刻的心情。

白非也跟着放下心来。监狱长室里挂着不少主人的墨迹，他第一次来时就注意到了，有这种雅好在他采访过的警界还是不多见的。

"监狱毕竟是监狱，监狱再好关的也是一些犯人。"在他转身走出监狱长的屋门时，辛监狱长在他背后说了一句。

他能感觉到背后那双目光在目送着他下楼。

站在窗里的辛监狱长看着穿风衣的白记者朝西院监狱大门口走去。在门口他向门卫武警战士出示了证件，那个武警战士又朝里面挂了一个电话，随后电动大门拉动一道口，他进去了。他以前曾叮

222

嘱过关科长，凡是这个白记者来采访一律接待。他愿意让他们这里的一切都是阳光透明的。

春天的阳光很好。温暖清新的空气中带有一种诱惑人的味道。电网高墙外的白杨树已泛起了碧绿的嫩叶芽。几只灰麻雀在树枝上蹦来跳去。

白光光的院子里，一些犯人从菜窖里往操场上倒生了芽子的土豆。剃着光头的犯人们在冬日里很少外出干活儿，灰白的面孔有一种窖藏的虚白色。土豆在场院里堆成了小山，长长的土豆芽子也掰下来一大堆。这让白非想起关科长在那次入冬来监狱带他参观菜窖时跟他说过的土豆到春天会生出长长的土豆芽子的话来。

在关平的办公室里，他第一次看见窗台上摆着一盆水灵灵的花，他还以为是什么名贵的花。走近了细瞧才看出那不过是一盆栽植的马铃薯花。只是这种土豆花在冬天里开花他还是第一次见到。

上午，白非走进关科长的屋里，看见窗台上那盆马铃薯又开花了，是一种粉红色的花。看来花的主人要想让它四季开花，是需要不断更换土豆栽子的，反正监狱里有的是土豆。他想这也许是关科长喜欢养土豆花的原因吧。关科长正坐在那里写着什么东西，屋子里有些阴暗。他向关科长说明了来意，关科长"哦"了一声抬起头来，说他手头正在写一个东西，他打电话叫孙管教来陪他过十六监室去。

"报告！"随着一声喊，"进来。"跑步进来一个二十多岁的小伙子，他脸上还带着未脱净的孩子气，问关科长有什么事。关科长交代完，他又恭恭敬敬向关科长敬了个礼，带他走出去了。

孙管教前年刚从警校毕业分配到这里来。他就是负责张伟力待过的那个监室的管教。

"你是要问118号犯人越狱的事，嘿，那个家伙差点儿要了我的命……"小孙快人快语，一走到院子里就憋不住先说了起来。

"噢？"他看了眼前这个小伙子一眼，又撒摸了一眼院子里在那边干活儿的犯人，跟着孙管教走到了一个僻静的角落。阳光暖暖地照在身上，比坐在他们阴凉的屋子里要暖和多了。

"那是去年秋天的事，到大地里去起土豆，干完活下午收工点名时，118号犯人没有应声，我朝犯人队伍里寻去一看，身上顿时冒出了一身冷汗，118号犯人张伟力不见了，干活儿时我明明看他还在呢，这会儿咋不见了呢？这家伙可别吓唬我，我刚刚从警校分来不久，老实地讲我早就知道这监狱里头不是人干的活儿，可别因为他叫我脱下这身警服。我没声张，一个人朝下午我们没起完的那块土豆地里摸去。天虽有点儿晚了，可外围警戒线还没有撤去，我想他即使想逃跑也不会跑出去的。刚刚走到地头那边的一条垄沟里，就被什么东西绊了一下。说时迟那时快，从垄沟里忽地蹿出一个人来，勒住了我的脖子。他一手勒住了我的脖子，另一只手还用一根掰断了的二齿子尖顶住了我的胸口。正在这时听见有人喊：'118号，你跑不了，快放开他，不然就打死你！'我这时才发现在我的后面已经有人跟了过来，跑在最前面的是关科长。'你们别过来，你们过来我就捅死他！'这家伙真是疯啦，勒得我脖子都喘不过气来。我眼瞅着身子发软地往下缩，这家伙看来也真是不想让我活了，还叫我们的人给他扔一把枪过来，我想我幸亏没有带枪，否则后果真不堪设想了。有人答应他了，给他扔过一把空枪来，正在他试图用脚钩枪时，'砰！'我听到擦头皮上一声枪响，正击中他的脑门，他身子一歪和我一起倒在地垄沟里，血溅了我一脸，我吓傻了……真悬啊！"

"是关科长开枪击毙了他？"

"是的，如果不是关科长当机立断开枪，我恐怕就没命了，是他救了我的命。"

他意犹未尽地说，怪不得他刚才见到关科长时毕恭毕敬，他们并不完全是上下级关系，他是他的救命恩人。

"这么说关科长很了不起，监狱为他请功了吗?"白非不再去计较关平刚才在他屋子里时的冷漠态度，转而问道。

"是的，上边已为他向省司法厅报请了个人二等功，大概快批下来了吧。他的确很了不起，在监狱里从犯人到监狱长人人都对他有好感……我是工作了一段儿才知道的。"

他俩一前一后朝犯人干活的那边场院走去，阳光晃着他们的影子。监狱大院分为监舍区和犯人活动区。在犯人活动区里一些宽管犯人可以自由走动，不过他们必须走在用白油漆线画着的"犯人道"上，中间是狱警人员走的宽水泥道。在监舍区和活动区隔着一道铁丝网，在活动区一侧是一座水泥砌的喷泉凉亭，人工泉眼处一个水泥柱上刻着一行笔走龙蛇的草书：滴水之恩当以涌泉相报。他想这一定是辛监狱长的墨迹了。

菜窖在监舍区的西侧，干活儿的犯人就蹲坐在干燥的场地上挑拣土豆。他们好像很喜欢干这种活计，脸上流露着很舒坦的放松表情。春天的阳光映照在他们一个个灰白的面孔上。

"我可以找他们聊一聊吗?"

"您请便吧。"孙管教走到一边上去。那里还有两个管教在那边溜达。

一股生土豆芽子的味道很强烈地吸入他的鼻孔。"喂，小白脸，有烟吗?"一个蹲着的犯人笑嘻嘻冲他神秘地眨了眨眼睛。他摇摇头，说他不会吸烟。

"你是记者?"刚才有人看见他和孙管教从那边一起走过来，就又有人讨好地凑过来。这几个犯人都是十六监室的。

"你们知道张伟力吗?"

"噢，你是说去年越狱的那个家伙呀……"一个年纪挺大的老头儿似乎不太愿提起他，阳光照在他白头发茬的光头上明明闪闪。

"这是个很卑鄙的家伙，你知道他犯的是什么事吗？抢劫、强奸，抢劫了人家娘儿们东西不说还把人家给奸了，我平生最恨这种人了，让他不得好死！"一个面相有些凶的犯人说。

"他进来以后，他家里有没有人来看过他呢？"白非问。

"没有，一直没有，他犯的这种罪家里人都会觉得丢脸的。"另一个犯人说。

"我看他临死的前几天像鬼附了体似的，常常在夜里被惊吓醒来大喊大叫，吵得人都睡不好觉。"和他同一号子里另一个犯人说。

"那他家里有没有人给他来过信呢。"

"信倒是看见他收过，不过他总是害怕别人看见似的，躲在人背后偷偷地读。"仍是那个同号子里的年轻犯人说。

临中午犯人开饭前，白非离开了监舍区。他本来想好中午吃饭的时候再采访采访关平的。可是他刚刚走到关平那幢办公室平房前，就碰到关平从里面出来，他说他刚刚接到妻子打来的电话，他中午必须回家一趟。说完就匆匆走了，将白非晾在院子里。

"关科长和他妻子的感情很好，他平时很少在监狱食堂和外面吃饭的。"孙管教对站在日光里的他解释说。

孙管教要陪他去小食堂吃饭，他说不用了。

"关科长的爱人是做什么工作的？"白非随意地问了一句。

"听说是一名小学老师，不知因为什么病一直病休在家，都是关科长在照料她。可我们监狱这种工作你是知道的，要照顾人可真不容易。"小孙感叹地摇了摇头。

出了那道监狱电动大门，白非心情轻松下来。

　　白非一回到报社，记者部主任就跟过来问："那件匿名信的事情调查得怎么样了？"白非眼皮都没抬就说："初步认定这是一封诬告信，那个叫张伟力的犯人是在外出干活儿越狱逃跑时被当场开枪打死的。""有这样的事？"主任似乎惊讶了一下，随后目光仍盯着他问："找到开枪的当事人谈了没有？""还没有，不过监狱给他报请的二等功快批下来了，我准备下一步再去采访他。"白非并没有向主任说明他以前曾去采访过他。他不想说明的原因是他不想让主任知道他采访的失败，作为一名资深记者这是最丢脸面的事。

　　过了几天，白非又去了趟新城监狱。在那里他获知监狱刚刚为"9·26"越狱案的立功人员开过表彰会，荣立个人二等功的是狱政科长关平。他直接去了关平的办公室。

　　"我们可以谈谈吗？"

　　"谈什么？"关平脸上的表情依旧像他前两回见到他时一样冷淡。

　　"谈谈你立功受奖的情况。"白非开门见山地说。

　　"这没有什么好谈的，这本来是我们分内的事情。"

　　屋子里的空气一时显得有些僵硬，叫白非犹豫起来。

　　白非走到窗前去，自言自语道："多么好看的马铃薯花呀！可惜它不应该养在室内。"窗外初夏的阳光已经明媚起来……

　　而后他转过头来，问道："你也喜欢这种花吗？"

　　"是的。"他淡淡地答了一句，目光里似乎有什么东西微微闪动了一下。

　　"为什么？"

　　"如果你知道一袋马铃薯在饥饿的年代里可以让一家人活下来，

你就不该这么去问了。"关科长的目光已转向了窗外。

"你的父母家在乡下？……是哪里人呢?"

"泰来县的。"

在与关平有一搭无一搭的闲聊中，白非了解到关平的父母在本省的泰来县乡下，家里除了他，上面还有两个姐都嫁人了，他是在"文革"后恢复高考第二年考上省司法警校的，毕业后，分配到泰来监狱当狱警……六年前调到新城监狱来。说到为什么调到新城监狱来时，关平突然不语了，脸上像被什么叮了一下僵硬住了。以白非的理解，农村出来的孩子都十分顾家的，何况他家里只有他这么一个儿子，离家近点儿不好吗……

说话间到中午了，关平站起来对白非说他该下班回家了。时间刚好是十一点半，关平走出监狱大院骑上自己的自行车飞身离去了。从新城监狱到城里有四十来里路。关平天天这样上班下班跑几个来回也真挺不容易的，白非心想。监狱里其他干警中午都在食堂里吃饭。小孙陪他在管教食堂吃了午饭。

下午在礼堂里给犯人上定期的法制课，主讲人是关平。完全出乎白非的预料，关平讲起课来像换了一个人，滔滔不绝并且声情并茂，举例说到监狱里两个农民犯人因为无知而犯罪给家里带来危害时，那两个犯人竟坐在下边呜呜哭了起来……会场里骚动了一下，接着又安静了下来。犯人们都全神贯注地向台上张望着，生怕漏掉他的每一句话。连坐在白非身边的小孙也连连咂嘴："关科长讲课从来不准备讲稿，好像这些东西天生就装在他的肚子里了。"看得出小孙很崇拜他。

下了课，犯人们到院子里操场上去休息。白非走上前去对他说："你讲得真不错。"而他脸上又恢复了沉默寡言的神态，连一句谢谢也没说。在篮球场上，犯人和管教混在一起打篮球，许多犯人站在一边看，见他走过来就有人围了上去。

"看来他和犯人相处得不错。"白非望着那边说。

"是的，犯人都喜欢和他接近。"小孙说。

在院子里看了一会儿，白非朝那座小黄楼里走去，刚才他看见关平走进去了。他以为他是找哪个犯人在那里谈话，半天没有出来。从监狱门卫墙上干警值日表上他知道他今晚值班。

他推开那间谈话室的门，里面并没有人。正在他犹豫时从宣泄室里传出一阵响动。拳击声和"呼哧、呼哧"的喘息声。门开了，他一愣，走出来的竟是满头大汗的关平。他也没有想到白非站在走廊里，也稍稍一愣。"你今晚值班吗?"白非先开了口。

"不，我叫孙管教替我值班了。我家里有点儿事。"走廊窗上射进来的夕阳余晖，照在他那张冷峻的脸上。

"是你爱人有事吗?"

他有点儿奇怪地看了他一眼说："是的，她身体……有点儿不舒服，我得回去。"说完他匆匆走了。

令白非没有想到的是，几天以后，他会见到他的妻子。

那是个星期天的下午，白非陪同两位外地来的记者同行到本市刚刚建成的水上乐园去游玩。走进公园大门口不久，他意外地看见了一个熟悉的人影，尽管他脱去了警服，穿着一身浅灰色的西服，他还是一眼把他从人群里认出来。他胳膊上挎着一个穿米色风衣身材修长的女人。白非过去同他打了一声招呼："关科长休息呀。"关平稍稍一愣，回过头来，那女人也跟着好奇地回过头来。白非这才看清她的面孔，大大的眼睛，黑黑的睫毛，眼仁里有些许沉静，白非在想这个女人年轻时一定很漂亮。尽管她脸上有一丝苍白的倦容，可绝对看得出是个冷美人。"哦，哦，是你，白记者。这位是晚报的白记者。"他向他的妻子介绍说。他妻子礼貌地冲他点点头。关平也从脸上退去了他平时见惯了的冷峻，问他："你也是来游园？""是的，我陪两位外地来的同行过来的，不打扰你们啦。"白非识趣地说。关平同他告辞了，他看见他牵挽妻子的手朝那边激流勇进的游乐区走去。过了一会儿，他再回过头来时，看见关平正搂着他妻子的腰大声笑着叫着从高处激流中坐着橡皮圈俯冲下来……水花溅了两人一头一脸。认识这个人这么久了，白非还是第一次看见他脸上露出笑容。

就在白非要再次到新城监狱采访时，记者部主任找他来了，说"9·26"那个犯人越狱案不要他再去进一步调查了，说那个写匿名信的女人又写信来了，说那个叫张伟力的犯人死有余辜，这么给报社记者添麻烦她真不好意思。主任在说这些话的同时也一脸的尴尬，他的手搓来搓去不知放在哪里好。

"她是不是又找到新的男人了？"白非没搭一下眼皮问。

"是这样的，她信上说下个月就要结婚了。她不想让她新婚丈夫知道与她前夫任何有关的事情。"

怪不得会这样……其实白非在心里头早把这个写匿名信女人的事丢在一边了，这段日子去新城监狱采访让他更感兴趣的是关平，这个人越来越像谜一样吸引着白非，只是他还无法走进他内心深处，他从来不和他谈他自己的情况，那天在公园里的突然相遇，他也很想和他妻子聊聊，可是他看得出来关平像回避什么似的携着他妻子匆匆走开了。主任这么说实际上也就中止了当初派他去新城监狱采访的理由。他内心一时也说不清楚还要不要去采访这个人，因此也想顺水推舟把这件事搁置在一边。

"那好吧。"白非收回自己的心思。主任一脸歉意地退了出去。

事情差不多过去了两个多月，就在白非真的要淡忘掉这件事，淡忘掉关平这个人时，一天他到报社资料室里查阅资料，偶然翻到一份发黄的八年前的省报旧报纸，上面三版法制专栏登载的一则消息引起了他的注意：

> ……昨日清晨，在泰来监狱发生一起重大犯人越狱杀人案件，两名在押的犯人在外出劳动时越狱潜逃，在逃跑的过程中将监狱长一家四口杀死在家中，并抢得"五四"式手枪一支，现警方正在全力追捕中……

他想起来了，新城监狱里的狱政科长关平以前正是从这个泰来监狱调过来的，而八年前发生这起轰动全省的越狱杀人案时，关平还应在那里工作。以前去采访，他也曾问到过关平以前在泰来监狱里工作的情况，问到过他为什么调到新城监狱来，他都避而不谈。难道这会有什么难言之隐吗？……他决定到这个叫泰来的小县城走一趟。

第二天，白非向主任请了假，他说他要去外县农村乡下看望一个多年没有联系的亲戚。主任并没有多问他什么，很痛快地准许了他的假。

1

泰来监狱是一座老监狱了，在伪满时期就有了这座监狱的狱舍。不过距离县城挺远，去那里的交通很不便利，傍晚在县城下了那趟长途汽车，白非几经周折才打听到只有一趟发往监狱附近农场的班车，班车到农场就是终点了，往北要走二十里路才能到达那个监狱。当天是无法赶到了，因为那趟班车只是在早上八点才有一趟。白非就在县城里找了个小旅馆住了下来。中午到街摊上去吃饭时，白非忽然想到关平跟他说起过，他的父母家好像就在离县城不远的一个乡下小村子里，何不下午到那个村子去看看。吃饭过程中他想起了那个村子的村名叫烟囱屯，打听到离县城有三十里地。吃完饭他没有再回旅馆，直接雇了一辆毛驴车向那个叫烟囱屯的小村子赶去了。

一个小时后他找到了这个村子，小村子不大，只有几十户人家。多数人家都是土房草屋顶。每户人家房前房后的院子里种着豆角、倭瓜、土豆。他向一个衣服脏兮兮的小孩打听老关家是哪户人家，小男孩儿指给了他。他走到村东头把头的那户人家，推开篱笆院门走了进去，一位在菜园子里干活儿的老头儿直起腰来手遮凉棚打量着他："谁呀?"

"大叔，我是外地来的，是关平的朋友，到县里办事，顺便过来看看你们。"

"到屋里坐吧。"从屋里又迎出一位老太太，颤颤巍巍慌忙把他让进屋里。从两位老人的脸上能看到关平一些熟悉的影子。

"关平家里没什么事吧?"等他在炕沿上坐下来后，两位老人突然显得有些紧张地问。

"没有，他挺好的，他还立功了呢，他最近没有给家里来过信吗?"

"来过。"两位老人显然不知道立功是怎么回事，脸上看不出什么表情。再者关平也不会在信里跟家里说这些的。

白非打量这两间矮小的房间，由于住的年头久了，房梁上的檩木已变得发黑，从敞着的后窗望出去是一片土豆地。过了一会儿，他看见老头儿拿了一只柳条筐和一把二齿子走到房后面去了。

"家里的活计只有大叔一个人干吗?"

"嗯哪，两个闺女都嫁到外村去了，小平又不在跟前，唉，老东西的身子骨还行。"

老头儿起了一篮子土豆挎回来，是那种早熟的红眼圈土豆。老太太把灶坑点着了，烀起土豆来，约莫一袋烟的工夫，老太太端着一盘煮熟的土豆进来："同志，尝尝新。"又拿来一小碗白糖，要他土豆沾着白糖吃，说关平在家可喜欢这么吃土豆了。

白非拿起一个爆着嫩皮的土豆，蘸了一下白糖吃了一口，果然味道不错。

"关平为什么要调走呢，不然在县里这边的监狱离家近还可以帮助家里干些活儿。"白非随意地问了一句。

老太太怔了一下，眼里闪过一道惊恐不安的神色，而后扁着缺少门牙的嘴说道："你是他的朋友，你没听他说吗，他老丈人一家被人杀害的事？……"

白非手上一抖，土豆差点儿掉下来。

老头儿咳嗽了一声，老太太住了嘴。

"噢，这是怎么回事呢？他老丈人是怎么被人杀的……莫非他老丈人是……"白非想起了什么，简直不敢相信自己的耳朵，张了张嘴自言自语。

老太太瞅了老头儿一眼，小声吞吞吐吐地说："他老丈人原来是这疙瘩的监狱长……"

"啊……这么说他老丈人就是八年前被越狱的犯人杀害的？"白非吃惊地问道。

"是哩，正是俺们的亲家，好端端的一家人，一夜之间全被杀死在家里了，真是作孽啊！还有俺的孙子……俺可怜的孙子也没有了。"老太太脸上痛苦地抽动了一下，捂着眼睛哭了起来。

大概提到了孙子，老头儿也不由自主地蹲下身去，抱起了头，肩头剧烈地抽搐起来："真是太惨了……"

白非万万没有想到在那场血案中逃犯还杀死了关平两岁的儿子，

这对两个老人来说打击太大了。老头儿老太太低着头除了抽泣、叹息外不愿再讲什么了。白非的目光移到柜子上那个相框里，他发现那里边夹着一张关平和马兰合影的照片（从老头儿嘴里他知道了他儿媳妇的名字），那大概是一张订婚照，马兰梳着一个马尾巴辫，依偎在关平的胸前，大大俊俏的眼睛好像会说话似的脉脉含着笑……

"俺儿媳妇现在还好吗？"过了许久，炕上的老太太抬起头来看他盯着照片又这样问了一句。

"还、还好。"白非想起来那次他在公园里曾见过马兰本人，不过和照片上这个天真的无忧无虑的姑娘比起来判若两人了。

"唉，可怜的人哪！本以为娶到了监狱长家的千金是攀上了一门好亲家，俺们小平也掉到了福堆里，可谁承想……"

老头儿又严厉地咳嗽了一声，阻止了老太太说下去。

"他们是怎么认识的？是她父亲做主介绍成婚的吗？"

"不，他们是自由恋爱结的婚。"这回是老头儿抢着回答了。

"哦。"白非心里沉吟了下，稍稍觉得有点儿奇怪。

"马兰原来是做什么工作的？"

"她是那边农场里的一名小学老师。"

看看时候不早了，白非就起身告辞。老头儿老太太要留他吃晚饭，他说他还要在天黑前赶回县里旅馆去，吃完饭就太晚了。老头儿老太太就一直默默地把他送到院外来，他摆摆手，大步走上了村外那条土路。回头望去，看见老头儿老太太还站在自家的院外遮着手朝他张望呢，心里不由得生出一丝酸楚楚的滋味来，"可怜的两个老人家。"

当晚回到县城小旅馆里，白非躺在床上久久未能入睡……

5

第二天一早，白非搭上了那趟去泰来农场的班车，农场距离泰来县城有一百多里地，到了那里已近中午了。下了汽车，白非打算找个地方先吃点儿饭，下午再去监狱。这个农场是国营农场，住户住的大多是瓦顶平砖房，每家院前都有个小园子，种着一些油菜、黄瓜什么的时令青菜。而农场四周外围则是一眼望不到边的大片大片的田野，边缘围着的是群山。田野上吹来的风带着一股清新的山野气息，让从城里赶来的白非感到了心旷神怡。这是久居在城里的城市人很难享受得到的。

吃饭时，白非从这户路边人家餐馆主人嘴里了解到，场部里的住户除了农场的职工外，还住着监狱的部分职工家属。这引起了白非的注意，莫非被害的监狱长一家就住在这里？这样想着，嘴里就冒了出来："你知道几年前发生的一起监狱犯人越狱逃跑杀害监狱长一家的事吗，是在这里吗？"酒馆的主人惊慌地看了他一眼，说："这个、这个俺不知道。"他的眼神明确告诉白非这是镇上人人皆知的，只有他这个外来人才会这么去问。他没有为难他，吃完饭付了账出来，他走到街上一个摆西瓜摊的老头儿跟前低声说了几句什么，老头儿先是看了他几眼，而后悄悄神秘地朝场部后街一趟砖房指了一下。场部家属区并不是很大，他想只要那户凶宅不是后来又住上新的住户了，他是能找到的。

转了两条街道他绕到老头儿所指的那趟平房来，把头的一家黑漆门上挂着一把锈迹斑斑的铁锁，看来好久没有人打开过了。院墙是一人来高的砖墙，园子里长满了很高的青蒿草。这是一间三间大瓦房，窗户上的玻璃已有两块打碎了，窗户上落满了灰尘，望不到里面什么。站在近处看，白非才发现这其实是一户独门独院的院落，它的房体与西院并不连着，中间隔着一道缝隙，从远处看这两家砖房好像连在一起，其实这趟砖房只有两家。

白非站在墙外看了一会儿就离开了。他下午还想着赶到监狱去。在问过一个人去监狱怎么走后，他就朝农场北面的一条土路上走去了。

出了农场后不久，走着走着就觉得热了起来。七月的天简直骄阳似火，他将长衬衫脱下来搭在胳膊上。公路两旁是农场大片大片的土豆地和黄豆地，土豆地里的土豆秧子已全开花了，白的、粉的土豆花连成一片，煞是好看。在走过一条清亮的小河时，他蹲下身来喝了两口水，站起身来发现不远处有一个养蜂人正站在林地里蜂箱边打量着他。

"去监狱还有多远的路？"

"还有十五里地。"养蜂的老头儿回答他，随后又问他，"你是城里来的？"

"是的。"

"是去探监吗？"

他又模棱两可地点点头。

"那你还是回到场部先住下来吧，今天不是探监日，明天才是，你现在赶过去还得返回来住，那里没有住的地方。"

养蜂人这样一说叫他犹豫起来，他不知道天黑前能不能赶到那里，即使赶到那里他也不知道监狱方面会不会接待他，这里毕竟不是新城监狱，如果没有住的地方再返回来他可真有点儿打怵了，时候不早了。

"你们这些探监的家属我见得多了，都是这么急匆匆地赶来，恨不得马上见到里面的人。可你们总得看看这是在什么地方呀，天马

236

上要黑了，黑了天这里常有野狼出没。"养蜂人看出了他的犹豫又这样说了一句。

白非就决定听从他的话了。明天一早再去监狱也不迟。他打量着四周，他看明白了，这里的马铃薯花开得格外好，是因为蜜蜂采蜜的缘故。地边上生长着一片茂盛的小白桦树林，林间有蜜蜂在"嗡嗡"地飞成一团黄影。

"多好看的马铃薯花啊！"他不由得叹道。

"你说什么？"养蜂人回过头来问了一句。

"我是说这地方太美了，你的蜜蜂让马铃薯花开得这样好。"白非蹲下身去伸手摘了一朵马铃薯花放在鼻下嗅了嗅。养蜂人稍稍愣了一下，"以前也有人这么说过……"

"你也喜欢马铃薯花吗？"养蜂人随意问了一句。

"嗯……是的。"白非点点头，这一刻他不知为什么想起了关平。

"以前有个姑娘常来这里看马铃薯花、画马铃薯花……"老人似在自言自语，又似在回答白非询问的目光。

"那姑娘是谁？"白非警觉地问道。

老人犹豫了一下，慢慢说道："她是这里原来监狱长的女儿，正在读师范，每到放暑假时她都到这里来画画，她很喜欢马铃薯花，每次画完了还要采一把回去，她说这地方的马铃薯花和别的地方不一样。有时还和她姐姐一起来，她们姐俩像极了，都是那么漂亮。"

"后来呢？"白非紧盯着问道。

"后来她们又带来一个很腼腆的小伙子，不过那个小伙子倒也是个心地善良的人，他常常帮着我干活儿，庄稼活他很会干。三个年轻人待在一起有说有笑热闹极了，连我这个老头子都常常会被他们感染的……"老人沉浸在一种往日快乐的回忆当中，脸上被夕阳染上了一层红光，不过他说话的语气依旧很严肃。

"后来那个小伙子娶了那个喜欢马铃薯花的姑娘。"白非沉思着问。

"……不，他娶了她的姐姐。"他又略显惊讶地看了白非一眼。

"哦，是这样。"

老人开始往牛车上搬蜂箱，白非走过去帮他的忙。蜂箱摞上车厢板后，老人又用绳子缠了几道，这才拿起鞭子赶动了马车。老人叫白非坐在前头的车厢板上，白非就坐了上去。

牛车"吱吱呀呀"向场部走去，坑洼不平的土道上，牛车走过，从水坑里溅出一群青蛙崽和蚊虫来……

"听说监狱长的一家后来被两个越狱的逃犯在一天夜里杀害了，是这样的吗？"

老人挥鞭子的手哆嗦一下，牛车也跟着摇晃一下。沉默了片刻听他说道："是的，那两个畜生不仅杀害了监狱长和他的老伴儿，还把他的小女儿就是刚刚师范毕业回来的那个姑娘强奸后杀害了，这两个畜生简直太没有人性了……"老人愤愤不平地说，而后叹息一声不再说什么了。

白非听了心里暗暗吃惊，他没有想到那个监狱长的小女儿在死之前还遭到过强奸。

牛车赶到了场里，老人告诉他离场部不远有一家叫安民的旅店，一般去探监的人都住在那里。白非就跳下车去，他没忘说了声谢谢。老人和他的牛车挺沉重地往场里晃荡着走去，直到走没了背影，白非才收回目光移动开脚步。

正像养蜂人告诉的那样，这家旅店里果真住了些等着明日探监的人，有的还是从很远的地方坐了几天几夜的火车赶到的。因为这是一座老监狱，关押了不少重刑犯。从他们的叹息中能感觉到来这里探一次监很不容易。走廊里有两个乡下妇女当着走过人的面敞着怀在奶怀里的孩子。她们就住在白非隔壁，大人哭小孩叫，吵得白非一夜都没怎么睡好觉。

第二天早起吃了点儿东西，白非就和那些去探监的人租了一辆镇上的马车去监狱了。上车前那两个乡下妇女还在和车老板讨价还价，每个人付两元钱车费，她们非要给一元钱，并且每人带的一个包裹加收的五角钱车费也不肯交。车老板就叫她俩下去，她俩并不下去，嘴里还在哀求着车老板。一车人就静静地坐在车上看着他们。白非从怀里掏出了五元钱递给了车老板，说这是她俩的车费，让他快赶车吧。车老板这才把车赶走了。

她俩掉过头来冲白非点头致谢："好人，你一定会得到好报的。老天爷一定会保佑你的亲人早点儿出来的。"白非听了也没有解释。

三匹栗色马扬开蹄子跑了起来，仅仅用了一个多小时就赶到了泰来监狱。远远望去这里的监狱像一座古城堡，坐落在一片荒野间，透着一种孤寂和森严。监狱外墙的红砖年头久了已变成灰色的了，铁大门的黑漆也已掉漆褪色了。高墙四角岗楼像他在电影里见过的老式日本兵把守的岗楼。白非没有和那车人一起向探监室涌去，他向门卫的武警战士出示了证件问监狱长怎么找，全副武装的执勤武警战士在查看了他的证件后指给了他那座在大墙外新盖的办公室小楼。白非找了过去。

在一楼狱长室里他见到了监狱长，他反复翻弄着白非的证件，警惕地问他想干什么。看来他们这里很少有记者来采访。

"我想了解一个人，这个人是从你们监狱出去的，他现在立功了。他现在是新城监狱的狱政科长。"白非没有说他想了解八年前那起越狱案，他怕这么说会引起监狱长的介意。

果然监狱长脸上有了松动。他"哦"了一声，随手拨了一个电话，叫狱政科长过来，交代他几句什么叫他把白非带走了。狱政科长姓张。

"你来了解关平吗?"走出来一直没有说话的张科长讳莫如深地瞅了他一眼说,"那么你来找我算找对了。"张科长低声对他说,"我俩是同学,是同一年从警校分配到这里的。"白非不由得打量了张科长一眼,他看上去比关平老相了许多,脸又黑又瘦的。也许是这里的生活环境不比城里。

走进阴森的监狱大院,白非注意打量了一下院内,感觉这里无论是狱舍还是犯人管理都是和新城监狱没法比的。大院里看不到犯人活动的身影,这个张科长告诉他这里的犯人除了外出干活儿再好的天气也要关在狱舍里的(据说是为了防止犯人串通越狱)。探监室里不断传来管教的训斥声。院子里搭晒着一些犯人的被褥,狱舍砖房很低矮,石头地基墙已下沉地面有二尺多。里面无论冬夏都很潮湿、阴暗,许多犯人都染上了不同程度的疥疮、湿疹。张科长毫不忌讳地说。

"你是说那个家伙现在也当上狱政科长了?"坐进他的办公室里张科长这样问道。他办公室里除了一张铁床、一张掉了漆的办公桌和一把简陋的椅子外,什么都没有了。

"是的,他刚刚荣获了一个个人二等功……"白非又这样告诉他。

"是这样的,这真是没有想到哇!"张科长眼瞅着窗外眼里说不出是嫉妒还是嘲讽地说。

"怎么,难道说他以前在这里干得不尽如人意吗?"白非追问了一句。

"……那倒不是。"张科长岔开了话题,白非留意到了张科长脸上的这种变化。

"不过他很走运,我是说这个家伙很有桃花运。他刚毕业没多久

240

就娶了我们监狱长的女儿做老婆，这可是我们谁都没有想到的，要知道我们都是从乡下考警校出来的，要娶监狱长的女儿做老婆简直是癞蛤蟆想吃天鹅肉，他却真的娶了。依我们私下推断，他该得到提拔重用了，可谁想到却出了那件事……唉！"

"你是说监狱长被杀的事？"

张科长惊异地看了他一眼，点点头，收住了口。看看时候到中午了，张科长领白非到监狱管教食堂里吃饭。这里的伙食也跟新城监狱里的没法比。管教们的伙食连那里的犯人吃的都不如。

下午白非本想找机会再详细问问监狱长被杀的事，可都被张科长手头一些工作上的事打断了。他很忙，这个监狱是一个人当两个人用。不过白非也感觉到张科长对八年前越狱那件事也不愿向他多透露什么，他想这可能是上午监狱长交代他的。张科长告诉他的都限于报上报道过的。只是有一点是鲜为人知的，那就是泰来监狱最大一起越狱杀人潜逃案，在隔了两年后已经结案了。逃跑的两名凶犯在后来的一次作案中，双双被击毙了。

他突然问张科长："你们监狱关没关押过一个叫张伟力的犯人？"张科长认真地想了想摇摇头说没有。"八年前也没有过吗？"他提醒道。张科长再次摇了摇头说："没有，我的记忆力不会有错的，没有这么个人。"

晚上离开监狱时，白非又是坐着接探监人回去的马车回农场的。那个张科长的家也在农场住，下了班他也跟着坐这辆马车回去的。在车上有的犯人家属跟他套近乎，还有人殷勤地递给他烟抽，他没客气地接了，看来他很习惯这样了。

"喂，一起去喝两杯怎么样？"下了车，等人走光了，白非朝黑影里走去的那个人说道。他回过头来，打量了一眼他，"……好吧。"他跟他走了。

坐到酒馆里，白非才知道张科长娶的是农村老婆，所以才那样羡慕关平。酒菜很快就上来了，他们先默默喝了起来。酒馆里只有他们两人。

"关平在警校里表现怎么样呢？"

"你说他吗……他腼腆得像个大姑娘……简直是个胆小鬼，你知道他第一次打枪是什么样子吗？他竟然吓得哆嗦地把枪扔在了地上。那时我们就在想像他这种人怎么能来当警察呢？"两杯白酒下肚，张科长的脸慢慢红了起来，舌头也有点儿发硬。

"那他是怎么娶到监狱长的女儿的？"

"我说过这家伙很走运，当然就是瞎猫也有碰着死老鼠的时候，他救过监狱长女儿的命……"

"他救过监狱长女儿的命？是怎么救的？"白非不由得问道。

尽管张科长极不情愿，还是简单说起了关平有一次从家休息回来，在山林里路遇一只狼袭击一女子，关平将那女子解救了。事后才知那女子正是我们马监狱长当小学老师的大女儿。那天她去偏远的一个学生家里补课，回来的路上遇到了那只老狼，她就躲到了树上去，等看到远处林子里有人影走过，她就拼命喊救命。偏巧那天关平是带了枪回家的，他平时休息从不把枪带回家，总担心枪带在身上是危险的。听到喊声他才举着枪，小心翼翼地猫腰悄悄走近前去，那只狼围着树根部转磨磨，完全被姑娘的惊吓声吸引住了，这才让他打了个正着。姑娘从树上下来紧紧抱住他时，他还吓得有点儿发愣呢。

"哦，这么说他会得到马监狱长的关照了？"

"屁，他这个窝囊废，我们是一同分到监狱来的，我当上狱侦员的时候他还是一个管教。马监狱长并没有因为这件事而格外照顾他，你知道他是怎么把那只狼打死的吗？他把手枪里发给他的八发子弹都打光了，才打死了那只老狼，要是我一枪就会结果了它的性命的。事后听说马监狱长把他找了去，替他交了那八发子弹的钱，并说要想在监狱里有发展要靠自己的努力，他不会因为这件事给他特殊照顾的。他继续当他的管教，后来他刚刚被提拔做狱侦科侦查员，他负责的监区就发生这起重大的越狱案。

"……真没想到他现在会立功，自从出了那件事后他情绪悲观极了，想想看那件事的发生或多或少还和他有点儿关系哩。所以他都想脱下警服了。这个家伙，没想到枪法现在练得这样好。"

"这是怎么回事呢？"

"出了那件事后，有一次关平喝醉了私下里跟我说他很后悔当时没有想到那两个逃犯会躲藏在监狱长家的菜窖里，因为头年秋天的时候，他曾带过其中的一个犯人往监狱长家送过土豆。那个犯人对监狱长家的地形和仓房里的菜窖显然是清楚的……还有……"张科长大着舌头不愿讲下去了。

"还有什么？"白非紧盯着他的脸色问。

张科长吞吞吐吐起来，烧红的眼睛游移地移向窗外，不过他还是隐隐约约说出了这样一件事情，说是后来听那名当班的管教向他讲，当天下午收工后，发现两名犯人跑了，监狱曾组织干警和武警向四外搜索。关平和那个管教沿农场方向搜索到小河边一带的土豆地时，是关平对那个管教说撤回去的……事发后经过分析判断，那两个犯人确实在他们搜索过的那块土豆地地垄沟里躲藏过，如果他们仔细搜索就会找到的……

"啊……是这样的？"这回连白非也大吃一惊了。

白非和张科长一直在酒馆里喝到挺晚才离开。白非回到旅店里并没有马上入睡。躺在床上他的脑子里一直反复在想着张科长的话，和报纸上的报道联系起来，八年前的那起越狱案逐渐清晰起来……

243

6

七月正是土豆花开得灿烂的季节。那一年七月里的那个傍晚显然是个不同寻常的夏日傍晚。用张科长的话说那一年夏天出奇的热，热得人脑袋都发晕。

傍晚，如血的残阳躲在了两块阴云的后面，铲完地集合起来的囚犯和管教们刚刚透过一口气来，点名少了两个犯人。无论是犯人还是管教都惊出了一身汗。监狱中队长立即吹哨集合人员向大地四外拉网搜索起来……

此时那两个刚刚逃离外围警戒线的囚犯跌跌撞撞跑到河边这块土豆地里来，不知是惊吓还是跑得急，他俩都有些上气不接下气了，就一头扎到了地垄沟里，身子紧紧地贴在了泥土里，没膝深的土豆秧子遮住了他们的身影。从白天他们铲过的土豆地方向传来鼎沸的人声……渐渐地，他俩清晰地听到两个狱警的脚步声向他们藏身的这块土豆地里走过来，二十米、十五米、十米，"307 号、208 号，出来，我已经看到你们啦，再不出来我就开枪了。"趴着的那个年轻一点儿的囚犯身子刚要动一下，被旁边垄沟里卧着的那个年纪大的囚犯伸过的手一把按住了头，并在他耳边悄声恶狠狠说："别动，如果他们过来，我们就拼了，回去反正是个死。"那个喊话的狱警就站在离他们六七米的地方。"听到什么动静了吗？"另一个狱警跟过来问，他的声音听起来有些紧张。"还没有，不过我想他俩不会这么快跑过前边那条河，我们搜仔细点儿。"就在这时，西边的天际滚过一声炸雷，站着的两人身子抖了一下。接着就下起豆大的雨点来。"算啦，我们还是往回搜吧。"后过来的那个狱警说，先前喊话的那个狱警还有点儿不愿走，"如果抓不到他俩，我该怎么办？会不会开除我?"他突然说。"放心，他俩跑不出去的，咱们的人已封锁了各个路口。"另一个狱警在安慰他，他俩终于移动了后撤的脚步，脚步声渐渐远去了……雨越下越大。

当晚，那两个囚犯蹚过了河，来到农场家属住宅区里，先躲在一户人家的猪圈里，他俩都成了落汤鸡。从农场场部方向传来了不断的警车笛声，看来监狱方面已通知了县公安局，把这一带都控制了。

后半夜时，年纪大的犯人摇醒了年轻的犯人，他瞪着迷迷糊糊的他说："这地方不能久待，天亮后就会被人发觉的。"

"那我们怎么办?"年轻的犯人吃惊地问。

"我带你去一个安全的地方。"他贴在年轻犯人耳边耳语了几句。年轻的犯人更吃惊地瞪大了眼珠："我们……这不是自投罗网?"

"放心，这会儿只有监狱长的家才是最安全的，他家的菜窖我去过……"

年纪大的犯人几乎是轻车熟路地带着年轻的犯人摸到监狱长家的院前来，他俩轻轻翻墙跳进院子里去。屋里的窗漆黑一片。监狱长家的土豆窖在仓房里，仓房里没上锁，年纪大的犯人轻轻拉开门他俩身跟身闪了进去，仓房的门随后又轻轻带上。年纪大的犯人摸黑打开土豆窖盖先跳下身去。等年轻的犯人下来他又将盖子盖好。土豆窖里有点儿潮湿，两个人依偎在土壁上换班打起盹来。经过天黑前的奔逃实在太困太累了。

白天从土豆窖木板盖缝隙里能看到院子里走动的人影。可是他们并没有看到监狱长进出的身影。那个老妇人年纪大的犯人见过，他上次往他家里送土豆时，将衣服的扣子剐掉了一颗，老太太还好心地给他衣服扣子缝上了。那个姑娘是谁? 他上次来时没有见过，她那修长的白腿穿着白色连衣裙很漂亮，那张漂亮的脸蛋在阳光下就像一朵花似的晃来晃去，再加上她那银铃般的笑声，刺激得他身体某个部位蠢蠢欲动。他斜了一下眼睛，见他的伙伴也正一眨不眨地往外瞧呢。

这个姑娘年轻的犯人见过，是在他们去大田里劳动的路上，他看见她穿着白色连衣裙站在一片没过膝的土豆地里，好像在画画。那片土豆地里的土豆花盛开得十分好看。那一刻他想起了他的未婚妻，他是为她坐牢的，他们就要结婚了，为了办婚事的钱他才去盗窃……结果他被判了六年徒刑。再有两年就可以出狱了，进来时他告诉过未婚妻，这六年里不要到这种地方来看他，叫她等着他，他一出去就找她结婚。现在他很后悔当初这么叮嘱她了，每当有探监的人来探监的日子都是他最难受的日子。他没有别的亲人了，只有那个姑娘。"她现在在外头怎么样啦？"这四年他几乎是度日如年。"别傻啦，现在外面的世界花花得很，没有哪个女子肯为你等上六年的。"钟大头一进来就这么跟他说过，他是个杀人犯。跟人打仗把人捅死了，被判了死缓。从他进来的第一天就盯上了他，就盘算着怎么结伙逃出去。他太想她了，剩下的两年他再也无法等待下去，眼前即使是一个陷阱他也要闭着眼睛往下跳了。

白天他们也换着班打个盹，为的是夜里养足精神。

下午，院子里又走进来一个和那个姑娘长得十分相像的女子，她带来了一个两岁左右的小男孩儿，说学校里组织老师去旅游，要把宝贝放在姥姥家住几天。

一整天倒是后来的那个小男孩儿往仓房跟前蹒跚地走过来几次，但都被老太太阻止了，说仓房里有耗子，小男孩儿就没开门进来。他俩饿了就啃了几个丢弃在窖里生过土豆芽子的蔫土豆，这种软绵绵的土豆味道真是不好吃。吃饭时那个令他们胆战心惊的监狱长回来过一次，再出去时他对跟出来的老太太说晚上回来住，随后又俯下身亲了一下小男孩儿的脸蛋。

"看来今晚后半夜他们会撤掉警戒线的，我们后半夜逃出去。不过我们得借他的家伙用用。"年纪大的犯人冲他会意地使了一下眼色。

年轻的犯人从他凶狠的眼神里似乎明白了什么，一阵战栗掠过全身。

东屋那个姑娘住的房间已熄了灯，而西屋里的灯还在亮着。"该动手了……"年纪大的犯人捅了他一下，他俩悄悄摸出了土豆窖。从黑漆漆的外面看亮着灯的屋里，老太太正戴着老花镜在缝一件衣服，小男孩儿在炕上睡着了。门虚掩着，他拉开门后冲年轻的犯人摆了一下头，示意他去东屋里。而他则摸进西屋里去。

"你是谁呀？"听见西屋里传来一声问。

"您不认识我了吗，您还给我缝过扣子……"

"你是……"老太太下半声还没出来就咽了气。

年纪大的犯人来到东屋里。黑暗中，年轻的犯人还站在地中央发愣，身子好像筛糠似的在发抖。"还等什么？"他一步蹿上了炕去……"别，不要碰她。"年纪大的犯人似乎愣怔地看了他一眼，随后掀开姑娘的被子。熟睡的姑娘惊醒了，刚要喊嘴就被什么东西捂住了，她的两条腿在下面拼命扭曲挣扎蹬着，蹬掉了被子，露出了白皙的大腿、红色的短裤和丰满的乳房……年纪大的犯人突然停住了扼住咽喉的手，"救命……"从姑娘嘴里发出微弱的一声喊，很快被身上的人狰狞的身影压住了……

"该你的了，快点儿！"年纪大的犯人从她身上喘着粗气下来时说了一句。

他没有动，身子越发筛糠得不行……一双大手悄悄伸过来，扼住了姑娘的喉咙。"不、不要……"他的身子像中了弹一样立住不动

247

了！"你他妈的不要命了！"黑暗中那个声音冷冷地说。他脊背上的凉意顺着下身走下来，他吃惊地瞪大了惊惧的眼睛。

第二天早上县公安局刑警队来勘察现场时发现，监狱长是刚刚走进家门被砍死的，一脚门里一脚门外躺在地上。他身上一共挨了七刀。凶器是他家的一把菜刀。他身上枪套里的手枪被凶犯抢走了，另有子弹八发。东西屋炕上的人是被掐死的，姑娘死前被强奸过。

监狱长的女婿是在勘察现场时被人找到的，院墙外站满了人，刑警队的人还不允许他进去，他跳上了墙头，刚好从里面抬出大大小小四具尸体，他只看了一眼，就一头从墙上栽下来晕了过去。

……

"那他的妻子是什么时候知道的？"白非后来再见到张科长时问。

"是在她们学校组织外出旅游两周后回来的时候……走的时候一家老老少少还好好的，回来的时候却一个也没有了，她一到家听说了就晕了过去，被送进医院醒来后就精神有些恍惚失常了。学校也让她回家休长假了，唉……真是飞来的横祸呀。"张科长叹息着摇摇头。

"那两个犯人都叫什么名字？"

"一个叫钟铁成，一个叫张自立，钟铁成是因为杀人罪被捕入狱的，张自立是因为盗窃罪被捕入狱的……"

"张自立？"白非在嘴里默默念叨这个名字，突然想到会不会和张伟力是同一个人？他又紧张地问道："这个案子后来是怎么结的？"

"别提了，这个当初轰动全省的越狱案拖了许久也没有侦破，上上下下都感到了压力，即使监狱长不是被杀也要被撤职的，他俩越狱后流窜到南方去了，两年后在一次抢劫银行作案中双双被击毙了……"

白非听了心里沉了一下。

"那么，关平是什么时候调走的，是他自己要求调走的吗?"

"是的，出了这件事对他的打击太大了，还有他的妻子整天面对这么熟悉的环境，精神上怎么能受得了这么个刺激，换个环境对她或许会好些。所以当后事料理结束以后，组织上问关平有什么要求，他就提出来要到别的监狱去工作。"

"我想即使不是因为这个调走，他也没有脸面再在这里干下去了。"

"为什么?"

白非已从张科长的眼神中明白过来什么了。

白非本来还想找找事发当时和关平在一起搜索的那个管教谈谈，可听张科长说那个管教因为是直接责任人，被判了两年刑。刑满后先在农场里干了一阵临时工，后来回山东老家去了。白非就作罢了。

白非下午同张科长告辞时，张科长对他说:"请代我问候一下他还有他的爱人，这么多年他走后一直没有他的消息，还挺为他担心的，现在看来用不着了，这家伙干得不赖。"

白非听了心里有什么东西硌了一下，他有点儿郁悒地离开了泰来监狱。

7

白非从泰来监狱回来，他并没有马上赶回新城。他中途转乘了发往明水县城去的长途班车，他从张科长那里了解到那个叫张自立的犯人老家就是明水县城的，他想去见一见他的未婚妻，究竟是个什么样的姑娘让他不顾一切这样越狱，再有两年他就可以出狱了，白非有点儿为他可惜。也许那姑娘现在已嫁人了吧。他拿不准这样冒失地去会不会打扰人家的生活。

汽车在傍晚开到了明水县城。白非先找到了当地派出所，派出所里别的民警都下班了，值班的民警听白非说明了来意后把管片的民警找来了。这管片的民警年纪挺大，是城关一带的老管片民警了。他上下打量了白非一眼，就帮白非查找起户籍册来。

　　"你说的张自立这个人，他在八年前判刑入狱户口就吊销了……"

　　"那他后来没有刑满释放回来过吗？"白非佯装不知地问。

　　"没有……"老管片民警犹犹豫豫又打量了一眼白非说，"我想起来了，他在服刑期间越狱逃跑了，监狱方面曾派人来县里追捕过，不过后来听说逃到南方去了，在一次作案中被击毙了。"

　　"听说他被捕前有一个未婚妻，那姑娘现在怎么样了，还住在这里吗？"

　　"他的未婚妻叫吴秀文，六年前就不在我的管区住了，听说她到城里打工去了。"

　　"哦，是这样……"这多多少少有点儿出乎白非的预料。

　　"那她到哪个城里打工去了呢？"

　　"这个、这个我也说不太清楚。"

　　看看天色已晚，老管片民警带白非到街上一家面馆里去吃饭。坐下后白非又问道："张自立在县城里还有什么亲人？"

　　老管片民警摇摇头说："没有什么人了，张自立打小在他不懂事时，他的母亲就和他父亲离婚了，离婚后他的母亲嫁到外省去了，再没有回来过。他跟着他父亲过，他十岁那年他父亲得脑出血死了，他就由他奶奶带住到我的管区来。要说由他奶奶一个孤老婆子把他带大也真不容易，冬天领他捡过煤核，夏天领他捡过菜叶。可谁知这样的苦日子也不长呢，他上初中一年级的时候，他奶奶也得脑出血去世了，撇下了他。他就休学了，张自立就是从这个时候起开始学坏了，整天和一些小混混在一起，打架偷窃，几乎成了派出所里的常客。"

"那么他和吴秀文是怎么认识的呢?"白非停住了筷头。

"吴秀文和他是初中时的同学，要说呢，这也是一个苦命的姑娘，原来父母家在乡下，有一年发大水家里遭遇了水灾，她就投奔到县城她的姨家来上学。她姨家没有孩子，她姨也打算把她过继到家里来做养女。她在学校里经常受别的男孩子欺侮，张自立从中保护过她，也算是同病相怜吧，这样一来二去他们就常在一起了。张自立初中没念完退学后，这姑娘念完初中毕业也不再念了，缘由是她姨父不让她再念了，她姨父还反对她和张自立交往。对于张自立和她处朋友她姨父更是百般阻挠，为了阻止她跟张自立约会，她姨父曾经把她反锁过屋里。如果不是张自立因为盗窃坐了牢，他一定会找她姨父进行报复的，他曾扬言要杀了她姨父。"

"后来怎么样啦?"白非慢慢地往下吞着面条。

"吴秀文在张自立坐牢以后，学过一段服装裁剪，后来又自己开了一个服装店。要说呢，这姑娘除了人长得俊俏外，也挺心灵手巧的。街坊邻居们的针线活都找她去做，要不是她后来到城里去，她的小店生意一定会红火起来的。"

"她为什么要一个人去城里呢?仅仅是因为张自立越狱潜逃被击毙了吗?"白非自言自语地问。

"这我就不太清楚了。"老管片民警眼里闪闪烁烁有些犹豫地说。

"她去哪里啦?她和她姨家有联系吗?"

"不知道……好像没有吧。"老管片民警摇摇头。

吃完饭出了面馆，白非想到吴秀文的姨家去看看，也许能打听到点儿吴秀文现在的情况。他俩走在窄窄的胡同里，半路上老管片民警突然说:"我们还是不去了吧。"

白非有些疑问地瞅着他。

"去了也不会打听到什么，她不会再和她姨家有什么联系的。"
老片警说。

"为什么?"

"她姨父曾经打过她的主意，企图奸淫过她……那是张自立坐牢
以后，有一天夜里她姨父喝醉了酒摸进了她的房间，被她姨发觉后
制止了。过后那姑娘找到派出所来跟我说，我曾经去警告过他，如
果他再有这么一次，我会叫他去坐牢的。以后他规矩了许多。"

"怪不得……"白非心里想，如果是这样的话，那姑娘是不会再
和她姨家有什么联系了。白非也打消了再去那户人家的念头。

"她姨父是干什么的?"

"是镇上的一个鞋匠。"老片警说。

看看时候不早了，他就叫那个老片警回去了。老片警执意非要
把他送到胡同尽头的一家小旅馆门口。

夜幕笼罩着这家吊着两只红灯笼的小旅馆，小县城的胡同里透
着一股温馨的宁静。

他冲老片警摆摆手，老片警就弓曲着驼背打夜幕里慢慢地走去
了……

白非在小旅馆里住了一夜，次日上午他坐汽车离开了明水县。

8

白非回来以后，他并没有马上再到新城监狱去。他突然为当初
要采访关平的想法感到困惑了。

白非无意中又翻出了那两封匿名信，当然主任早已忘记了这件
事。白非久久注视着上面的话……这会儿恐怕连那个写信的女人都

会忘记这件事了。两封来信信封上的邮戳都是本市的铁西区和平支局。那一带是平房区，住的大多是外来人口。

白非在连续三个傍晚下班后去和平里弄调查后，一天下午，他走进了一个偏僻的丁字拐角胡同里一个叫绣文的服装店里。女主人正在缝纫机上扎着一条裤子，她看上去有三十二三岁的样子，模样秀气文静。

"您要做衣服吗?"她头也没抬地问。

"不要……"

她抬起头来打量着他："那您是?"

"我是《新城晚报》的记者，我来找个人。"白非掏出了记者证，他注意到她沉静的眼神稍稍有一丝闪动。

"找谁?"

"找你。"

"我不认识您。"

"一年前你给我们报社写过匿名信……"

"不，不，我没有给你们写过什么信……"她的脸稍稍红了下，看来她还不习惯说谎。

"如果你不想让你丈夫知道这件事，我们最好找个地方谈一谈。"白非已经知道她现在的丈夫是铁路货场的一名装卸工人，有时也帮她店里拉点儿布匹货。他们很相爱，日子过得还不错。他也不希望这个时候撞见她丈夫回来。

她最终还是听从了他的话，收拾了一下，锁好服装店的门跟他走了。

他们来到另一条街上一个僻静的茶馆里。坐下后，白非细细地打量了一下她，这是一个细看很受看的女人，腰身匀称，臀部和胸部饱满，衣着可身恰到好处。

253

"你叫吴秀文?" 白非盯着她问了一句。

她点点头。

"你的前夫叫张伟力,不,他原来的名字叫张自立,对吧。"

女人听了肩头微微一震,惊讶地抬起头来望着他。

"这么说他八年前从监狱里逃出来以后并没有死,说说他后来是怎么找到你的?" 白非慢慢地盯着她说道。

女人再抬起头来,两眼已噙满了滚动的泪水,她轻轻抽泣起来。等她饮泣够了,便断断续续讲述起六年前张自立从广东回来找她的事情来……

在监狱派人去明水县城调查张自立的事情时,吴秀文就知道了张自立伙同人从监狱里越狱逃跑了,她知道张自立是为了她才等不及拼命从监狱里跑出来的,那些日子她整天提心吊胆的,夜里睡觉她门都不敢闩。她既希望张自立能够在某一天夜里潜伏回来,又希望他跑得远远的。

这样的日子差不多过去了一年多,一天半夜里她正在熟睡中,房门被轻轻推开了,一个人影摸黑神神秘秘摸进她的房间来。她当时正在做着一个噩梦,梦见张自立正在被人追杀。好像张自立领着她逃到了南方一个县城里,警察认出了张自立,他们没命地往城外跑了起来,跑着跑着她跑不动了,蹲在一片庄稼地里呕吐起来,警察还在紧追着张自立不放。张自立朝一个池塘边跑去,警察喊站住他也没站住。警察就开枪了——啪!啪!张自立纵身跳进池塘里,好像打中了他。警察走开了。吴秀文哭着喊着扑到池塘边,也跳了下去。她一跳到池沿边底下,就被人一把抱住了,她刚要惊喜地喊出:"自立哥,你没被淹死吗?" 嘴巴就被底下的人紧紧捂住了。原来池塘里没有水,池塘底面是光平平的沙滩。怀里抱着她的人动手给她解衣服,她像条光滑的白鱼仰躺在细沙上,身上的人惊奇地打

254

量她，打量她二十四岁的胴体，说了一句："你想死我啦。"就翻身把她压在身下，她不知是痛苦还是幸福地喊起来，可嘴又被人捂住了……

这个垂涎已久有点儿跛脚的男人没有想到会这么容易得手，他心里正暗暗自喜得意着。如果不是白天上派出所里听到的那个消息，他还没有这个胆量。现在他没有什么可顾忌的了，他快活忘乎所以地差点儿叫出声来，就忘了他是一只乘人之危偷腥的猫。

"啪!"一记耳光打到他的脸上来，他清醒了。看到身下温柔的姑娘转眼间像个被激怒的豹子，把他从身上推下去，拉紧了被子缩到墙角里去，委屈、气愤、恐惧地瞪着他："你、你怎么能……"姑娘的嘴唇在哆嗦发抖。

"别嚷嚷，我的小姑奶奶。"此时他还真怕惊动了后院屋里的她的姨妈。

"你就不怕自立哥回来杀了你! 他回来一定不会放过你的。"姑娘恨恨地说，随后就委屈至极地哭泣了起来。面对暴怒的姑娘他还真有点儿束手无策。不过姑娘这句话倒提醒了他，他放下心来说："张自立死啦。"

"你说什么?!"姑娘惊呆了，她抬起泪眼，不敢相信自己的耳朵。

"今天上午我在派出所听说的，张自立在南方抢劫被当场击毙了……"

姑娘傻了，五年的苦苦等待就这么被一句轻飘飘的话一下子击垮了，她目光直直地望着这个畜生，不知所措。眼下的失身已不重要了，心爱的人已经死了，保住自己的贞操还有什么用呢。她撕扯着自己的短裤，将这条沾着处女血迹的短裤一条条撕成碎布。

她的姨父不知什么时候偷偷溜出了她的房间……

255

那一晚过后她曾想到过自杀，也曾想到过把那畜生告到监狱里去，可是一想到这样做会使姨妈难堪，她就忍了下来。那个畜生倒是没有再碰她，并且一再说她开服装店借的钱由他去还，不知内情的姨妈还满心欢喜，没事时还常到店里和她一起做活儿。她的性格开始变得孤僻起来，跟谁也不愿多说话。店里的活儿大部分交给了她姨妈去做。

日子不知不觉过去了半年。一天夜里她刚刚睡下，听到挂着的门上有动静，她醒来了，以为又是她姨父要来占她的便宜，就把放在枕头下的剪刀拿在了手里，穿好衣服悄悄走到门边上去。外边的人还在轻轻拨动着门闩。"谁？"她喝问了一句。"是我。"外边的人小声地贴着门板说。她听了，手里的剪刀就"当啷"一声掉到地上，手脚哆嗦地打开了门，来人迅速闪身进了屋，一把抱住了她，又没忘回手把门插上了。"别开灯！"他阻止了她。"你、你不是死了吗？"她的嘴仍然吃惊地张大着。"没有，老天爷让我今生再见到你。"他紧紧抱住了惊呆了的她，两人都有点儿晕得喘不过气来了——

他告诉她，他和钟大头从监狱里逃出来的时候，他本来想立刻回来见她的。可是钟大头没让，钟大头说监狱的警察一定会通知明水县警方的。他一想也是，就跟钟大头躲到了他的一个同伙兄弟那里。在他的那个同伙兄弟那里躲藏了有半年，一直没有在外边露面，看看风声消停了点儿，钟大头就和他还有那个兄弟商量，他们一起逃到南方去发财。他本来不想跟他们去的，但架不住钟大头的威胁，说他现在回去还容易叫警察抓住，等到南方躲避两年再说，他俩是一根绳上的蚂蚱，他被抓住了他也跑不了，如果他现在实在要回明水老家去见他的女人，就先拿下他钟大头的脑袋吧。张自立只好跟着他俩去广东了。到了广东后他们先在乡下待了一段时间，后来就

256

在肇庆城里找到了落脚点，靠抢劫偷窃度日。在南方逃亡的那些日日夜夜，他无时不在思念他的女人，有几次他动了逃跑的念头，但都被钟大头察觉阻止了。钟大头后来说，等他们站稳了脚跟答应叫他回东北去把他的女人接来。他信以为真，岂不知这是钟大头的缓兵之计，有一次他夜里起夜亲耳听到那个兄弟跟钟大头说要做掉他的话，省得将来惹麻烦。钟大头说再等等。他听了吓出了一身冷汗。

从那以后，他都小心提防着他俩，夜里睡觉也不敢闭实眼睛，并且暗暗寻找着逃跑的最佳时机。那次抢银行他认为时机来了，钟大头和那个兄弟先到了银行楼前的会合地点，他故意磨蹭了两分钟，结果钟大头等不及了和他的兄弟先进去了。他刚要靠上去，得到报警的警察迅速堵住了门口，这一切和他事先料到的一样，他惊慌地溜走了。钟大头和警察发生了枪战，最后那个兄弟拉响了揣在兜里的自制炸药瓶与一个警察同归于尽了。事后，勘察现场的警察从被击毙的钟大头手里的那把五四手枪验定他俩就是两年前通缉的那两个越狱在逃犯，而那个兄弟的面部已被炸药炸得血肉模糊，就被误认为是张自立了，再加上他俩年龄、身高都差不多。真是天赐良机。

钟大头和他的那个同伙兄弟死后，张自立在南方又躲藏了些时日，他就潜逃到北方来，他先潜逃到新城，他知道这个时候还不能在明水县城露面。他先在新城铁西平房区一带落了脚，改了名字，和一些新结识进城来的农民工干起了蹬三轮车的生意。过了三个月，日子平稳下来，他就急不可耐地潜回明水县城找吴秀文来了，要把她也接进城去。吴秀文住在她姨家院前的偏厦子里，他轻车熟路，趁夜深人静他就翻墙摸进院来。他料到吴秀文见到他一定会大吃一惊的，死人变活人，搁谁身上谁都会难以相信的。可是他没有想到怀里的姑娘听完他的讲述，身子还在一直抖个不停，嘴里仍在嘤嘤抽泣着……他想这可能是过度的惊喜造成的，就没深问。

且说吴秀文突然见到死去复活的心上人，自是又惊又喜。可是她又怕他这时要自己的身子，自己控制不住说出被姨父奸污的事来。她知道他的火暴脾气，他一定会立马冲到后屋去找那个畜生拼命的。

　　"快收拾一下东西跟我走！"张自立突然松开了她的怀抱，他知道此地不可久留。

　　"现在？"吴秀文一愣。

　　"对，现在，趁没惊动别人我们得连夜离开。"

　　吴秀文就赶紧慌慌张张收拾东西了，她也恨不得马上离开她姨家，这个家她一刻也不想待了。倒是张自立细心地提醒她给她姨留个字条，以免她姨发现她不见了到处乱找她。她就给她姨留了个字条，说她一个人到城里找工作去了，叫她不要找她了。

　　留完字条她就挟着包袱和张自立翻过院墙走了。从与张自立奔走的那个晚上开始，她好像看到了生活的新的希望，可谁能想到这希望在进城两年后又破灭了呢……

　　"张自立跟你说起过他是怎么逃出来的吗？"白非打断她的讲述这样问道。

　　"他后来跟俺说起过，他说杀监狱长一家都是钟大头一个人干的。"吴秀文说，"俺曾劝过他去自首，不要过这种人不人鬼不鬼的日子。可他没听俺的，他说他逃出来跟着钟大头参与了几次抢劫，警察也不会放过他的。俺说再加重判刑俺还会再等他出来。他说再判刑他可等不了啦，他不想再丢下俺一个人在外边了。一提到这个话茬俺心也软了，俺也不想让他再进去。"吴秀文的眼眶又涌出泪来。

　　"那他有没有说过，监狱长的女儿遭到强奸的事呢？"白非随意地问了一句。

　　吴秀文听清了后吃惊地抬起了头，随后摇摇头，说没有。

白非在想他什么事都向她说了，单单隐瞒了这件事。看来他十分爱眼前这个女人。

"他不会干这种事情的。"吴秀文又十分自信地说了一句。这又让白非吃了一惊。

"我的丈夫快回来了，我该走了。"女人站起来说。

白非看看外面天色不早了，也站起身来与她告辞了。

9

白非次日上午又来到西宾路派出所里，张伟力的最后案发是由这个派出所受理的。他找到负责这个案子的李探长，李探长翻出来卷宗回忆说，那是前年国庆节前的一个晚上……

李探长正在派出所里值班，一个三十岁左右的女司机慌慌张张跑进来报案，说她刚才在西城郊外一片空地里遭到一名乘车男子抢劫。身上的五百元现金和一条项链被抢走了……

李探长和另一名警员跟着受害人开车来到实施抢劫的城郊那片空地上，这里离城里不远不近，倒也僻静，不像是外地流窜犯作案。随后他们又检查了女出租车司机的那台车，这是一台夏利车，车上有轻微的搏斗过的痕迹，而刚才在派出所里询问那女出租车司机时，她并没有谈起与那名男子搏斗过，这让李探长心里稍稍觉得蹊跷，不过他当时忙着给现场拍照并没有太往心里去。据那名女司机讲，她是在市中心繁华商业区拉上这名男子的，当时正是下班的人流高峰期，她并没有留意那名男子是从哪个方向走出来的。他上车后说要到城关镇去，这会儿客流很好，她并不想跑这么远的路。可她看那男子一副老实的模样，还是去了。一路上这名男子再没多说话，一直眼望着前方。可是车刚刚开到这里时，那男子突然说话了，叫她把车停下，把身上的钱掏出来。她吓得浑身哆嗦起来，照着他的话去做了。这种事情她以前听别的出租车司机讲过，这种时候只有乖乖交钱才能保命……李探长打量着四周，这里的确是个僻静的地带，半天也不见一辆别的什么车从这里通过。

当晚在派出所里询问完那名女司机就叫她回去了，他们把这作为一起抢劫案子上报到了局里，并和刑警队一道展开了侦查。案子过了三个多月后被破获了，犯罪嫌疑人是一名家住铁西棚户区的三轮车夫，名叫张伟力。

就在他们结案把案子卷宗交到法院审理时，三个月前来报案的那名女司机又来了，她说出了一个令他们大吃一惊的情节，她当时在车内险些遭到那名男子的强奸。李探长倒是很冷静地问她当时为什么不说，她脸红着说当时因为考虑是强奸未遂，她怕传出去对她名声不利。还有那名男子在临下车时警告过她，如果她向警方说出事情的真相他会杀了她全家，并说他跟踪她几天了。她就害怕了，她也拿不准警方会不会抓到他。李探长盯着她问事情的经过究竟是怎么回事。她说事情的经过是这样的，当时她哆哆嗦嗦把身上所有的钱都掏给他时，看见他的眼睛一直盯着她的脖颈看，她以为是看她的项链，就乖乖把项链摘了下来。可是他连看也没看一眼，嘴里吐出一个字："脱！"她明白他要干什么了，慢腾腾地解着衣扣，希望这时候能有车路过。可是她刚刚脱掉外衣，他就等不及地扑过来，气喘如牛地抱住了她，扯掉了她的胸罩……更要命的是在后来，他的双手扼住她的脖颈，她拼命挣扎着，喊出一句："救、救命！"他愣怔了一下，手顿时松开了，嘴里喊出了一个人的名字："小文！"

"你是说那女司机当时听到他嘴里喊出一个人的名字是'小文'？"白非问。

"是的，这真是一个古怪的罪犯。如果那个受害人早些说出这一切来，我们会更快破案的。"李探长摇摇头。

白非在下午再见到吴秀文时，这个女人比上次见面时显得平静了许多。他们还是坐在那家茶馆里。下午的阳光挺温和地照在她的脸上。

"张自立为什么又要去抢劫，他难道忘了自己是个越狱犯吗？"

"这一切都应该怪我，是我说起想再开个服装店的。可是当时我们手头的钱有些不够，我也没想到他还会去冒险，我是想等他蹬三轮车，我给人家洗衣服攒够了钱再开个服装店。"女人深深后悔地低下了头。

"可是他还差点儿强奸了那个女出租车司机。"白非单刀直入地说。

"不，不，他没有……他也不可能做那种事情。"女人摇着头急白着脸说。

"为什么？"白非直盯着她问。

"他做那事不行。"女人的脸微微红了一下，这倒叫白非心里暗暗觉得有些惊讶。

"这么说你们在一起住两年来一直没有行房事吗？"

"是的……"女人很有些难为情地看了他一眼低声说，"开始做那种事情时我还挺难为情，怕他看出我已是破过身的女人，我该怎么去告诉他这件事呢？我还害怕他回去找我姨父算账。因此我很紧张，可谁知他比我更紧张，几次努力都失败了。后来就干脆不碰我的身了，他有几次很窘迫地跟我说对不起我，这都是头几年坐牢坐的。我相信了他说的话，就安慰他说叫他不要着急，慢慢会好起来的，我们的日子还长着呢。为这我还领他看过老中医，给他开过几服治这病的药。谁想他又会出事呢？"

261

"这次坐牢你去看过他吗?"

"我去看过他,不过那里面的人说他强奸的事我是不相信的,我去看他时对他说叫他安心在里面改造,我会再等他出来的。他感动得流泪了,说他一定听我的话。"

"后来呢?"

"后来有一天他从监狱里给我写来了信,说他们监狱新开了夫妻团圆室,犯人家属可以申请到里边和自己丈夫团聚。我接到信自然十分高兴,就到街道上开了夫妻证明,又向监狱提出了团聚申请,就在家中等着回信了。可谁知等来的不但不是好消息,还是坏消息。他又来信了,他信中告诉我监狱不可能让像他这种重刑的犯人与家人团聚的,另外他还告诉我,他认出一个原来在泰来监狱做过狱警的管教,他相信他也认出他来了,问我怎么办。如果把在泰来越狱的事说出去,一定会被加刑的。我就写信告诉他,赶紧向狱方交代,这样或许能少判几年刑。无论再判他多少年,我都会在外边等着他的……"

"他照你的话去做了吗?回信了吗?"

"他回信了,说他还在犹豫,说他害怕极了,说他说出去就会被枪毙,可他不想失去我。他那几天一连来了两封信,说他夜里睡不着觉,说他被魔鬼缠住了身,有一双眼睛在盯着他,他害怕那双眼睛,他说这都是报应。我不知道他说的魔鬼是怎么回事,可我能感觉到他的害怕。我想去看看他,可还不到探监的日子,我又给他写了回信安慰他,叫他不要胡思乱想……可是没等接到他的回信,他就出事了。"眼前的女人陷入一种沉痛的回忆中。

"你给我们写信说他出事前是受到过什么人的威胁,是这样的吗?"过了一会儿,等她平静下来白非想到当初的匿名信,这样问她。

"是的，他一定是受到什么人的威胁，否则不会越狱的。"

"会是什么人呢，还是他心里有鬼。"临走，白非有意无意地这样说了一句，他感到女人的肩头微微抖了抖。

10

几天后，白非又去了新城监狱。他先去找了孙管教。在下午快要下班前他又去见了关平。

推开关平办公室的门，他看见关科长正在拿着喷水壶往那个马铃薯盆里浇水。那盆白色的马铃薯花已有些枯萎了。

"多么好看的马铃薯花啊，可惜过早地凋谢了。"

关平听了肩部微微地抖了一抖，转过头来："是你……"

"我去过泰来监狱了……也顺便到了你父母家看看。"他察看着他的反应。

"你想干什么？"关平警觉地问。

"我只想了解一下八年前发生在泰来监狱里的一起特大越狱案件，马监狱长一家都是在那起越狱案件中被杀的。真是很不幸啊!"白非痛惜地说。

关平一震，有点儿茫然地望着他……

"我们可以坐下来谈一谈吗？"

他点点头，迟缓地放下了手里的水壶。白非坐在了他对面的椅子上。

"那是一个多么像花一样美丽纯洁的姑娘啊，可惜还没来得及好好享受一下生活，就被那两个坏蛋糟蹋完后杀害了，还有你那个刚满两周岁的儿子，你很爱他，对吧？"

他眼里有什么东西在滚动，他呆住了。

263

"……你很后悔，因为这一切几乎是因为你的过错造成的，你曾经这样自责过，那两个犯人其中有一个你在此之前带到监狱长家去干过活儿，你应该想到他们会躲藏在你岳父家的土豆窖里。还有在当天的搜捕中你和那个管教已经搜查到他们逃跑经过的那块土豆地里，因为你的胆怯并没有仔细搜一搜，让那两个家伙得以脱身。惨案发生后，你震惊万分！其实你想没想过即使不是你，别的狱侦员也会有那样的疏忽呢？"

"你别说啦！"他脱口制止道，他的神情变得可怕起来。

"是的，你不能原谅自己的疏忽，那样太对不起你死去的亲人了，还有你现在的妻子。你不肯原谅自己，你甚至想到过脱下这身警服，你没有脸面再在那里干下去，你想到调出来……"

"不，调出泰来监狱我只是想让我妻子换个环境，否则对她刺激太大了。"他回避着白非的话说。

"也许开始你是这么想的，在你调来新城监狱之初的确消沉过一段日子，不过你很快就振作起来了，我想这种振作的精神原动力是来自你已死去的岳父，他生前作为监狱长不想看到他的女婿只是一个窝窝囊囊的管教，可你从没有过非凡的举动。所以在他死后一种赎罪的心理促使你要振作起来证明给他看，你在给犯人讲课时不再结巴了，你在每次实弹射击中都取得全狱干警第一名的好成绩，你很快被提拔到了狱政科科长。可你心里还没有忘掉杀害你儿子和你岳父一家的罪犯，你恨他们，恨关押在这里的罪犯……"

"不，我对他们很好，这你看到了。"

"作为狱政科长你的确在工作中做得不错，颇得犯人的好感，可是当你一个人的时候却无法排遣掉这种矛盾的心理，你甚至用自虐的方式来惩罚自己……"

"你不要说啦！……是的，我痛恨他们，别看他们在你面前装得

264

老老实实的，可他们都是一些杀人犯、抢劫犯、强奸犯，谁知道他们在背地里是怎么想的，一旦给他们机会他们还会暴露出他们凶残的本性，我太了解他们啦。"他直视着白非的目光，痛快淋漓地说，口气变得十分可怕起来。

"我理解你的心情……那是多么好的一家人啊，可以说和那两个逃跑的犯人无冤无仇，可是那两个家伙却残忍地将他们全家一个不剩地杀死在家中，连你两岁的儿子都不放过，你痛恨他们……你特别痛恨那些杀人犯、强奸犯……"

白非看到他眼里有一种可怕的东西在燃烧，并且在眼底里迅速蔓燃起来……

"你也曾试图忘掉八年前那场可怕的记忆，可是你无法忘掉，你一直渴望能有这样'赎罪'的机会，可是作为一个模范监狱，新城监狱十年来从没有发生过一次犯人越狱逃跑的事件，直到去年秋天发生的那起 118 号犯人越狱逃跑事件，是你亲手开枪打死了他……"

"他死有余辜。"

"是的，作为一个狱警人员在犯人企图逃跑时是有权当场击毙的，况且他当时还威胁到一名狱警的安全……问题是什么驱使他逃跑了呢？"

"这我不知道，这你该去问问死去的那个犯人。"他口气突然冷淡了下来。

"不，你知道，作为这两年对改造犯人心理颇有研究的狱政科长，你是十分清楚这个犯人的心理变化的。他曾经向你提出过要和他妻子在团圆室团聚一次的要求，被你拒绝了，是这样的吧。"白非直视着他的目光。

"像他这样一个重刑犯人，是不符合享受'夫妻团圆'室的条件的，这是监狱的规定。"

"是的，他不是一个一般的犯人，他是一个特殊的犯人，他就是八年前死而复活的那个越狱犯，他的原名叫张自立！"

关平又浑身猛地一震，不过他很快镇静下来："不，我没认出他来，作为新城狱政科长我是不直接接触犯人的，况且他是新来的犯人。"

"不，你认出他来了，只是你有些拿不准，况且那两个犯人早在几年前就被打死结案了，即使你认出他来如果得不到泰来狱方的配合，也是很麻烦的，因为这都是会使大家难堪的事情。于是你在暗暗进行调查……"

"不，我没有对他进行过调查，调查犯人身上的余罪是狱侦科的事。"

"一点儿不错，不过据孙管教讲你的确在他出事前找他谈过两次话，而谈过话之后这个犯人在监室的情绪是反常的，出现了暴躁不安的举动，甚至向别的犯人说出他以前曾在泰来监狱越狱时杀死过监狱长一家。"

"这有什么可奇怪的，那个泰来越狱案人人皆知。"

"可是你清楚这是怎么一回事，在他妻子最后一次到监狱来探视时你无意中跟他妻子说的话，你不会不记得吧。"白非密切地注视着他。

关平吃惊地望着他——

"在那次探监结束时，那个犯人走回监牢去，你走过去对那个将要离去的女人轻声说了一句话：'对他这样一个犯有强奸杀人罪的男人，你值得为他守一辈子吗?'那个女人当时听了身子一抖。当时在场的孙管教也听到了，他很奇怪你说的这句话，因为对来探监的家属你总是劝导人家帮助做好犯人的转化工作，不要抛弃他们……

"这个叫张伟力的犯人终于撑不住了，这正是你希望看到的，他选择的逃跑方式也是和八年前一样的，也是在干完活儿的土豆地里，那天下午你一直在盯着他。他钻进了地垄沟里，你本想一个人抄过去，如果他反抗你就当场把他打死。你也没有想到孙管教会跑到你的前面去，会被他勒住脖子。那一刻你想起了被勒颈而死的你的小姨子、你的儿子，你没有别的选择了，你甚至没有想到这么做会伤到孙管教。开枪的一刹那，你有一种从没有过的快感，因为你终于证明自己不再是个懦夫了……"

关平重重地垂下了头，他不再说话了。他的脸上现出一种极度的疲惫来，长长地吐出一口气来。最后一丝残阳落在他的脸上，使他面部表情看上去有些复杂，夏日里的黑暗像蛇一样悄悄爬上了屋子里两个沉默下来的身影和窗台上那盆打蔫的马铃薯花上。

傍晚，白非离开新城监狱时，他也长长地吁出一口气来。

11

此后不久，白非再到新城监狱里去采访，从辛监狱长那里听到狱政科长关平辞职了。初听到这个消息，白非并没有感到意外。说及辞职的原因是他得经常照顾患精神病的妻子，而监狱的工作确实不是适合照顾病人的工作。

"可惜呀，可惜……"辛监狱长不无遗憾地摇摇头，惋惜地叹息了一口气。

春天拖着一条长长的尾巴

1

父亲那天下午下班是骑着单位那辆半旧的白山牌自行车回来的。夕阳从我家房后的木头桦子垛漫过去，正好远远地照在父亲身后，父亲像披了一道霞光万丈的大氅。这个时候当街有不少邻居家的女孩子在玩耍，玩一种跳格子的游戏。父亲自行车的铃声中止了她们的游戏，她们纷纷让到一边，然后惊讶地看着父亲推着自行车走过去。

她们里头就有油毡纸房家的小五，油毡纸房家的小五已跳得脸蛋红扑扑、汗津津的了。在父亲推车走过去后，她还用袄袖子擦了擦脸上的汗。这个细小动作也被站在桦子垛后面的我看到了。我和哥正在桦子垛后面做手枪，我们停止了手里的活计，张着嘴，目光有些陌生地看着父亲，父亲的面孔容光焕发。

母亲从敞着的后窗看到了，说了一句："你们的父亲骑回来一架飞机哦。"木桦子垛散发着一股好闻的红松木味儿。

268

一九七三年春天，自行车对于我们那个偏远的林区小镇来讲，还属于罕见物，有自行车的人家很少。谁家有一辆自行车就相当于现在谁家有一辆小轿车了。那时候城里流行三大件：自行车、缝纫机、手表。在我们那个小镇能置弄起一大件，就叫人刮目相看了，更何况像我们这样的一个家庭。一九七三年父亲的工资是四十一元二角一分。他要养活一个七口之家，每年过年还要往山东老家寄点儿钱去，就是这每月平均每人五元八角八分七厘的钱，父亲也是全拿不到手的，他只能拿回来三十六元二角一分，然后再从兜里掏出一张被扣掉五元钱的白条子交给母亲，那是父亲拉下的饥荒，从我记事起到我参加工作，父亲的每月工资一直在扣着拉下的饥荒。因这全家拮据的生活，每学期开学父亲都要从单位开出四份减免学费的申请证明来，一份给我，另三份给哥、三弟和大妹，那会儿我和哥在读中学，三弟和大妹在读小学。中学的学杂费是三元钱，小学的学杂费是两元钱。想想看，这十元钱对我们这个家庭来说是一笔多么大的开销啊。每次去商店打酱油，母亲都是告诉我五分钱五分钱地打。酱油用光了，她用清水在瓶子里涮一下再用。我们减免学费的证明是由父亲写的，父亲是单位里的会计，证明是用父亲单位的公用信笺写的，下面的落款是：东风（镇）林业局废品收购站。父亲的单位和免学费证明一样好长时间让我抬不起头来。

我之所以把父亲的工资按我家的人口平均计算记得这么清楚，是因为每学期开学后，班主任老师也是这样在班上计算的，她把每位提出免学费申请的同学名字列在黑板上，把他们家中工资收入和人口平均来计算的。这是一道令她乐此不疲的数学题，能精确到小数点后好几位。班主任周眼镜是我们的数学老师，尽管在课堂上她的数学讲得并不那么好。

减免学费的学生里还有邻居家的张小五，她跟我是同班同学，并且从小学到中学我们一直在一个班级里，只是我们很少说话，在我们南山街那片儿都叫她的小名张小五，她大名叫张满桌。上中学以后她把自己的名字给改了，叫张曼卓，曼是赵一曼的曼，卓是卓娅的卓。她爹妈给她起名叫满桌，是因为到她这儿她妈一口气生了五个丫头，一心想要儿子的她爹她妈再也不希望要丫头了，就起名满桌。可是满桌也没有挡住，在又生了小六、小七之后，她妈才生了一个儿子。

张曼卓家的七个姑娘当中，除了她大姐外就数张小五最漂亮了，到上中学时，张曼卓已出落成亭亭玉立的少女，高腿宽胯，若不是鼻梁旁有一个雀斑，那张鹅蛋形脸是无可挑剔的完美。张曼卓一直是学校里的活跃分子，这也是我们两个难得在学校里碰面的原因。上课时（那会儿也不正经上课了），她们校文艺宣传队的成员就排练去了。若不是免学费问题，我差不多快忘了她是我的同学，是那个在拥挤的破烂不堪的每家院前堆满木桦垛的南山街上长大的张曼卓了。一到春天开化时，街上除了锯末子味儿，还有从雪堆里化出来的谁家扔的死猫死狗的腐臭味儿。走过的人除了躲避泥泞还常常捂起鼻孔。当然这不妨碍有一只花蝴蝶或黄蝴蝶从阳光暧昧透明的街道上空飞过，宣布春天的到来。如果这只蝴蝶落在谁家的木桦子垛上，我们就会欣喜若狂地踩着街上流淌的雪水，不管不顾去追赶捕捉的。

张曼卓的父亲是贮木场里的工人，每月开六十四元五角工资，尽管张曼卓父亲的工资比我父亲的高，可是按人口一平均下来就比我家的人均收入低了。所以在小学时，张曼卓的学费也是常常被免掉的。上了中学以后，班上又多了两名申请免费的同学，而且每个班免费的名额是有限的。免学费的同学里如果家里是苦大仇深的贫农，这学费就免得理直气壮，而我和几名成分不好的同学只有唯唯诺诺的份儿了，而我恰恰是排在几名免费贫困生里的最后一名。这样的班会是很令我感到难堪和窒息的，我和那几名贫困生都把头低到了胸口处。只有张曼卓胸脯挺拔得直直地坐在椅子上。

这年春天，也就是张曼卓十三岁的那年，当周眼镜要大家举手表决通过免费生名单时，张曼卓却出人意料地站了起来，她一字一板地跟周老师说，她不要申请减免学杂费了，她要缴学杂费。周眼镜和我们都愣住了。张曼卓没等我们回过神来，就走出了教室，她临离开座位时似乎还看了我一眼，我知道我那时的样子一定很猥琐。

张曼卓果真第二天就把学费拿来交给了周眼镜，周眼镜还冲我们几个免学杂费的同学点点手指，"你看看人家张曼卓同学，有多高的思想觉悟啊。"看她的样子，我们六年级二班一个免费生没有才好呢。张曼卓无形中成了周眼镜在班里树起的一个典型，明明家里困难，却不要学校为她减免学费。没过多久张曼卓就入团了，这好像是顺理成章的事情，跟免不免学费关联并不大。从小学起她一直是班上的文娱委员、少先队大队长。她是我们班上第一个入团的学生，而我和哥为了入团是苦苦奋斗了四年的中学时光。

2

张曼卓的家境并不像周眼镜老师说的那样，至少从上中学以后，我再没有看见过张曼卓穿过打补丁的衣服。即使捡她姐姐的旧衣服，也都是经过她改剪翻新过的。比起我们穿着打着补丁的衣服来说，她身上的衣服就像新的一样。

在我们居住的南山街一带，多数房子都是陈旧的有些年头的木刻楞夹层泥房，房顶上苫着山草。那房顶上的草是一年一换的，秋天换房草时就看出谁家的男丁兴旺不兴旺来。一般都是每家的男人或半大的男孩儿爬到房顶上去，女人和女孩子是不许上房的——女人上房顶不吉利。按我们那山里的习俗，人死了如落草，棺木里总要放上一撮秋黄草。盖房子上梁时，那上梁的落叶松檩木都要系上一条红布条来避邪的，苫房草都是由男人来干的。所以一到换房草的时候，张家那三间草房只有张小五的爹一个人蹲在上面，那房草也常常要好几天才能换完。而街坊上别的人家都是父子上阵，再不就是兄弟上阵，下边传房草的人也多，一天工夫就换完了。有人站在街头上看笑话，心下说，生出那么多丫头片子有什么用呢？还不如一个男娃顶用哩。

这一年的秋天，张曼卓家的房顶上多了一个挺标致的年轻人，白净净的面孔，袖子上还戴着蓝套袖。他和张曼卓的爹一起蹲在房坡上换房草，不过干活的把式却不在行，倒是手腕上露出的一块锃亮的手表，一闪一闪晃得下面的邻居挺眼热。后来才知道这是张曼卓大姐处的对象，姓林，在林业局物资供应科上班。

林材料员每次来找张曼卓大姐都骑着一辆崭新的飞鸽自行车，然后等张曼卓的大姐吃完了晚饭，驮着她去镇上的电影院看电影，一串脆响的铃声从堆满柴火垛的胡同口响过去……

张曼卓的大姐比张曼卓大十一岁，张曼卓上小学时张曼卓的大姐张满红已经在青年点干两年活儿了，张满红在学校宣传队时也演过李铁梅，后来那根乌黑的辫子一直留着，走起路来一扭一扭的，辫梢就扫到她丰满的屁股蛋上。张满红是我们南山街一带最漂亮的女孩子，上学时就有许多学校里和社会上的男孩子追求过她，有的还为她在电影院门前动过刀子。后来谁也不知道怎么被这个面皮白净的林材料员搞到了手。看来凡事都有个例外，不过这也在情理之中。谁叫那是个物质匮乏的年代，爱情是需要物质来做基础的。否则就连那两角钱一张的电影票都买不起的，因为青年点干一天活儿挣的工分还不抵一张电影票钱。

林材料员和张满红结婚的第二年，张家的草房顶就换上了油毡纸房顶，那几捆油毡纸也是林材料员用自行车后座一捆一捆驮来的。换上油毡纸房顶就不用年年去上山打房草苫房子了，而且刮多大风下多大雨也不必担心房草会被吹跑，房顶会漏雨。这就又引来了街坊邻居的羡慕和嫉妒，连母亲也会这样咂咂嘴说："瞧瞧人家老张家，多会养，养这么一个就够了。"

我和父亲却不这么想，我喜欢秋天苫房草，喜欢夏天上山去割山草，然后在山坡上把草捆成一捆捆支成一排人字形晾晒，喜欢闻那股钻进鼻孔里的青草味儿。父亲呢，苫房子时就站到房顶上去，指挥着我和哥把一捆捆青黄的新草接上来，再一排排苫去，覆盖了去年又黑又糟的旧房草。这是一件多么有意思的劳动呢，父亲也得到了他最大的满足。

新房草苫完后，再用草耙子顺坡把房草梳理平了，就连小鸟都喜欢在新房草的房檐下坐窝，叽叽喳喳快乐地叫个不停。而这个时候张曼卓家在干什么呢，我总会挺没出息地有那么一会儿的走神。站在房顶上，南山街上家家户户房顶和屋前屋后的柴火垛、小院尽收眼底。张家的房顶是光溜溜的油毡纸房顶，一根草棍都没有，恐怕连麻雀都不会愿意去她家房檐下坐窝的。

在我们苫房草的时候，她正领着一群女孩子在当街上玩跳格子，她总能很准确地把沙包用脚尖踢到肩膀和头顶上，然后单腿独立一格一格地跳着，把沙包送到想送的格子里，她不像别的女孩子用手把头上或肩上的沙包取下来，而是下腰弯到脚尖能够到的部位，再用脚尖伸到肩部把沙包取下来，这一幕让站在旁边看着的孩子和房上的我都很吃惊，她的腿和腰咋那么软哩？在上小学时她就会大劈叉了，不管是叫她演白毛女还是叫她演吴清华，她都能做好几个大劈叉的动作。而别的女生想跟她争这个角色也争不来，那两条腿硬得像木桩，急出了眼泪，那腿在舞台上也叉不下去。张曼卓的胯骨和别的女孩子胯骨不一样，那时我就看出来了。

我们家是后搬到东风林业局南山街上来的，是从小兴安岭山区另一个叫苔青的小镇搬到这里来的。父亲原来是那个小镇商店里的一名会计，小镇商店是国营商店，父亲十九岁从山东出来就一直在那个小商店里工作。母亲也是那家商店里的一名店员。至于为什么要搬到这个镇子来，父亲和母亲的说法不一，父亲说是因为母亲的病才搬来的。母亲在那个小镇上先是得了肺结核病，后来精神又受到过刺激，母亲就把工作辞掉了。母亲现在清醒地意识到当时这种做法十分愚蠢，如果不把工作辞掉，她还可以获得一份医疗保障，比如公费医疗呀，医药报销呀什么的。她这一失掉工作，所有的费用都要父亲来承担了，父亲的饥荒也就是从那个时候欠下的。而对于自己患过精神病，母亲是绝口不提的。她现在不愿提在那个小镇的一切事情。而说到来这里，母亲则说父亲在那个小镇待不下去了，商店里有人给父亲贴过大字报……这里面的事情母亲也没有多说。反正自从我们家搬到东风林业局以后，母亲的病再也没有发作过，这一点让我们相信了父亲的说法。

我们家这两间简陋的草房是父亲单位用八十块钱从先前的房主手里买下的。当时一辆自行车是九十块钱，一块上海手表是一百多块钱。这两间很旧的草房子前有一个很大的菜园子，这让父亲很满意，因为种一菜园子菜足够全家人一夏天吃的了。冬天的菜再到山上去开一块土豆地种上就行了。来看房子时，父亲就在心里打起了算盘。房前的当院那户人家还留了一个猪圈，父亲去那个散发着猪粪味的猪圈门前瞧了瞧，对母亲和我们说："等春天抓来一只小猪崽就行了。"这一切似乎都叫父亲很满意，而当时的情形的确是这样的，就连母亲在回忆这些事情时也说，你们的父亲在刚来苔青时是很瘦的，三十几岁的人看上去像四十多岁的人，来到这儿以后他胖了。父亲除了大高个外，是配不上母亲的，父亲的肤色很黑，母亲年轻时很漂亮。还有一点，父亲是高小毕业后没考上中学赌气从老家山东出来的，而母亲则念完了中学。这一点常常让母亲对父亲耿耿于怀，父亲是在山东老家娶的母亲，两家的家庭成分倒是门当户对，我祖父、外祖父家里都很殷实，至于殷实到什么程度我们却不得而知，新中国成立后两家都被定为富农。

父亲丝毫不为他现在拮据的日子感到羞愧，也不为他后来调到东风镇废品收购站里来工作而感到不体面。如果不是后来在我们身上发生的两件事，父亲似乎还会在他后半生的日子中心满意足地过下去。

3

那是我们家刚搬到南山街来，我去西旺小学校报到的第一天，我已经上小学四年级了。我手里拿着父亲单位开具的转学证明，找教导处主任，我在操场上找到了他，他是个近视眼，手里拿着我的转学证明，嘴里念道："……收购站，收购站是干什么的呢？"旁边站着的几个男生有一个是南山街的，替我喊出一句："就是收破烂的。"我的脸腾地红了，幸亏当时没有女生在场。我的自卑就是从那时开始形成的。为了不惹人注意，我从来不举手发言，或参加课外活动什么的。放学就规规矩矩地回到家里，也从不和谁有来往。因此好长时间班上的同学并不知道我是南山街的，除了张曼卓。

我对同住在南山街上的张曼卓是熟悉的，这种熟悉并不是因为她在学校里演白毛女或吴清华时的大劈叉，而是缘于父亲的一种爱好。自从父亲调到这里工作以后，他养成了捡废铁丝的习惯。林区用柞木小杆儿和松木板条夹障子，用八号铁丝来固定，因此一到重新换障子时每家菜园外头都扔着许多废弃的生锈铁丝。他捡够一车后，再从单位借来手推地排车，把堆积在我家院子里的旧铁丝装上车拉到单位去，卖来的钱足够给我们谁添一双新鞋子穿了。因此我们和母亲开始对他的做法也是默许的，这种默许让他乐此不疲，甚至有时还叫上我们去帮他搭一把手。

那个下午正是这样的，这是我家搬来第二年春天的一个下午，是家家户户房前菜园子换障子的季节。父亲把我叫出来，寻着人家障子边溜废铁丝，不知不觉就来到了油毡纸房老张家菜园子前。张曼卓爹一个人在那里夹障子，夹得很慢，慢得父亲恨不得帮他去夹。后来他果真这样去做了，帮他用钳子去拆旧障子上的铁丝，这是无利不起早的，拆掉的旧铁丝他就叫我收到筐里去。张曼卓这个时候从屋里走出来了，看到我她稍微一愣："你是洪……王洪白同学？你家也住在这里呀？"我没想到这是她家的菜园子，我没想到她家也住在这条街上。阳光刺得我眼睛生痛，手里生锈的铁丝也刺得我手掌生痛。我丢下这像蚯蚓一样弯曲的锈铁丝，走掉了。任凭父亲在身后叫我的小名："鸿子，鸿子……"我恨不得像蚯蚓一样找个地缝钻进去。

我们家搬来后，就这么陆陆续续和左右邻居们认识了。

张曼卓有一天突然来到我家里，我和父亲正在前边院子里用铁锤叮叮当当把散乱在院子里的旧铁丝敲直并打成捆。我以为她是来找大妹玩的，在南山街一向是男孩子找男孩子玩，女孩子找女孩子玩。她是从我家房子后门进来的，母亲见到她很高兴，一个劲儿问这问那。张曼卓的小嘴也在不停地说着，她没有南山街别的孩子到别人家串门的拘束。母亲还把我叫进屋里去，我不想叫她从窗子里看见我在前院砸旧铁丝，就走了进去。这个时候母亲从箱子里拿出三尺旧布票来，要送给她。这是我家里用不着的，没有多余的钱去买，再放就过期了。母亲叫她扯上三尺碎花布做一条半截长裙子一定很好看，她的腿长胯骨很好，母亲也说到她胯骨很好。母亲这一举动有点儿匪夷所思，令我和大妹都有点儿没有想到。而且母亲嘴里还在喋喋不休地说着，说她像她这个年纪都是自己选布来裁剪衣服的。她把那三尺布票在手里摸了摸，最终还是没有拿。她家里孩子多布票肯定是不够用的。

我装作没有听她们在说什么，手里在拿着一本书看。其实我的耳朵里一个字也没有漏掉她们说的话。直到父亲走进来，把我拉了出去，要我帮他把捆好的铁丝装上车（他不知什么时候去单位借来了地排车），和他一起拉到收购站去。我们装上车"咣当、咣当"推着车走出院子时，她刚好从我家屋里走出来，我和父亲拉着一车生锈的铁丝一定被她看到了，这是我最不愿意看到的场面。

后来我再不愿帮父亲拉着地排车从那条拥挤的堆满木柈子垛的南山街上走过了，不仅我不愿意，连大哥和大妹也不愿意了。"咣当、咣当"的地排车响声在我听来是那样的刺耳，有时那伸出来的铁丝头还会把谁家木柈子垛剐掉一块下来，招来这家院子里一声狗叫。

自从父亲有了那辆白山牌自行车后，他就不用再借单位的地排车了，他每天上班就用自行车后座驮着一捆废旧铁丝到收购站去。更叫我们炫耀的事情是，学校再到山上劳动时我们也可以骑着这辆自行车去学校土豆地了。

我们学校的土豆地在二十九公里处的一片河湾山间里，每次劳动中午都要带饭。这样远的路，有自行车的老师和学生则骑着自行车去，学生身高不够都骑在自行车大梁上，身子一扭一扭的像青蛙。

女学生中也有家长来送的，走的是坑洼不平的山路，家长是担心车子和孩子被摔坏了。那个时候有自行车的学生家不多，走着去的学生就羡慕有自行车的人家。班上的许多同学就是在这个时候认识张曼卓的大姐夫林有志的。他的飞鸽车后座驮着张曼卓，那自行车前后轮辐条上让他弄了一圈彩色塑料剪成的圆片，车梁上也用粉色塑料带缠着。他把自行车蹬得飞快，张曼卓紧紧地搂着他的腰，一路"丁零零……"铃声响过，同学们纷纷给让道，就有同学躲在路下的林子里喊："张曼卓，小姨子——"

后来再劳动时，张曼卓就不叫林有志来送了，她只是借他的自行车用。她也是像别的男同学一样骑在车大梁上，骑起来胯部一扭一扭的，不过她的胯部扭得十分好看，腰肢柔软得像根柳条。骑车的男同学就在后边撵她，生长着白桦树林的山道两旁响起了一连串热闹的铃声，惊得山雀也扑棱棱从树丛里飞起来。听着他们的笑声，听着他们的铃声，我们的自尊心和嫉妒心是很受刺激的。

张曼卓是我们南山街第一个学会骑自行车的女孩子，她好像没有把林有志的自行车摔过就学会了。她的高腿和宽胯好像天生就适合骑自行车。等到上中学时，林有志就把那辆飞鸽自行车送给她家了。因为那时她的大姐已和林有志结婚搬出去住了，并且买了一辆凤凰牌新车。胡同口里响起那一串熟悉的铃声，不用推开后窗去看，就知道是张曼卓骑车疯去了。

应当说，那天下午看到父亲骑着单位那辆白山牌自行车回来，最应该心花怒放的就是我了，可是我却像傻子一样久久地待在那里没动，又像傻子一样看着哥和三弟围上前去，动动车把，动动车铃。三弟就把那锈住的有些生涩的车铃突然揿出一声叮当声来，惊得猪圈里一头半大的壳郎猪一蹿一跳的，哼哼叽叽支棱着耳朵。我想我家到年底别想吃它的肉了。

果然回屋时，听见父亲在跟母亲说，这辆自行车是单位作价处理卖给他的，总共是四十五元钱，还包括一只打气筒。父亲像捡了个大便宜似的依旧红光满面地说。母亲瞅着窗外还在那里摆弄自行车的哥和三弟说："它是当吃还是当喝？"

　　其实这辆公用自行车在单位也多半是父亲骑，身为会计的父亲有时骑着它去别的单位要账和给单位跑跑别的差事，有时候单位分东西他也用它驮回来过。后来我才知道父亲要买下这辆车的心理，他是怕单位里的人说他老占公家的便宜。

　　哥从他的一个在机修厂工作的同学父亲那里要来了一把丝棉纱和一点儿汽油，用了一个下午把白山自行车从上到下细细擦了一遍，擦出一点儿亮光来。大妹又找来一块旧绿塑料布剪成条，把掉漆的大梁一道一道缠了起来，看上去有点儿半新的模样了。最勤快的要数三弟了，他把家里所有跑腿的活儿都包了下来，而前提是他总是不声不响地把自行车从窗下推走了。他个子矮就跨裆来骑车，也叫"掏裆骑"，虽不雅观却少摔些跟头，不知不觉把车子学会了。而我足足花了两个月的工夫，把大腿胳膊都摔得青紫甚至脸也抢破了一块皮，才把车子学会。从学车这件事上我也暗暗佩服张曼卓，怎么自行车在她手里就那么听她使唤呢？再怨就怨这又笨又重刹车也不好使的白山自行车了。一想到过年吃不到年猪肉了，我恨不得踢它两脚才解恨。真是鱼和熊掌不能兼得啊。

　　学会了骑自行车，我就开始盼着学校去土豆地里劳动，而这个劳动还必须和哥和三弟错开才行。而这种情况又常常是不可能的，我们只好轮流来排，或打赌来决定，而打赌时我和三弟的运气总是没哥好。

　　自行车摆在院子里就是一种诱惑，让你情不自禁去接近它。父亲习惯于把它放在南窗下，白天在父亲眼皮下把它推走是不可能的。

279

只有在晚上，而且晚上父亲很少再骑它出门了。我像三弟一样吃过晚饭偷偷把自行车推出院子去，然后再走到街上骑上去。在经过张曼卓家院门口时，我还故意摁了一下车铃，希望能被她看到。而她家的院子里一个人影也没有。倒是由于我的魂不守舍，还差点儿轧死了斜刺里跑出来的一只芦花鸡。结果它咯咯叫着从我的自行车前轮底下腾飞了起来，吓了我一跳，翅膀在黑暗中扇到我的脸上，我一松车把向旁边的木样垛歪去，我结结实实摔了个狗吃屎。脸抢破了，火烧火燎地痛，手也挫伤了。起来看了看自行车，好在自行车还完好无损，咬着牙推回去。我没敢对家里人说是骑车摔着了。有好几日我没再去动它，因为挫伤的手指半个月才好。那只该死的鸡也没有再叫我碰到，不然我会给它一点儿教训的。更主要的是那只飞起的鸡叫我觉得不是个什么好兆头。

1

张伟到我家来找我哥的时候，我哥已经在东风中学上到八年级了。张伟短短的身材，是他们班里最矬的男生。他矮矮地从南山街筒子里走过来时，我在木头垛后面对哥说："这个人以后可以卖炊饼。"哥听了反驳一句："所有的伟人都是矮个子。"他说的是拿破仑和列宁。哥没说错，张伟是他们班上的团支部书记。在看清了他左胸兜盖上那枚闪亮的团徽后，我对他刮目相看了，那枚团徽对哥和我来说是梦寐以求的。

哥停了下手中的木工活儿，他在给校宣传队做道具，一把大刀片和一支王八盒子手枪。这是校团总支安排的任务。我是他的帮手，脚下一堆白松木花散发着好闻的木香味儿。

"你的入团申请这回咱支部已经报到校团总支去了，过几天学校就会派人去你父亲的单位进行政审外调。"张伟说，他的到来，给我哥带来了一个令人惊喜的好消息。

这样的好消息也像西山天边晚霞一样笼罩在我们家每一个人的脸上，包括刚刚下班回家来的父亲，他极力挽留张伟留下来一起吃晚饭，可张伟还是很客气地告辞了。

他拿走了我们已经做好的两件道具，一把白松木做的大刀片和一把红松木做的盒子枪。哥把他送出去很远。我爬到木桦子垛上看见张曼卓又在街上跳格子了。张伟走过去时还站在那里看了一会儿，又同她说了一句什么，晚霞映在他俩的脸上。我想他们两个在学校是认识的，因为他们都是校团组织的人。

哥在初中时就是积极分子了，有两次被列为发展对象，可是不知为什么到最后又被拿了下来。每学期开学他都要认认真真地写一份入团申请书，这回我想他不用再写申请书了，我的入团申请书就是求他帮助我写的，当然我搭上了一个苹果。

可是事情并没有我们想象的那样顺利。张伟再次来我家时却告诉了哥一个不好的消息，这次校团总支发展的新团员中仍没有他。"为什么?"哥的脸上透着可怜巴巴的询问。张伟瞅了瞅我，我知趣地避开了，从木桦子垛里走出来，走到街上去。"好像……好像是因为你父亲的档案，你父亲的档案没有查到。"张伟吞吞吐吐说，声音从木桦子垛的空隙里传出来。"怎么、怎么会这样呢?"哥失神喃喃地说，他的声音落在了脚下一堆潮湿的刨木花里。张伟跟着叹息了一口气。那会儿父亲还没有下班。临走，张伟叫哥别灰心，继续努力，要相信团组织。

张伟从我家走出来，又走到张曼卓家大门口的街上停了下来。斜阳把他的影子拉得很长，长得像一条拖在地上的狗尾巴。张曼卓在她家的门口跳皮筋，跳得满脸汗津津的，她那两条修长的腿上下翻飞着，嘴里唱道："二五六，二五七，马莲开花二十一……"

从这天晚上起，我们才知道父亲是一个没有档案的人。这是一个多么可怕的事情呀！在哥的一再追问下，父亲才小心地看了母亲一眼，嗫嚅地说他的档案在苔青时被一场山火给烧了。尽管父亲调到东风镇废品收购站来有当时原单位开的档案被烧的证明，可是谁能说得清父亲是个什么人呢？在那样一个只相信档案的年代，没有档案就等于没有身份证明一样。说你是四类分子，说你是贪污犯，说你是坏分子，你都得认。我真的很庆幸父亲是调到废品收购站这样一个部门，否则他难免不受到各种运动的清查。从这个晚上起，我不再为父亲待在这样一个单位而觉得难过和难堪了，像他这样的"废品"，母亲有时骂他废物，只能被废品收购站收留。而我们呢？后来我和大妹的入团申请遭到同样的命运。这使我们像母亲一样开始怨恨起父亲来了，而母亲的怨恨是从那个小镇上说起的，更确切地说是从那场山火说起的，而母亲一说到山火就变得口齿不清，目光呆呆地发直……而父亲是绝口不提那场山火的，这里面好像隐藏着一个秘密，为了这个秘密，父亲宁可让我们去怨恨他。

父亲就在我们一天一天的怨恨中衰老了，刚刚四十岁不到的人，头发里已夹杂了不少白发。

父亲每天下班都是一个人骑车回家来的。有一天晚上下班，父亲却和一个高个子女人走在了一起，这个高个子女人叫刘英，是父亲单位的党支部书记。这刘英三十五六岁，剪着一个《洪湖赤卫队》里女主角韩英式的短发。她挨在父亲身边走，一直在说着什么。她家在南山街上头的文革街住，隔着一条马路，平时是和父亲走不到一块儿的。夕阳下，他俩的身影在我的视线里一点一点拉长。家里的饭已做好了，他俩还站在我家大门口不远的地方说着话，披着一身红红的晚霞，让这个不太漂亮的女人也受看了些。母亲不知什么时候站在了我身后，我吃惊她的灵敏。她像我一样爬到木垛上去，想听听他们在说什么，可是什么也听不清，他俩说话的声音都很小。

后来刘英听到街上的喇叭开始广播新闻了，就走开了。父亲也踩着暮色走进院子来，母亲冷着脸他也没看出来，或者看出来他也没有去注意。他脸上显然被什么事情搅得有点儿心神不宁，院子里一只很不识时务的公鸡跳到了一只母鸡的背上，母亲拿起一根烧火棍啪的一下把公鸡打到一边去，公鸡咯咯叫着耷拉着膀子飞跑走了。

"也不看看自己啥身份，还想去踩蛋？"

端起粥碗来刚想喝粥的父亲又重新把粥碗放下了。他瞅了母亲和我们一眼说，单位里要给他补档案，要去外调，单位的人明天就走，先去他老家。刚才刘书记问他老家有啥人，地址怎么写。他像对着墙壁说话，可我们耳朵里却听得清清楚楚的。母亲阴云密布的脸一下子散开了，她往父亲的苞米面粥碗里放了一匙平时舍不得放的白糖。

可父亲的脸上还有些忧心忡忡的样子，他有十几年没回老家去了。最后他好像很小心地说一句："不知他五叔现在怎么样啦……"这是我们第一次从他嘴里听到五叔的名字。母亲听到了，手里的粥勺啪的一下摔到盆子里，吓得我们一激灵。

单位去父亲老家搞外调的人就是刘英。刘英第二天走时，父亲还背着家里塞给她二十块钱，让她捎到老家去。父亲这样做有两个意思，一是叫刘英看看老家人现在生活很穷，二是叫老家的人见到钱后对单位来的人接待好点儿。自从爷爷、奶奶过世后，父亲再也没有回过老家。

过了些日子，刘英从父亲的老家山东外调回来了。有一天下班，父亲又和刘英走在了一起，他小心地问："刘书记外调得怎么样？"刘英瞅了他一眼说："成分搞清楚了。"按组织原则她不会再往下细

283

说了。可父亲走前反复跟她说，他的一个堂叔新中国成立前做过交通员，有一回夜里，那个堂叔被捕前还叫五叔找他让他往邻村去送过一封信，那信放在一个猪尿脬里，当时可能考虑到父亲是小孩，堂叔没有叫五叔去而叫父亲去了。父亲也觉得好玩就拿着猪尿脬去了，因为五叔答应他信送到后，这只像气球的猪尿脬就归他了。尽管他当时不知道这封信是什么，还是把信送到了。刘英说这个没有人证明。父亲说："怎么会没有人证明呢？五叔可以证明的啊。"刘英说她没见到五叔。父亲心往下一沉。看来父亲很在意这次为"革命"做的工作，可惜的是他那个堂叔被捕后就被杀害了。刘英安慰他说，去他老家主要是搞清父亲家里的成分问题，可说到成分还是叫父亲有些心虚。他转移了话题，问老家的人对她可好。刘英说对她接待得很好，有一个婶婶还把给闺女坐月子的鸡蛋拿出来给她做米粥喝了。父亲就不多问了，他想那个人一定是五婶了。可是五叔怎么没见到，是有意躲出去了还是……后来我才知道，这个五叔并不是父亲的亲五叔，是祖父家里的一个长工，土改时无处可去又被祖父收留了下来。

"我早就说过，他就是个白眼狼。"父亲的心事写在脸上，被母亲看得清清楚楚，她甚至很解恨地这样说。

这样的档案查补是要按父亲参加工作的履历时间来进行的，接下来自然还要去父亲刚参加工作的苔青小镇进行外调。只是去父亲工作的小镇外调比去父亲的老家外调还叫他紧张，那几天父亲做什么都显得有些魂不守舍的。倒是母亲一遍一遍地说："你父亲在商店当会计那会儿，一分钱的账也没有差过公家的，一根草也没有往家里拿过。"她还举例来说，有一回她抱着生病的大妹去商店里找他，一个认识她的店员拿了一颗水果糖要给大妹吃，被父亲看到一巴掌给打掉了，弄得孩子哇哇大哭，"你说他这样的废物你叫他贪污他会贪污吗?"

去父亲工作的小镇商店外调是这一年的秋天,山上的草、树叶都发黄了,我家的房子也该换房草了。那天下午,父亲和哥蹲在房顶上换房草,我和三弟在下边递着干草捆。下过两场霜后,前院菜园子里的豆角、黄瓜架上的秧子,已叫霜打得七零八落,零星的黄叶凄凄地被风吹着,很像父亲那张晦暗的脸,他的头发也被风吹得像乱草一样,东一绺西一绺的。哥在上面机械地干着,他已经高中毕业了,正准备分到青年点去。

在一阵刮过房顶的风声中,林业局挂在电线杆子上的喇叭突然响了。这还不到广播时间,林业局街上的喇叭一般是在早上、中午和吃晚饭时响,这时候才刚刚下午三点钟。先是响起了一阵很低沉的哀乐,这种哀乐这一年响过两次了,我们有些耳熟,一次是周总理逝世时,一次是朱委员长逝世时。开始我们谁也没去多想,风刮得喇叭里哀乐断断续续,也让我们听得不太清,闷头在干着手里的活,吹到耳里的风声就传来一个男播音员低沉的声音,他在播送一条讣告……一条不太敢让我们相信自己耳朵的讣告。房上房下的我们四个人都呆呆地像被什么钉住了,停住了手里的活计。一捆黄草散落下来,父亲像被什么击中了似的摇晃了一下身子。之后,他蹲在房顶上,双手抱着头说:"完啦,这回完啦……"风吹着父亲悲痛的哭声传下来。

我们不知道父亲说的完啦指的是什么,我们只知道他老人家怎么能去世呢?我和哥像不相信自己耳朵似的愣在那里,一个在房上,一个在房下。

我家一九七六年秋天刚刚换了一半房草的房顶,就新一半旧一半地停在了那里。

285

5

父亲说得没错，自那以后，一切都停了下来，包括去苔青小镇上搞外调的人也撤回来了，人人臂上都戴起了黑纱。

我那时已经上高一，每天去学校要做的事情就是和女同学一起叠小白花，我们班主任换成了一个姓宋的教政治的女老师。张曼卓还和我在一个班。那段时间，停止了一切娱乐活动，学校文艺宣传队实际上就自动取消了。她和我们一样每天在教室里叠小白花，她穿着一身的黑衣服，脸上显得有点儿惨白。

平时打打闹闹的男同学，这个时候都变得脚步轻轻起来，不敢大声说话。只有一堆堆小白花从我们手中叠出，被送到贮木场工人们的手中……

无疑，我家和那个时候所有人家一样，都处于一种压抑的气氛中，更叫我家感到压抑的是父亲那个前途未卜的档案调查，不知会拖到什么时候。每天回到家中，父亲的叶子烟抽得更凶了，常常弄得家里乌烟瘴气的。哥在青年点很少回来，当然他们青年点也在忙着搞追悼活动。

这天晚上我一个人走到房后的木桦子垛上去，邻居家的狗这几日也像受到感染似的一声不吭了。我坐在木桦子垛上数星星，秋风很凉，我裹紧了身上的衣服。一颗流星从西边的夜空中划过，我家房顶苫了一半的房草散发出一股新草味儿。

在我冷得快要从木桦子垛上下来时，我看见黑暗的街面上无声地出现了一个旋转的身影。开始我还以为是我看花了眼，睁了睁眼细看，没错，是个人影。她穿着一身黑衣服，脚上穿着一双白鞋。就是这双白鞋叫我认出是张曼卓来的，这是她在台上演出时穿过的白舞鞋。她在跳着白毛女的旋转独舞。她的头发披散开来，双脚在这坑洼不平的泥地街面旋转着，一会儿把头仰上去，一会儿又把一只脚尖搬过肩部，她灵活的身影就像黑暗中的一只蝴蝶在飞来飞去的。开始我还有点儿担心她别撞到柴火垛上去，可是我这种担心是多余的。她在那里不知跳了多久，我不知道，我只知道我的手心里沁出一层汗液来，冷冰冰的。最后她又像猫一样无声地从黑暗中消失了。我又揉了一下眼睛，街面上空空的什么影子都没有了。

我很奇怪这件事过后会被别人知道，因为那天夜里我相信只有我一个人看到的，而且我是不可能报告到宋老师那里去的。我过后还怀疑自己是不是看错了。因为张曼卓那几天正要被宋老师推荐为班上团支部书记的人选。那几天她是班上流泪流得最多的女生，眼睛都哭红肿了。

这成了一次政治事件，张曼卓被学校团总支做出了留团察看的处分。好在她跳的是一支白毛女舞曲，好在她做了一次深刻的检查。

过了好久，我才从同学那里听说，这件事是张曼卓自己说出去的。原来正是学校团总支让她当团支部书记的前一天晚上，宋老师找她谈过一次话，宋老师要她把在悼念活动期间的思想跟她和组织如实说说。张曼卓就流着眼泪把那天夜里跳白毛女的事说了，并说她是怀着无比沉痛的心情在跳那支舞的。宋老师就有点儿惊讶地听她说完，有点儿发蒙地看着她了。

其实，在听到同学说出这件事之前，我一直在心里忐忑不安，我担心张曼卓会不会怀疑是我向老师告发了这件事，因为那天夜里只有我无意中看到了她在跳舞，谁知道她会不会看到我呢？尽管此前我曾经是那样嫉妒过她，可是和这件事情比起来又算得了什么呢？我真为她那两条长腿感到惋惜，她可能以后再也不会在学校里跳舞了。

对真诚的这个东西我从那时起就开始怀疑起来了。父亲后来也曾多次在单位里向人表白过他的"清白"，表白过他的真诚，可是他越表白，越希望人家相信他，别人看他的眼神就越不对，包括对他有点儿好感的女同事刘英。她下班不再和父亲走在一起了。

　　"你就是把心掏出来有什么用呢，没人会相信你的。"父亲常常这样背着人跟我们抱怨地说。

　　接下来让父亲遭受打击的是哥当兵这件事。自从哥毕业去了青年点后，他一门心思想当兵。那会儿有一顶草绿色军帽是许多青年人的梦想。哥也不例外。到青年点后，哥还和张伟在一块儿，张伟也还常到我家来。张伟也想当兵可他身高不够，张伟不知从哪里整来了一顶草绿色军帽，整天戴在头上。青年点里有谁去相对象就管他来借军帽，他都没借，哥管他借军帽戴戴，他就借了。哥是借了他的军帽去照相馆里照一张相。张伟看了哥的相片说："你要是不去当兵真是白瞎了。"哥就一门心思想当兵了。只不过青年点里每年给的当兵名额有限，得给那个大老粗青年队长送礼。张伟告诉哥，你给他套一只狍子送去就行了。哥那一阵天天往山上跑，去遛狍子套。

　　张伟每次上我家来，总要向我打听一下张曼卓的情况，说："你那个女同学怎么样啦？"开始我还不想说她的情况，我总认为张伟这是癞蛤蟆想吃天鹅肉。可是自从出了那个跳舞事件后，我愿意说她了。张伟听了久久不语，临走时，怪怪地跟我说了一句："你说是不是腿长脑袋就简单？比如狍子。"

　　这一年冬天落过第二场雪后，哥终于套住了一只狍子。他把冻僵的狍子扛回家，我们都围了上去。好长时间家里没有吃到肉了，三弟和大妹都眼巴巴地看着那只冻僵的狍子被哥装进一只麻袋里，没等我们看够，他就用自行车驮着去青年点，给好喝点儿小酒的青年队长送去了。

这只狍子套得及时，刚好征兵登记表下来了。过了两天那个脸上有麻坑的队长就给了哥一份征兵登记表。

征兵的程序进行得很快，填表、体检、政审，也就不到一个月的工夫。往年新兵都是在元旦前被敲锣打鼓送走的，那场面是很壮观的，街道上人们夹道欢送，新征的兵胸前戴着大红花，让我们大人孩子羡慕不已。我都做好了让哥好好在南山街走一圈的准备，让邻居们看看，我们老王家在这条街并不比谁矮一头。

哥那几天天天往区武装部跑，可是有一天他像遭霜打了一样回来了。他政审没合格，去父亲单位查档案的区武装部的人回来跟他说的。这无疑又是一个晴天霹雳。

这次打击也让哥彻底地绝望了。以至于第二年恢复高考时，有人劝哥复习一下，哥连看也不看一眼书本。

年末征兵结束后，哥就不在家里住了，哥搬到青年点去住了。过年时哥也没回来。哥的举动让父亲一下子苍老了许多，而母亲精神上也遭受了打击，她常常半夜从睡梦中惊醒，嘴里喊着"火，火——"就要往外跑，被父亲和我强行拉住了。

我曾背着母亲问起过父亲她在那个小镇精神受刺激的原因，可是父亲始终闭口不谈。看来那个小镇发生的事情对父亲有难言之隐，或许并不像他说的那样清白。

6

继续查补父亲的档案外调是第二年秋天的事了。山上的草、树叶绿了，又黄了。这一年的秋天山外传来了一个令我们这些平民子弟激动的好消息，国家要恢复高考了。收音机里播出这个好消息时，曾让父亲一震，他把正在房顶上苫草的我叫下来，叫我回屋看书去。

我说房草还没有弄完呢。他说："你不用弄了。"随后他踩着梯子爬上来把我拉下去，他明显地老了，体力大不如从前了。

他坐在换了一半房草的房顶上，抽了一支旱烟，风吹着他的头发，他脸上出奇的平静。过了一会儿，父亲扔掉烟头，从房上下来了，他没有进屋，而是去了刘英家。后来我才知道父亲是为我去的，他好像预料到了什么……

他那天一走进刘英家就说："我二儿子要参加高考啦。"

刘英正在家里吃晚饭，刘英的丈夫愣眉愣眼地瞅了瞅满身沾着草棍草屑的父亲，刘英站起来给他介绍说："这是我们单位的王会计。"

父亲回到家时，脸上有了一块红色。

过了两天单位重新开始了对父亲的外调。

学校也有了学习的样子，大家都知道了要恢复高考的消息，不少社会青年也纷纷拿着课本回到学校来找老师复习。这其中就有张伟，他还动员过哥跟他一起来复习，可是哥彻底死了心……

高考时间定在了这一年的十二月下旬，我们这届毕业生允许提前半学期参加高考。大家都报了名，连学校里的不少老师也报了名，他们大都是高中毕业留校的，而且这一届高考没有年龄限制，结婚成家的也允许考。高考那天就有不少老婆、孩子在考场外等丈夫、父亲的。

张伟刚开始复习时还经常到我家来，找我一块儿复习。后来就不来了，他去了张曼卓家，张曼卓的大姐夫找人弄了一套复习资料，这套复习资料是内部印刷的，一般人是搞不到的。这里要说一下的是，张曼卓的大姐夫林有志家以前和张伟家住过邻居，两家都很熟。张曼卓在班上没有我学习好，可是我想她一定会考上的，谁叫她有一个神通广大的姐夫呢？

高考那天出奇的冷，夜里还下了一场大雪，早起推门，门都被冻住了。父亲用炉子里烧红的炉钩子把门缝里的冰溜子"刺溜刺溜"烫化了，这才推开门。父亲还千叮咛万嘱咐，叫我把钢笔放在抄起的棉袄袖子里，这样钢笔水才不会冻住。等我走出家门口时，父亲又蹚着没膝深的雪追过来，他从手腕上撸下那只发黄的英格纳手表给我，叫我戴上看着点儿钟点答。这只很旧的英格纳手表是祖父留给他的，到东北来挨饿那年他也没舍得卖了。父亲踩着一趟很深的雪窝子走回去了，我也蹚着雪深一脚浅一脚地往前走了。冷冷的阳光照在雪面上，刺得眼睛生痛，耳朵也冻得红红的发木了。

　　到了第二小学校门口，一群人影像乌鸦一样哆哆嗦嗦扎煞在雪白雪白的雪地里，拼命地跺着脚。有民警在把持着门口，查验准考证后方让入内。

　　第一科考的是政治，考卷发下来，大脑有点儿发麻。这几天早起背的题都溜到一边去了，倒是宋老师的影子总是很清晰地冒出来。还是硬着头皮答吧，不时去看一下表。大家都大气不敢出……答完了交了卷出来，想起父亲叮嘱过的赶紧回家，不要和同学说话以免分神。

　　低头走出校门口，刚刚拐过一个胡同口，一个人影抄着袖从木样垛下站起来，冲我咧着嘴笑："考完啦？"吓了我一跳，是父亲。他在这里抻脖张望多久了？"走，家去，你娘烙了白面饼哩。"那笑在他脸上冻僵了。

　　下午考的是语文，是一篇作文，题目是"每当我唱起《东方红》的时候"。我听着我的英雄牌钢笔在两页白纸上唰唰地愉快飞响，嘴里还打着白面饼的饱嗝。我的作文比别的科目都要好，而《东方红》又是我从上小学一年级就会唱的歌。在我的作文快要写完时，宁静的校园里突然传来一声歌声，吓了我一跳，接着考场里又死一样寂静了下来。直到满耳的铃声响起，考场里噼噼啪啪声响起一片。

出来碰到张伟，他脸色像地上的雪一样惨白。"你听到那歌声了吗?"我点点头。"是张曼卓，她受不了，崩溃了。"

"啊?"

过了一天我才听到他说的详细情况，他们是一个考场的，当时语文考卷一发下来张曼卓就对着作文题发愣，张曼卓虽然作文不如我，可是也不至于一个字不写啊。后来就听到她嘴里唱出的那种歌声，当时把监考老师和考生都惊呆了。

"她在学校里是不是常唱这支歌?"

我说，是的，她不仅从小学起就在班上起头领唱过这支歌，还模仿过电影里跳过独舞。我突然想起来，是不是这首歌让她想起那天晚上跳独舞的那次事件来，她一定受到了刺激。

"如果不出这样的作文题就好啦。"张伟叹息了一口气说。

高考就这样匆匆忙忙结束了。张曼卓因为考作文时精神受到刺激，后来她数学和史地也没有去考。没过多久，高考分数就下来了，我和张伟都进入了录取分数段，接下来要进入体检和政审阶段。这和征兵程序差不多，不过体检都要比征兵松得多，不看身高，也不看戴不戴眼镜，像张伟这样一米五的个头也顺利通过了。

那天从镇医院一出来，张伟就一脸的兴高采烈，他跳起来拍了我一下肩头，说:"哪天把你哥一起叫上，我们去下一次馆子。"在当时下一次馆子就赶上过年了，我们南山街上的孩子还从来没有人去下过馆子。

可是我当时却索然无味，有些心不在焉。体检我虽然全部是"优"，可一想到下一步政审，我的心里就没底了。

父亲那几天也得到了最大的满足，逢人便讲他的二儿子是多么多么的有出息。其实那高考红榜就贴在镇上百货商店的门口，谁都能看见。他怕左右邻居们没有看到，一遍一遍不厌其烦地告诉人家，并且大冷的天他一次一次去看，还在那里站上半天津津有味地瞧。当然有时也是陪他单位的同事去买一包烟或一支圆珠笔什么的。

对于父亲的虚荣心我实在不想去戳穿他，可随着政审时间的临近，我的焦虑让我再也看不下去他那个样子了，特别是在听说一个考生因为政审不合格被取消了录取资格后，我就再也忍不住地对他说了一句："你儿子现在还没有被录取呢，能不能走上还不一定呢。"

他听了一怔，脸色像遭霜打的茄子一样蔫了，随后低下他那颗花白头发的头不言语了。

我高考结束后，哥回过家来一趟，大概他从张伟那儿听说了我的高考分数。哥斜睨着眼睛问我："你真的能走成吗？"我看着他的眼睛有点儿心虚地不知所措。他临走又扔给我一句："你恐怕还得耽误在他身上。"那会儿父亲没在家，他还和我一样沉浸在突如其来的喜悦中，是哥的话让我先清醒了过来。

上次父亲单位的人外调回来后，我曾问过父亲一次，他的档案这回补全了吧。父亲模棱两可地说补全了吧。我再问没什么问题吧。父亲的神情突然变得有些恍惚，嗫嚅了半天说："这是组织上的事，咱不好细问。"其实父亲已背地里找刘英问过了，那是刘英他们刚回来不久，父亲在下班时又故意和刘英走在南山街上，父亲推着车子问："刘书记，我的档案补全了吧？"刘英瞅了父亲一眼，说："……补全了。"父亲又站在街角磨蹭半天不走，小心翼翼地问："没什么问题吧？"刘英已推车要先走了，临走她回了父亲一句："这是组织原则的事……"父亲就识趣地住了口，看着刘英飞身蹬上了车。刘英的话也叫父亲当时心里没底，不过一想到我正在紧张地备战复习高考，怕我分心，回家来就没有跟我说这件事。等高考结束后，父亲看我的分数考上了，一高兴就有意无意把这件事忽略了，或者说他真的希望自己的档案没事。

我的话深深地刺痛了父亲，从这天以后，父亲不再当人面去说我考上的事了，他一下子变得像哑巴一样沉默了。在家里时，小心翼翼地回避着我的目光。看他这副样子，我也不忍心再说什么了，索性在心里悲哀地想，听天由命吧。

在张伟接到通知书两周后，我几乎要绝望的这天下午，邮递员骑车来到了我家，那"丁零零……"的自行车铃声至今还愉快地响在我耳边，那是我在南山街从小到大听到的最好听的自行车铃声。春天还没有化冻，街上路面还积着残雪，身穿绿工作服的邮递员飞身下了车，摘下白线手套，用冻得不太好使的手，把那个大信封交给了我，我用软软的几乎瘫痪的手接过来，竟然忘了说声谢谢。

7

父亲的脸上重新布上了惊喜，他简直比我还兴奋。因为我的政审通过了，说明他的档案没问题了。我是老王家第一个考上大学的大学生。他还给老家的人写了一封报喜的信，可惜祖父祖母是看不到了。他一边张罗着为我准备上学要带的行李和生活用品，一边打发人去青年点叫哥回家来，一家人吃个团圆饭。可是哥并没有领他的情，没有回来。我知道哥还在心底里怨恨他，如果他的档案没有被烧，哥也早就当兵走了，说不定现在已经在部队里提干了。

哥只是在我走的前一天晚上回来看过我一次，他对我说了一句："算你走运，上学出去了就不要再回这山沟里来了。"好多年以后我在城里成了家，才明白哥说这话的含意。这就是命，如果不赶上高考，如果不是父亲的档案在我高考时补全，我可能也会像他一样在

294

这山沟里抬一辈子大木头了。

　　走的那天，是父亲推着那辆白山牌自行车驮着我的行李送我到火车站去的。刚刚下过一场薄春雪，车轮在雪地里沙沙地响着。父亲手上带着手闷子，瘦削的两腮上冻着两块坨红，路上碰到熟人他都要打招呼。父亲叮嘱我到了大学后要用功学习，不用惦记家里。我点点头，要他好好照顾母亲。父亲沉默了一下告诉我，说他对不起母亲。他说着说着眼眶就有些湿润了，他背过身去，用手闷子擦了下眼角。这也是我第一次看到父亲这个样子，从这天起我知道了发生在那个小镇关于我们家的两个秘密，这两个秘密像两块石头一样在父亲心里压了这么些年，他终于在我上大学走的时候说了出来——

　　一件是关于我那个没有多少印象的五叔的，闹饥荒的那一年夏天，五叔到我家来了，是我们谁都没有想到的。那一年母亲正在生大妹的月子里，五叔饥黄着脸找到我家里来，他是一路逃票从关里老家坐船坐车来到东北的。这个时候走亲戚是很遭忌讳的，我们家里和镇上所有的人一样还饿着肚子去山上挖野菜刨树根来吃，还能拿出什么东西来待客？刚好那天五叔被人领着走进我家门时，父亲下班从商店带回一白瓷缸饼干渣子，是商店里作价卖给父亲的，知道母亲坐月子没有奶水，商店里的人照顾父亲让他给母亲下奶的。可是父亲一看到五叔，就把手里的饼干渣子递给了他，三弟要上前抢着吃被父亲一巴掌打到一边去。我们全家大眼瞪小眼地看着五叔头不抬眼不睁地把一缸子饼干渣吃光了，他真是饿极了，吃完了还用舌头把缸子里面转圈舔了一遍。他走后，这个缸子被母亲用小斧头砸了，她没有理由不恨五叔。

　　五叔走后，哥气不过说了一句："我们凭什么要这样待他？"父亲听了就长长地叹了一句："他这也是没有办法……他也该来咱家讨口吃的，凭什么？就凭他保护过你爹。"父亲说起一件事，新中国刚成立时，祖父家被划成了富农。当时村子里只有一户地主，开群众大会批斗时，都要拉上富农家的一个子弟去陪斗。当时大伯、二伯都在外边上学，就只有父亲去了，而父亲当时还很瘦弱，没经历过这样的场面，吓得只往奶奶身后躲。这个时候五叔自告奋勇去当陪斗。到了晚上，五叔是被人抬着回家的。奶奶看着五叔被打成这个样子，就跟父亲说："你要记住是保田替你挨的斗！"父亲就记住了这件事。

母亲以后再也没有让五叔上过门。五叔呢，以后也再没有来过我家。

父亲说起另一件对不起母亲的事，是在苔青小镇商店工作时发生的那场山火。那场山火是从别的林业局山上烧过来的，那天下半夜烧到小镇上来，镇上人还在睡梦中。父亲穿上衣服爬起来就往商店里跑，把母亲一个人丢在家里了，父亲是第一个跑到商店往外抢东西的。父亲搬了两趟东西，发现昨晚在商店值班的主任被山火烟呛得昏在值班室里了，父亲就过去救人。等他把主任背出来放到地上，主任还昏迷不醒。父亲就随手拿起身边的一瓶汽水打开给主任喝，主任就醒过来了。早上等父亲赶回家去，大火已烧着了我家草房顶，母亲赤着脚把我们几个挨个儿抱出来，她就吓疯了……父亲到了跟前她都不认识，还要往火屋子里跑，被父亲拉住了。

山火过后的第二年，"文革"开始了，商店里贴出了一张大字报，说父亲贪污了商店里的一瓶汽水，说父亲趁火打劫。这张大字报后来父亲得知是那个主任贴的。

"你当时为什么没有说汽水是为了救他才拿的？"

"说了也没有人相信你，当时人人自保。"

"他怎么会那样说你，你可是救了他的命啊。"我弄不懂。

"他也是怕别人说他喝了公家的汽水，才那样说的。政治运动你不懂。"父亲叹息了一声，胡子上挂着的冰霜也跟着动了动。我的确不懂，本来可以成为救人英雄的父亲，在那场大火中却成了贪污犯。父亲的脸色沉浸到往事的追忆中。后来父亲说那个人退休了，在单位外调的人去那里了解父亲时，他终于说出了这个真相，才没让父亲的档案里留下这个污点。一瓶汽水在当时只有两角五分钱。父亲好像很感激他似的，他最后说了一句："人呢，还是相信别人的好。"我听了，却有一种哭笑不得的悲哀。

上了火车我把行李放好，站在门口向外望去，父亲站在站台上扶着自行车还没有走。他这个样子让我突然想起许多年前父亲推着这辆白山牌自行车回家来的那个下午，那会儿父亲在我眼里还很高大很年轻，可是这会儿父亲却很老了，背已驼了下去，那辆白山牌自行车也很旧了。

风呜呜地吹着站台上的雪粒，刮了他一身，灌进了他的脖颈里，他身子又跟着抽搐了一下。

8

张伟和我上的是同一所省城大学。那天我们是一起走的。除了张伟的家人来送他，张曼卓和她的大姐、大姐夫也来送他了。从张伟对张曼卓的热乎劲儿可以看出来他俩已经定亲了。这介绍人就是张曼卓的大姐夫林有志。他们两家的大人已喝过定亲酒了。在我们这个山区小镇上，如果喝过定亲酒了，两人的婚事就算数了。张曼卓登记年龄还不够，要依张曼卓大姐夫的话，他找找人到街道上把结婚证领了算了。那天他喝定亲酒时是这样对两家大人说的。那个时候结了婚上大学是允许的。张伟的父亲则说还是等张伟毕业时再领结婚证也不迟。

　　张伟到了学校里一直和张曼卓有书信来往。开始张曼卓写的信还是有数的，他来两封信她才回一封信，后来架不住张伟写得频繁，张曼卓也回得多了些。从张伟嘴里我得知，张曼卓毕业后没有去青年点，一直待在家里。想想也是，她那么瘦削娇嫩的肩膀怎能抬得动大木头呢？张伟也不主张她去青年点干活儿，张伟主张她明年再接着考大学，一年不行就两年，反正她岁数还小，张伟虽大她四五岁但可以等她。渐渐地，张曼卓就被他说动心了。

　　我们这届考进大学来的新生，年纪大的居多，像我这样的应届毕业生占少数，而应届考进来的女生就更少了。每每去饭堂里打饭或去图书馆看书，张伟看到女生总要扯一下我的衣角，不是说那个女生像"大嫂"，就是说那个戴眼镜的女生眼镜厚得像瓶底。回到宿舍还会跟我说："我的妈呀，看来孔夫子害人不浅啊。"其实，他在女同学中印象也好不到哪里去，有几个被他得罪过的女生就跟我说过："你那个老乡是怎么长的，跟个武大郎似的。"这让我想起我在家时也这样说过他。我跟他走在一起形成了鲜明的对比，他整整矮我到肩膀下，在我身旁一蹿一蹿地跟着，他胳膊短腿短，在操场上打篮球只有看的份儿。为了不伤他的自尊，我尽量少和他去篮球场。

　　他和张曼卓的通信还如火如荼地进行着。每天跑一趟收发室是他最快乐的事。从春天开始张曼卓答应他在家里复习了。

　　春天的大学校园里萌发着撩人的春意，省城的春天比山里早半个月来到。晚饭后去树林里散步，有的女同学就穿上了裙子，有的在捧着书本读，有的拿着小收音机在听英语单词。阵阵的丁香花香飘进鼻孔，让人觉得青春啊，朝气啊，充满阳光的生活啊……都是从这个春天开始的。"你瞧瞧，她那双腿也敢穿裙子。"张伟又开始在朝对面走过去的女生评头论足了。他心里一定在拿张曼卓做比较，他的得意常常让我莫名其妙地涌起一股醋意。

　　周末，我们这届大学生首次在学校礼堂举行舞会，学生会张贴的粉红海报号召大家踊跃参加。我和张伟也去了，这对我们来说是件十分新鲜的事。交谊舞刚刚在大学校园里流行，许多同学都是和我俩一样抱着看新鲜去的。张伟还特意换了一件白衬衫，衬衫束在裤腰里，脚上那双三接头皮鞋也让他擦得锃亮。

　　礼堂里围满了人，学生中会跳交谊舞的很少，都是几个五十年代在学校的老教授老教师在边带边跳，女生学得快，女生会跳了，就过来请男生跳。男生就跟着磕磕绊绊下场了，那神情紧张得四处乱看。

　　有两个女生请我下去跳，我就笨笨扎扎下去了，头一个女生还被我踩了脚，我说了一句："Excuse me."（对不起）她回了一句："That's OK, don't worry about it!"（没关系，你不用担心！）还大胆地直视着我，她越是这样我越是紧张。尽管如此，一个晚上下来我还是学会了中四和慢三。张伟一直抻着脖子站在边上的人群里，眼巴巴地向场子里张望着，一个晚上也没见一个女生走过去请他。

　　走出来，我跟他说："那两个女生跳得一点儿也不好。"他马上附和道："那是肯定的，一看就是在中学里没跳过舞。"他解开白衬衣上面第一个勒得很紧的扣子说，要是张曼卓在就好了。其实我在心里也同时想到了她。

　　第二年的高考是在七月间进行的，张曼卓参加了高考，结果她差五分没有被录取。我和张伟都有点儿为她惋惜。张伟叫她别灰心明年再接着考。那时我们都放暑假回到了家里，初看到张曼卓，她更瘦了，而且满脸的憔悴，看得出这半年多她复习得很苦。

　　在放假的这些日子里，张伟天天过来陪她，慢慢地张曼卓脸上有点儿笑容了。两个人一起从南山街上走过，张曼卓家院前的两棵柳树也扬起碧绿的柳枝，让街面上撒下了一片绿荫，母亲从后窗口看到了，也不再说他俩不般配了。母亲说时目光盯着我，我懂她的意思，她是想让我在学校找一个女同学带回给她看看，可我那时连女朋友的影子都没有。

重新回到学校，两人又开始了频繁的书信往来。第二学期开学后，张伟不知从哪里打听到了明年艺术类开始招生，他把这一消息告诉了张曼卓，让她报考艺术类院校，这个她把握会大些。这显然很合张曼卓的心意，她十分高兴地给他复了信，并说了想报考某某舞蹈院校的打算。

张伟把这个消息告诉我，我俩都相信明年她一定会考上的，因为艺术类院校的招生，文化课的考分是很低的。

张曼卓再回信时还给他寄来了一条她亲手织的白色毛线围脖，说秋天就要到了，他会用得着的。看见这条白色长围脖，我就像看见她那两条白皙颀长的腿，没想到她还会织围脖。看来命运真是十分关照这个矮子哩。

9

十一国庆节放假时，张伟写信叫张曼卓来学校看他。没来之前，他就跟我说，他要让我这个同学来好好感受一下城市大学里的气氛。

张曼卓娉娉婷婷地来了，她打扮得一点儿也不比校园里的女生差，她身上穿着一件她大姐夫出差到上海给她买的白色连衣裙，脚上是一双乳白色高跟鞋。"咯咯……"从校园里走过，不仅叫男同学看直了眼，也吸引女同学的眼球。张伟去水房打水，就有男同学走过来问："这个女生是你什么人？她是哪个大学的？"张伟说："她是我的未婚妻……"后一句话他说她正打算考艺术院校。问的人就

300

直咂舌头。也有不相信他话的人，就过来问我，我略略迟疑了一下，说是他的女朋友。我没有再去说她还是我的同学，自尊心让我无法忍受他们好奇嫉妒的目光。

除了同学和老乡的礼节让我去看过她两次外，我尽量少和他俩在一块儿。刚来的两天，张伟把张曼卓安排在同班的女寝室里住，宿舍里有位家在城里的女生放假回家了，正好有空床铺。白天他带着张曼卓去逛街，或去松花江边斯大林公园、太阳岛上玩。晚上回到校园后，他又像别的同学恋人一样，扯着她的手依偎散步在小树林里，坐在石凳上说悄悄话，也学着接吻……有一次被我无意中撞见，让我们三人都很尴尬。第二天我还向张伟解释说我不是故意的，而对她我更是连看也不敢看一眼。

有一天碰上了倒是她叫住了我，对我说："王洪白，我们不是同学吗？"我点点头，故意不明白她这样问。"可是你为什么好像在躲着我。"她眼里有一丝怨色。这个时候张伟不在，我是来叫张伟，生活科的老师找他。"没有啊。"我不敢去正视她的眼睛。她轻轻叹息了一口气，说："你们……在大学里真好啊。"我听出她口气里的羡慕来。

张曼卓临走的前一天晚上，放假回去的女生返校回来了，寝室里没有空床位了。张伟就领她出去到校外面的旅店去住。以前那些成家的同学家里来了爱人也是到这样的小旅店去的。我后来才知道张伟那一晚上也没回来住，我是听跟他一个寝室的同学说的，那同学说得神神秘秘，我虽然心里有点儿硌生，但嘴上还在说他们在家里已喝过定亲酒了，在我们山里喝过定亲酒就算定亲了。那同学这才住了嘴，愣愣地看了我一眼走开了。

张伟当天就把张曼卓送走了，张伟送走张曼卓以后人也消停了下来，不再像前几日那样兴奋了。我没有去问他那天夜里在哪里住的，他也没说。

张曼卓回去后好长时间没有来信，他也没有写信。后来张曼卓写信来了，他也回了信。不过他俩的通信不像以前那样频繁了，我想是张曼卓在忙着准备复习高考吧，张伟跟我说过张曼卓找了个舞蹈老师，天天要去舞蹈老师那儿辅导，而且文化课也是要抓紧复习的。听说艺术类的考生专业考试要提前进行。这样一想她肯定是很忙的，自然通信就要少了。

有一天，张伟突然问我："张曼卓在学校时和谁好过？"我一愣，不明白他为啥这样问，就说："没有啊。"

"那有没有谁喜欢过她呢，包括男老师？"他又这样问了一句，我想了想再次摇摇头说："没有。"

我不清楚他俩之间到底发生了什么，他这么问我。难道他们之间闹别扭了？反正从那以后他们的通信更少了，而且都是张伟先接到张曼卓的来信再回信，而以前不是这样的，以前都是张伟频繁地给她写信的。

不知不觉到了放寒假，我们都回家了。在家里时我留意到张伟很少到南山街来找张曼卓了，倒是张曼卓到他家去看过他两次。张曼卓这个寒假也很忙，她还要去那个舞蹈老师那儿让人家给辅导，艺术科考试定在三月份进行。张伟来我家找过我哥，我哥问他："什么时候喝上你的喜酒。"张伟听了脸就阴了一下，没有说什么，待了一会儿就走了。母亲见状问我，他是不是在学校有别人啦。我说没有啊，怎么可能有呢，再说谁会看上他呢。

不光母亲这样想，连张曼卓的大姐夫也看出两个人不如从前亲热了。有一次在大街他碰到我，跨下自行车来支着腿问我："张小个子是不是看上你们大学里别的女同学啦？"

我说："没有，没有啊。"

"那就好，他要是敢把我妹妹甩了，看我敢不敢打断他的猪腿。喊，也不撒泡尿照照自己的熊样。"林材料员现在是林科长了，他说完骗腿跨上自行车走了。

春天开学后不久，张伟接到了张曼卓的来信，张曼卓在信中兴奋地告诉他，她的考试成绩下来了，她通过了，只等七月份参加全国统一高考的文化课考试了，录取的把握有八成。张伟看了她的信却没有多少兴奋，他把信随意地丢在床头一边，被我无意中看到了。

我见了问他："你怎么不高兴呢，她这回真的能考上了。"

哪知他听后，嘴里蔫蔫地吐出一句来："搞艺术的没有一个好货。"

他这一句一下子把我打蒙了。

有好长时间我没有再去搭理他，他怎么可以这么去说张曼卓呢？我甚至觉得自己当初没有去追求张曼卓有点儿后悔，她马上要成为一个艺术院校的大学生了。而且容貌、气质，在我们这所大学里没有一个女生能比得上她的。他这个矬子怎么能配得上她呢？

在我担心的预料之中，他们的关系没过多久就中断了，是张伟给张曼卓写的最后一封决绝信，他是退亲。他还把她给织的那条白围脖寄还给了她。张伟同时还把这件事写信告诉了家里。

那天晚饭后，我把张伟拉到校院外一个僻静处，在我的再三逼问下，他才吞吞吐吐地说出了这个让他难以启齿的理由："张曼卓不是处女了。"

他说了那一夜，说了在校外小旅馆住的那一夜，他实在忍不住要和她住在一起，尽管开始张曼卓极力反对，她要他等她考上大学以后再给他，她要把一个完美的自己送给他，可是他顾不得听她说了，强行留下来占有了她。在那个旅店里张曼卓不敢再声张，怕店里人看出什么来不好。

303

第二天早上，张伟怕旅店服务员看出来，趁张曼卓在往提包里收拾东西，想撤掉那个床单拿到卫生间去洗一下，可是他发现那个床单上面干干净净的……

"你说她怎么可以欺骗我？"张伟瞪着红红的眼睛问我。

我也蒙住了。不过以我当时那点儿性知识还是知道这是怎么回事，女人的贞操对那个年代的我们来讲是多么重要。

"你当时问她了吗？"

"没有，当时她急着要赶火车，也没时间去问，后来……后来回去后我就不想再问了，何况问出什么来对我都是一种伤害。当时我只觉得天像塌下来一样，跟她去火车站送她上车，往回走我脑子还是一片木木的。我是走着回到学校的。"他说这番话时，脸上还掠过一丝痉挛的痛苦表情。

我俩默默地离开了校门口，各自拖着沉重的脚步回去了，初春的夜风吹得我们身子发凉。

躺在床上我还在心里想，人是不能有任何污点的，无论是政治上的，还是生活作风上的。虽然我很同情张曼卓，可这也是没有办法的事，换了哪个男人也是无法接受的。我在脑子里想当初在中学时张曼卓和班上谁好过，可是想破了头也没有想出她和谁好过的迹象来，包括男老师……

和张曼卓解除了婚约后，张伟消沉了一段时间，不过他很快从这件事的阴影中走了出来。快到毕业时，他和班上的一个矮个女生好上了，那个女生还是他以前嘲讽过的，戴着厚厚的像瓶底眼镜的那个，夏天的时候腋下还散发出一股难闻的狐臭，所以不管天多热她都穿着长袖衫。两个人在一起走路，个头倒挺般配，只是这个女生家是农村的，家里还有一大帮弟弟妹妹，如果毕业后他们留在城市，她要把家里的一个弟弟或者妹妹带出来，这个张伟也答应了。

张伟有点儿等不及了，他已经二十七岁了，何况他的身高又是这么不出众。

10

后来张曼卓家里的事情，我都是听大妹来信告诉我的。大妹先前的来信充满着一种嫉妒，这种嫉妒就像小时候她玩跳格子从来没赢过油毡纸房家张曼卓一样。大妹自从上中学以后也曾学着张小五的样子，把母亲穿过的衣服改成自己穿着合适的样子。不仅仅是大妹，整个南山街上的女孩子都学着张小五，自己裁剪起衣服来。当然无论南山街上的女孩子们怎么变换花样，也没有张小五裁剪的衣服穿在身上得体好看，这是天生的身材。这让我想起一个词，鹤立鸡群。鹤就是鹤，鸡就是鸡。

变成张曼卓的张小五挺胸迈着鹤步从南山街上走过去，倾倒了多少南山街的男孩子啊，也惹恼了多少南山街的女孩子。她们巴不得能让张小五出点儿让她们解气的事。张小个子解除和张曼卓的婚约就是叫她们解气的事，无疑给她们增添了幸灾乐祸的笑料。

大妹在来信中说，这个春天以后很少在街面上看到张小五的身影了，后来就传开了她和大学生张伟谈对象吹了的事。大妹在信中还幸灾乐祸地问我，是不是张小个子把她给蹬了。我模棱两可地说，他们两个……两个也许不合适。我的模棱两可让先前就看他们两个不般配的母亲又来个一百八十度的大转弯，她说："我早看出来他俩的不合适来，张小五考上大学后一定会把张小个子给蹬了，怎么样，被我说着了吧。"我就不去多说什么了，让她们爱咋想就咋想吧。

张曼卓一时间又成了南山街街坊邻居议论的对象。据大妹来信说，张小五在家里关了些日子后，她又出现在街坊邻居的视线里，

305

有人看见张小五跟他大姐夫出去过几回，坐在他自行车后座上，两条笔直的腿上穿着长长的喇叭筒裤子，屁股绷得紧紧的。而那林有志的自行车后座上先前是驮着她姐的。在山区流行着这么一句话，说小姨子的半拉屁股是姐夫的。莫非这个先前的林材料员对这个已出落成大姑娘的小姨子动了心思？反正有人看到林有志驮着她去看过两回晚间电影，还看到他去那个舞蹈辅导老师那里接过她回来。还有人风传张曼卓和那个搞舞蹈的辅导老师有一腿，因为那个蓄着长长头发的舞蹈老师两年前就离过婚。

总之，南山街上的街坊邻居们是不甘寂寞的，这样的日子才叫山里人过得有滋有味儿。每次接到大妹这样的来信我都忍不住会去这样想，这和城里不一样，城里人才不会去在乎别人过的是一种什么生活呢，就像每天在校门口看马路上匆匆忙忙的车流、人流，大家相互之间是陌生的，陌生有陌生的好处，让人呼吸到一种轻松自由的空气，没人去在乎别人的眼光，也没人去猜测别人的心思，过什么样的日子。而山里人却不是这样的，一条街住着，连谁家吃的晚饭是什么都能闻得到……

我家要盖新房了，大妹来信说。在原来老房子一侧再接出一间来，将来给哥娶媳妇用，而且三间房顶要换成油毡纸房顶。大妹在来信中还说南山街上不少人家都换了油毡纸房顶。父亲正在备料，想等我放暑假回去就动工，这样就多出一个劳力来。

盖房子让我家的日子有了一些盼头，而这种盼头也让大妹不再去关注张曼卓家的事了。人总该关注和自己有关的事情。城里燠热起来的时候，我和张伟也好长时间没有见面了，他正忙着和那个瓶底厚眼镜女同学泡在宿舍里，让我几乎忘了还有他这个老乡同学。

日子平静地过了一些时候，在山里还是春天的时候城里已是夏天了。

大妹写信告诉我张曼卓跳房子自杀的时候，我正在秋林百货为大妹选购一件我相中的连衣裙，这是她来信告诉我为她买一件裙子的。这件连衣裙的钱是她捡废铁丝和旧纸箱换来的，差十块钱我从我的助学金里给她垫上了。我走出来展开这件连衣裙的时候，不知为什么想起了张曼卓那双修长白皙的腿，当然这是一件绿地浅紫色碎花连衣裙，不是她喜欢的白色。我从兜里掏出那封还没来得及看的信，看到这个消息，我仿佛身子被什么钉住了，马路上来来往往的人流从我身边走过去，阳光刺目地跳荡在我的脸上和这件漂亮的连衣裙上。

　　我没有把这个消息告诉张伟，是想这件事已经和他无关了。大妹告诉我的也是半个月以前发生的事情了，相信不久以后他就会知道的。

　　因为再过半个月我们就放暑假了。

　　放暑假我回到了南山街上，第一眼的感觉如大妹信中说的，不少人家都换了油毡纸房顶，草房顶的人家不多了，老张家的油毡纸房就不显眼了。油毡纸房顶滚动的阳光有些刺目，不如草房顶看着舒服，就连仅有的几户人家草房顶上疯长着的蒿草都显得那么生机勃勃。

　　听母亲的叙述是这样的，那天夜里她听到一声尖叫，所有人都没有听到，包括邻居家的狗也没叫唤。早起时父亲说她在说梦话，可是后来的事情证明母亲听到的是真的。那天早上油毡纸房老张家院子前围了许多人，还开来了救护车和警车，街上的狗"汪汪"地叫个不停。张曼卓的母亲哭得死去活来，张曼卓被蒙面盖着一条白床单抬走了……法医的结论是这样的：张曼卓是头朝下从房上栽到地上，致颅内出血死亡。那个矮胖的法医还用另外一种假设去说，她如果是腿朝下从房上跳下来就不会死亡，而她是头朝下还借了那么大的力，显得有点儿不可思议。这个疑问被赶到的夹在人群中那个舞蹈老师解答了，他说她是在空中空翻了三圈半跳下来的，这是一个华丽的舞蹈翻飞动作，没有舞蹈功夫的人是做不出来的。而张曼卓的大姐夫则哀哀地说："看来她去意已定，谁拉也拉不回来的。"张曼卓死去时穿了一身白纱丝裙，脖子上还围着那条白围脖，长长的头发用一条白手绢束着，一丝不乱。

后来我去找了那个舞蹈老师，他原来就是中学一名音乐老师，区里成立文化馆后被抽调到区文化馆里负责文艺演出的编舞。我想知道张曼卓最后跟他练习舞蹈和复习文化课的情况，她还有半个月就要参加高考了啊。

"可惜，真是可惜了她的舞蹈天赋啊……"他听说我曾是她的中学同班同学，对我痛惜地摇了摇他的长头发。

"她在这之前有没有什么反常的举动呢？"我问道。

"没有，那一段她练习得很刻苦，也很专心，她还说等她考上了，她一定要完成一部《天鹅之死》的作品，让我等着看。没想到就这么走了……"

"你知道她曾有过一个男朋友吗？"我试探着问他。

"知道，我还知道他们分了手，那一阵子她有些精神恍惚……"他警觉地看着我，问道，"他们为什么分的手？"

我说她的男朋友就是我大学里的同学，说到为什么分手，我觉得我该告诉他。

我就说了她的男朋友在一次她去学校看他时，发现她不是处女了。

"就为这个分的手吗？"他瞪着眼睛看着我，像不明白什么似的问。

我点点头，说："是的。"

308

他呆呆地怔了半晌，随后"唉"地垂下头去，长长地叹息了一声："糊涂啊——"

"糊涂？你说谁糊涂？"

"我说她的男朋友糊涂啊。"

这回是我呆呆瞪大了眼睛，有些不明白地看着他。

"他也不去想想，像她这样十几岁就跳舞蹈的女孩子，还有哪个处女膜不会破裂的？"

我听呆啦！

我默默地拖着自己的身影走出了他的屋子。

暑假结束回到学校时，我也没有把这件事说给张伟听。因为放假回去后，他听说张曼卓自杀的消息曾跑到山坡上张曼卓的坟前痛哭了一场。那几天他一直在忍受着张曼卓大姐夫的责骂，还挨了他两拳，鼻孔被打出血来，他也没有还手。他还忍受着认识他的亲友的责难。从家里走时，也没有人去送他，他是一个人孤零零上的火车。

看他的样子也挺可怜的。

我不想再在他伤口上撒一把盐了，让他听了难受。

人已经死了，说什么也没有用了。这个世界上最难买到的就是后悔药了。

图书在版编目(CIP)数据

站前民警 / 王鸿达著. — 北京：中国文史出版社，
2020.2

（中国专业作家小说典藏文库·王鸿达卷）

ISBN 978 - 7 - 5205 - 1421 - 7

Ⅰ. ①站… Ⅱ. ①王… Ⅲ. ①中篇小说 – 小说集 – 中
国 – 当代 Ⅳ. ①I247.5

中国版本图书馆 CIP 数据核字（2019）第 245044 号

责任编辑：卢祥秋

出版发行：**中国文史出版社**

社　　址：北京市海淀区西八里庄 69 号院　邮编：100142

电　　话：010 - 81136606　81136602　81136603（发行部）

传　　真：010 - 81136655

印　　装：北京东君印刷有限公司

经　　销：全国新华书店

开　　本：720 × 1020　1/16

印　　张：20　　　　字数：260 千字

版　　次：2020 年 2 月第 1 版

印　　次：2020 年 2 月第 1 次印刷

定　　价：66.00 元